世界新经典动物小说馆

歌声送鲸鱼回家

Singing

Home

the Whale

[新西兰] 曼迪·海格 (Mandy Hager) 著

张树娟 译

浙江摄影出版社

全国百佳图书出版单位

目　录

第一章　纪事者

　　我出生的那天晚上，海浪被月亮的引力拉得极高，几乎要冲到天边了。海浪把妈妈的身体高高托举，我顺势滑出妈妈的身体，尾巴最先接触到海潮。脐带断掉之后，妈妈轻轻推着我朝上方清冷如冰的海面游去。家族成员们的欢呼声从底下的海水里传来，他们围着我拍击水花，向我传递关爱，而我则循着气味，寻找着妈妈的乳头。

　　在出生之后的头几个月里，我一直依偎在妈妈身旁，享受她安静的陪伴，一次都没有离开过她那洞悉世事的目光。和家族成员们一起出行的时候，我就窝在妈妈光滑如缎面的腰弯处，借助她搅动起来的水流前行，好节省我的体力。两个月大的时候，我的上牙长出来了；又过了两个月，下排的牙齿也长了出来。我的第一顿肉食是鱿鱼，有点咸。它临死之前挣扎得厉害，让我的舌头直发痒，那感觉我到现在仍然记得很清楚。

　　家族成员们能发出各种各样的声音，弄清楚这些声音的意思花了我很长时间。他们也会唱歌，歌里唱的都是很久之前发生的故事，是我们族群的悲鸣，是我们的苦痛。他们教我怎样传输信号穿透浩渺无边的大海；怎样用咔嗒声和叫声来感知与我们共享这片海洋世界的其他生物。可我用不着学习家族成员们用来表达心情的音符。当然用不着了，因为我天生就懂。每一个音符传递的都是天然生成的点状电荷——一旦接收到，我就立刻明白是什么意思。

我天生就是一个探索者，我想把这片称为家的水域探索清楚。我在海底的险峰、山坡和山脊之间穿行，海洋深处咕咕往外冒气泡的地热口附近也留下过我的身影。我在妈妈那个家族里是老小，爸爸疼、妈妈爱，舅舅们和阿姨们也都宠着我，表哥表姐们都陪伴在我身边。我们结伴在珊瑚礁间游弋，在巨藻和墨角藻中飞驰，在海草地上穿行。所过之处，那些摇曳多姿的海草便只剩下光秃秃的草秆。

置身于洋流的汇合处以及月球牵引力引发的潮汐之中，我们的日常活动就是进食、感知和漂浮。我们逗弄飞鱼，用嘴巴咬着浮木荡秋千；我们比赛，追逐，一起跃出水面。这些游戏让我那流线般的体形变得更加优美。

气流涌动的海面、水压重重的海沟，还有海底不见光线的深坑和峡谷，都美得让我惊叹不已。我觉得没有一个人曾像我一样了解并且沉醉于这些美妙的景色。每当有轮船轰鸣着和我们擦肩而过时，我都会不由自主地被那个嘶哑的声音吸引。我不在意妈妈的害怕，她在我眼里无所不能，而那些站在甲板上的贪婪之徒看起来既渺小又软弱。我想不明白，他们怎么可能伤害得了我们。

妈妈说很久以前，当贪婪之徒第一次出现在海岸上时，我们的族人曾观察过他们。她说族人们仔细倾听，认真学习，还将他们的声音跟他们流露出来的想法进行比对。但现在，我们已经丧失了跟他们的思想交流的能力；要想跟他们再次和平共处，我们必须重新一点一点地学习。

　　我是纪事者，这将是我唱的最后一首歌。我要像前辈们和将来的后继者们一样，在我临终前这几个小时里，把我游历一生的全部所得分享出来，这是我的职责——不，是我的荣幸。

第二章　大嘴巴

威尔在布莱斯杂货店附近走来走去，手里的塑料信封因握得时间太长都汗湿了。跟盖比·泰勒打交道之前，他得先把自己武装起来，这是他领教过她后的心得。

来到这个镇子的第一天，也就是六个星期之前，她就给了他一个下马威。

"原来你是迪恩的儿子。"她撇着上嘴唇，一脸不屑地说，甚至连表面的客套都不愿意维持。她把他从头到脚打量了一番。

"是外甥。"他纠正道，脸上涌起一阵热浪。虽然她比他大不了多少，可还是有本事让他那从未根除过的头晕症卷土重来。

她走到柜台旁，把迪恩的信件挑拣出来，一双棕褐色的小眼睛里闪耀着对八卦消息的热切渴望。

"那你叫什么名字？"

"威尔·杰克逊。"

"你从哪里来？"

"北边。"迪恩曾警告过他，不要告诉别人自己从惠灵顿来。这里的人都很讨厌那个地方，说那里的人不是政客就是傻瓜，一点都不了解现实世界。

"你要在这里待多久？"

"不知道。"

她把鼻子皱起来，就跟他刚才放了个屁似的。"哦，那你就好自为之吧，威尔·杰克逊。我们这里可不欢迎怪咖。"

"那个词到底是什么意思？"当天晚上，舅舅下班回家之后，威尔问道。

"那个啊，就是作！你打扮成那副模样，他们肯定看不顺眼。"

"哪副模样？"

迪恩翻了个白眼："老天爷，威尔，你穿得就像该死的撒旦一样。"他举起一只手，想缓和一下过重的语气，"嘿，伙计，我是不在乎你打扮成什么样子，可这个地方是个时间黑洞——他们最近一次见到穿孔文身的人还是在毛利战争①的时候。你这打扮对他们来说，太过花哨了。"

不过，威尔是绝对不会放弃穿孔的——那是他生命的一部分，证明他曾经活过。但从那天起，他就把一头黑色的长发扎起来束在脑后，衣服也换成了普通的黑色T恤和牛仔裤。穿得普通点总比遭人白眼强，毕竟他的神经依旧很脆弱。

此刻，他正倚靠在一根灯柱上，看着来这里旅游的一家人从露营车里走出来。他们穿着超大号的短裤和旅游文化衫，裸露在外的皮肤上都是晒痕，像水波纹一样一圈一圈的。太好了！他悄悄跟上这家人，在他们后面躲着，小心翼翼地避开盖比的眼睛，把装有作业的信封轻

---

① 毛利战争：1845~1872年，爆发在英国殖民者与新西兰土著毛利人之间的一系列武装冲突。

轻推到柜台上，满心希望能躲开她的视线。

盖比正忙着跟那家人的家长看地图，指点他们看佩洛勒斯湾的"必去景点"。

"……还有就是，当然了，还有三文鱼养殖场。我叔叔……"她停下来，视线直接停在威尔身上。威尔觉得自己的胆子都缩回去了。"我看到你了，"她说道，一副似笑非笑的表情，就像一头大白鲨，"在网上看到的。"她脸上现出一副幸灾乐祸的样子，那表情就像是一支支淬毒的镖，朝他齐射而来。

威尔转过身，飞快地跑到店外。他一路狂奔，等回到迪恩那间简陋的木屋时，双腿都快支撑不住了。**真该死**。现在，佩洛勒斯湾的大嘴巴已经看过那个视频片段，他又要遭一次殃。

威尔瘫坐在门口，浑身都在颤抖，简直控制不住。他尝试着咨询师曾教过他的呼吸练习法。吸气，一二三，呼气，一二三……没有用，网上那个视频片段添油加醋般，更加清晰地呈现在他的脑海里：他肿胀着的愤怒的双眼、遍布淤青的脖子、流血的鼻子，语无伦次，脑部震荡，说个话都费劲。这是真正的病毒，从一个用户跳转到另一个用户，每一次的转发都像是在他支离破碎的心上再踢一脚。而《明星诞生》节目的制作方拒绝透露这次的攻击事件是谁主导的，他们肯定也跟别人一样乐见其成。对他们那个寄生虫似的劣质节目来说，此次事件无异于一次大型免费宣传活动。

第三章　年老多病的皮囊

　　在我两岁的时候，我们家族离开冰雪世界，前往更加温暖的水域。我们中年轻一些的都很不安分，喜欢玩些粗鲁的争抢游戏。父母长辈们一般都耐住性子不理会我们，只有我们玩得太过火的时候，他们才用侧鳍或尾鳍从旁拍打一下，当作给我们的警示。

　　我感受到在亲爱的家人陪伴下漫游的乐趣：旅程一开始，我们就确定了统一的节奏。温热的身体在不经意的触碰间擦身而过，感觉和思维相互融合。正是这种和谐的节奏，支撑着我们所生活的世界，把我们每个个体联系起来，跟所有的家族成员联系起来。这个道理，也是我后来才领悟到的。

　　那一天终于到来了，妈妈决定教我如何在海洋里追踪。"有一种东西叫脉冲，"她向我传递信息，"在海底和陆地上交织成的不同路径就是脉冲通道。北方、南方、东方、西方，就像是午夜时分照亮冰雪世界天空的亮光一样，充满电荷。"她用坚定的目光注视着我，"现在，厘清你的思绪，试着摒除其他的想法，只是倾听……倾听并且感受。"

　　一开始，我只是感受到了自己尾巴的摆动声和心脏的跳动声，还感受到海洋中的洋流所带来的挤压感，此外并无其他。我清空所有的想法，用力地吸了一口气，然后潜了下去。我一共潜了五次，前四次都失败了，没能感受到这个星球上的脉冲。可到了第五次……哦，第五次……它突然之间就降临到我身上，那感觉就像是用海藻叶子沿着我的脊柱往下抚摸。然后，我身体里每一处跳动的部分都跟它融为一体，我甚至能感受到它的电荷带着微微的刺痛感。

我追逐着一个又一个脉冲，高兴坏了，不停地跃出海面。真是傻透了！我一直追逐的那股洋流又把我拽回到冰雪世界的方向。我没有听到妈妈担忧的警告声。最后，她追上了我，用身体挡住我的去路。我究竟加速游了多长时间？肯定游了很久，因为我离那些亲爱的族人们很远了，他们看上去就只有小气泡那么大。

妈妈用叫声告知族人们我很安全。"继续往前游，"她给他们发送信息，"我们会赶上你们的。"我的阿姨发回信息说他们要返回来。"没有必要……开心点……他只是感觉到脉冲了！"妈妈接着说。整个族群都高兴地唱起歌来，我感觉骄傲极了。

所以，当我听到远处传来轮船的轰鸣声时，便加速朝它游去。我跟妈妈争辩，哄骗她，恳求她，只为了能靠上前去仔细看看那艘轮船。妈妈试图引导我回到航道上去，可我故意没去理会她浑身散发出的担忧。我本来不应该这么做的，可我那时候还只是一头愚蠢的小鲸鱼，还以为自己是整个海洋的主人。

当轮船终于出现在我眼前的时候，我看见甲板上挤满了长着毛发的贪婪之徒。妈妈在我的尾鳍上咬了一口——不是很重，但足以让我打了个趔趄。*难道你感觉不到危险吗？*她的信息里满是恐惧，这恐惧至今仍让我心有余悸。

可是我听她的话了吗？不，我没有。我还是把头抬出水面张望，把侧鳍伸展开，立直身体悬浮在水面上，我把自己暴露了。这件事我到现在都无法原谅自己。

"潜下去！"妈妈很不高兴地说，可是那会儿闪亮的灯光正打在我的身上，我一门心思只想读懂它。妈妈把我撞到了一边。"看在大自然母亲的分上，潜下去！"

可是，轮船发出的隆隆声已经变调，就好像它的心脏在加速跳动。就在海鸟们还在轮船留下的尾波里叽叽喳喳叫个不停的时候，轮船变换了航线，径直朝我们冲过来。

我深吸了一口气，跟在妈妈后面潜了下去。她剧烈地摆动尾巴，加速朝前游，我则追寻着她形成的水流朝前游。我根本追不上她，因为我被她尾波里的回流撞得晕头转向。她兜了回来，把我拉到她身旁，当她带着我朝前游的时候，我能感觉到她如丝绸一般光滑的皮肤之下，每一寸肌肉和每一根骨头都蓄满紧张。

"嘘"，她传递信息过来，"把你的意念都用来游泳，不要往后看。"

可怕的重击声刺破了空气，并且越来越响，把妈妈的催促声都盖过了。妈妈的眼睛里闪耀着前所未有的亮光，好像她单凭意念就可以把我藏在她的保护之下似的。在我打开喷水孔想将浊气排出去的时候，大漩涡就在我们正上方轰鸣着。我冒险朝后面看了一眼，发现轮船正加速朝我们驶来。更糟糕的是，有个东西嗡嗡地旋转着落到了海里，那可怕的轰鸣声就是它发出来的。

妈妈发出一阵悲鸣，那声音就像寒风在冰雪世界的冰面上怒吼一样。她把我推到下面，用尾巴拍击水面，试图让我在她的身体下面能稳当些。

雷鸣声将天空撕开一条口子。我感觉到妈妈的身体晃荡了一下，还听到她咕哝了一声。我看到了她震惊的表情，然后她就翻滚起来。时间如爬行一般，流逝得那么慢。当鲜血从她宽阔的黑色后背上喷涌而出的时候，我甚至听见了鲜血和海水交融的声音。

她周身流露出的痛苦和绝望让我惊慌失措。我围着她转圈，喊叫，痛哭，眼睁睁地看着海水被鲜血染成了红色。我推她，抚摸她，用鳍按压她的身体。"快走，"她喃喃地说，"马上离开我。"可我不想离开。

尽管她很痛苦，但她没有放弃反抗，用尽全力把尾部高高抬起，直到她被拉了上去，直面那个会飞的敌人。她半露出水面的时候，雷鸣声又响了起来。她的下颌被撕碎了，破碎的骨头和血肉把她的嗓子堵住了。

此刻，轮船就在我们上方。"妈妈，回来！妈妈，求你了！"我用鼻子蹭着她，寻找安慰，可是再没有乳汁流出来。我能感受到的只有恐惧，她那颗被痛苦充满的心脏里，生命正慢慢抽离。

"去告诉族人们，警告他们，快去！"

这个请求好像把她最后一点力气都偷走了。我感觉到她震动了一下，好像体内有东西被引爆了一样。她又抖了一下，忽然心跳停止了，海水也停止了翻腾。

我无法理解她的静默不语。我无法抓住那空虚感。我围着她转圈，戳她，恳求她，她却不做任何回应。我没有了时间概念。

当那个会飞的敌人降落到轮船上的时候，我就藏在妈妈血液形成的保护色里。贪婪之徒们用钩子钩住她的身体，把她拽出水面。鲜血从她的皮肤里渗出来。鲜红映衬着雪白，猩红映衬着漆黑。

他们把妈妈倒挂起来，她支离破碎的脸庞上到处都肿胀着。她看起来如此消瘦。有个人把刀刺进她的身体。他伸直胳膊，用力一拉。那刀把她的肚子划开了，从上到下，她所有的内脏都露了出来。

哦……请见谅，我本来希望自己最后的这首歌，能跟以前那些睿智的纪事者一样充满平静——这首歌我唱过很多次了，都没有如此伤感，只是分享我所有的秘密——可是今天，回忆就像一具浮肿的尸体，一直在我脑海里飘来荡去。悲伤从未离去，痛苦也未曾消失。失去母亲导致的孤独感还在舔舐我的心。它们只是在自我调节的过程中弱化了一点而已。

所以，你看到的就是我最真实的样子：一个年老多病的皮囊，装满了不幸和恼人的牵绊，并且依旧会被愤怒和悔恨刺痛。我不是一个智者，仅仅是背负着这样的任务：要将我的过去传唱下去。生命就像波浪上的泡沫，迎风一吹，便快速消逝了。

请安静，耐心点儿吧，游客们。这些不过是一个将死之人的胡言乱语罢了。

轮船开走之后，我便在这个噩梦一般的世界上游荡，处处都是风力形成的骗局：我听到妈妈的呼喊声，循声追过去时却什么都没有，空空荡荡的海面上一个人都没有。那些伎俩让我一次次地上当受骗。每次都是孑然一身，我多希望贪婪之徒们也把我抓走。可到了第四天，我感觉到了陆地的存在，两个念头在我脑海里来回拉锯：是把自己藏起来，还是靠在一个坚实的东西上休息一会儿？最后，休息的念头赢了。

太阳升到天空正中的时候，我游到一块草木茂盛的陆地旁。几座矮小的建筑在树叶间若隐若现。我游近海岸线，非常希望这个世界是由温暖的躯体组成的。我渴望见到妈妈和家族成员们。我什么东西都吃不下。每当我试着吞咽东西的时候，妈妈临死时的情形就会像肿块一样，堵在我的嗓子眼里。

我悄悄围着一小块陆地转了一圈，还以为那些老是戏弄、欺骗我的风又回来了。

因为我听见了歌声。那声音越来越响——婉转悠扬，音色饱满。歌声在空气中传播，飘荡起伏，直到浸透我的皮肤。那歌声里的苍凉打动了我，里面蕴含的悲伤也让我心有戚戚。

一个我根本无法抗拒的念头带我游进了一个隐蔽的海湾。嶙峋的岩石边上长着茂密的树木，另一边则是一片多石的沙滩。在阳光的照耀下，树叶都变成了深沉的珊瑚金色。我朝砾石沙滩靠近了些。当我浮出水面的时候，那来源不明的歌声变得更吸引人了。

就在这时，我见到了那个男孩。

第四章　男孩

威尔把"泽迪号"快艇推上船台，做好了出航的准备。经过六个星期的每日操练（多亏了迪恩的专业指导），他这个新手已经看不出笨手笨脚的样子了。他蹦起来跳到船上，来到中插板①附近后，便立刻动手清理泥浆。他驾驶快艇驶入泥滩间的滑道，没有一丝犹豫。自从搬到这里住后，出海是为数不多的让他感觉可以自己掌控的事情。他喜欢拽着帆绞索跟船帆拔河时的感觉，喜欢快艇跟疾驰的小艇迎头碰撞时激荡起的水花。

等他把海湾清理干净的时候，眩晕的症状也减轻了许多。他伸展细长的双腿，身体后仰，深深地吸了一口气。把握一切。也许盖比不会说出去的，可她到底是怎么找到那视频片段的？还有其他人知道这件事吗？会不会是迪恩说出去的？这里的私人关系真是盘根错节：迪恩在布鲁斯·戈德西尔手下工作，盖比又是布鲁斯的侄女——见鬼，半个镇子的人都能扯上关系。

开着船抢风驶进佩洛勒斯湾的主码头时，威尔还在为这件事情苦

---

① 中插板：帆船上用来防止船飘向下风向的可伸缩装置。

恼不已。他此行的目的地是三文鱼养殖场，就在富兰克林海湾附近。二十分钟之后，他把船停在主码头旁边，夸张地摇晃着舅舅遗忘在船上的三明治袋子。

"有迪恩的外卖。"威尔对亨特·戈德西尔说。亨特是老板布鲁斯的儿子，性格不怎么开朗，他正扶住船尾使船身保持平稳。

"迪恩!"亨特大声喊道，他没理会威尔递过来的袋子，"你的午饭到了。"

迪恩从一个外形像筐子一样的小屋里钻出来，笑着走过来："多谢了，伙计。学校的作业寄走了吗?"

"寄走了。"威尔瞥了亨特一眼，可他似乎并没有要走开的意思。这里的人说话时都不在意这个家伙，只拿他当个傻子——不得不承认的是，他看起来确实挺傻：手很大，脑袋也很长，长着一对招风耳。那糟糕的发型也很减分，看起来就像被修枝剪胡乱修理过一样。

迪恩弯下腰去接午饭，威尔小声在他耳边说："盖比·泰勒看过视频了。"

迪恩点了点头。很明显，他一点都不吃惊。"嗯，布鲁斯跟我说了。"他的眼神里透露出同情。

"你早就知道了?"被出卖的感觉噬咬着威尔的心，"那你为什么不提醒我一下?"

迪恩耸了耸肩，看见亨特正一脸茫然地盯着他们。他觉得有点窘迫，于是压低了声音："告诉你又能怎么样呢，伙计?事实上，你基本不离开屋子。"

"不对!我来这里了，我每天出海……"

"听着，威尔。逃避……"

"你明知道发生了什么事，怎么还能说出这种话？"

迪恩站直身体，用手抓挠着后脑勺："我们今天晚上再谈这件事情吧，好吗？还有，你负责抓一条像样的鳕鱼给我们当茶点吃怎么样？"

威尔只是咕哝着答应了一声，就把"泽迪号"快艇从码头上推开了。

"回头见。"亨特·戈德西尔大声说。他挥舞着巨大的手掌，脸上红通通的，就像是被太阳严重晒伤了似的。威尔向他点了点头。

威尔驾着快艇，奋力地抢风行驶，只想把脑袋里突突跳动的怒火压下去。他必须把这种情绪释放出来，这是咨询师告诉他的。否则，头痛的症状会持续，直到把他逼疯。"你需要规避压力。"她是这么说的，就好像让自己出人头地、把世上的怪胎和蹩脚货都清理干净的想法，只存在于他一个人的脑袋里似的。其实，他更需要的是隐姓埋名，到一个安全的地方去治疗所有的伤痛。他本来也以为自己找到了——把自己放逐到这里，远离任何认识他的人——可是，如果盖比真像她的名字一样，是个多嘴多舌的人，那他就完了。

他继续开出去，朝佩洛勒斯湾的岬口处驶去。快艇曲折地前行，又开了一个多小时。他经过了好几座三文鱼养殖场和海滨度假小屋，还有私人小舍以及破败的养殖场。这是一个美丽的地方，这一点毋庸置疑：上一次大冰期形成了很多河谷；在肥沃的狭长陆地之间，还有很多植被茂密的陡峭小山。这是一个旅游胜地，但能出得起钱来这里住上一段时间的都是外国人。当地人（除了像布鲁斯·戈德西尔那样的老板们）都觉得日子不景气，生活很艰难。

这一切威尔全都懂。曾几何时，他跟惠灵顿其他幸福家庭的年轻人一样，什么都不缺。他在学校里登台演出，有一大帮朋友可以到处玩。后来，他的父母都丢掉了工作——"帮助"银行缩减开支的结果，他们只好把自己的房子出租给别人，才能维持生计。

要是他们俩都能找到新工作倒也还好，可谁都没有这样的好运气，最后只好投靠朋友。为了能还上自家房子的贷款，他们甚至连老鼠横行的破房子也租不起。

这就是威尔的伤痛，是那些通过 YouTube 上的视频片段认识他的人所不能了解的。他本来可以获胜，可以帮忙解决父母的问题。他们本来不用生活得如此艰难，不必在澳大利亚人开的铀矿采矿场开卡车、运送毒废料。该死的，他是多么想念妈妈那让人安心的笑容，多么想念爸爸的冷笑话啊！

威尔来到这里是为了避风头，希望躲开视频被上传后引来的抨击。他真是服了，人们怎么那么热衷于观看别人的失败呢？一次又一次，那视频被点击了上百万次。以前的社交媒体多好啊，到了能下载视频的今天，它们都成了该死的反社会媒体。

这一切其实都得怪他自己。制片人让他试演的那天，他就签约了。节目名叫《明星的诞生》。联想到后面发生的事情，这名字倒真是很讽刺。别人说他应该去报名的时候，他欣然应允。他曾经希望这是他成名路上的第一步——更希望的是，那十万元奖金可以保住他们家的房子。

这都是因为他内心有个狂热的念头——想唱歌。他三岁的时候就有了辨别音高的能力。青春期难熬的变声期一过，他便拥有了一副清亮醇厚的男高音嗓子。

唱歌带给他的战栗感——全然安静的感觉——简直美好得难以用

语言描述，他只需要张开嘴巴呼气吐气便能得到。他喜欢歌剧，一直都喜欢，从他小的时候就喜欢。他喜欢与声音融为一体的纯粹感，不需要过多粗俗的情节，否则歌剧就成了日间肥皂剧。他喜欢的是音乐本身。他梦想成为音乐的一部分——音符、戏剧、登上舞台时感受到的快乐和克制，而不是像疯子一样被困在这个地方，跟一堆乡下人混在一起。

到了布鲁克斯湾，威尔降下船帆，看了一眼砾石沙滩边上那些枝干虬结的树和被风摧残的蕨类植物。他在砾石沙滩的避风处放好锚，把一小块八爪鱼挂在鱼钩上当钓饵。这是从迪恩的冰箱里拿出来的，还凉得扎手。他把渔线甩到水里，在固着楔上固定好，在船中央站稳身子，然后闭上了眼睛。水花激荡，打着节拍；鸟鸣婉转，悦耳动人。他深吸一口气，使其充斥整个胸腔，让肋骨向两侧打开。他让气流下行进入腹腔，抵着自己的脊柱。这时，他张开嘴，气息平稳地唱出一串唱词后，他感觉第一个音符还在他的脑海中回荡。哦，家园。

他看着阳光照耀下的小山，嘴里唱出了《波西米亚人》。就是他试镜时要唱的片段。"你小手这样冰冷！让我把它来温暖……"① 所有的伤痛都倾泻出来：父母被迫辞职，一家人隔海相望，YouTube 上的视频片段，头疼病，愤怒，偏执，跟朋友们的悲情告别……连续几周以来的羞辱和整个海湾，都被包裹在这充满真情实感的歌声里。

第二节刚唱到一半的时候，威尔感觉有东西动了一下。他转过身，刚好看见一个背鳍滑入快艇底部。

---

① 唱词出自 19 世纪意大利晋契尼的代表作歌剧《波西米亚人》中的著名咏叹调。歌剧讲述了巴黎拉丁区四位贫穷青年艺术家充满欢笑与泪水的生活，其中所蕴含的超越物质的纯粹的爱与自由已成为一种精神，永远活在人们心里。

威尔趔趄着朝后退了几步，脚绊进绞帆索里。他一屁股坐在地上，姿势很是滑稽。当他挣扎着想要重新站起来的时候，他的四肢不听使唤地胡乱甩动，像是打谷用的连枷①。船颠簸起来，他直接掉进了水里。等他重新露出水面时，有个东西从他大腿上刷过。他身子朝上一蹿，抓住了船舷，惴惴不安地等待着大嘴咬住皮肤和骨头时的疼痛。

实在是太危险了。他翘起身子，眼睛朝那边看去，想看看这头鲨鱼的个头有多大。一个脑袋从水中冒了出来，圆圆的，线条很柔和，黑白相间。**老天爷！**

那是一头虎鲸，很年幼，就在他跟前上下浮动，嘴巴里呜呜叫着，像一个要吃奶的小婴儿。它的体型跟一头成年的海豚差不多大，嘴角微微上翘，看起来就好像在微笑一样——那个微笑就是黑白两色的分界线。黑色在上，越过喷水孔，延伸到稍微有点倾斜的背鳍上，下面的部分白色中泛着黄。它眼睛后面的黑色区域还点缀着两块小巧的白斑。那双眼睛如此热烈地端详着他，流露出令人绝望的孤独神色，吸引着威尔靠近。

这双眼睛跟他之前见过的任何一双眼睛都不一样。它们注视着他的时候，那光滑的油层反射着光芒。晃动的海水不断地让瞳孔变化着颜色。它们就像两个精致的万花筒，这会儿是蓝色的，下一刻又变成了棕灰色。渴望和悲伤在这双眼睛里徘徊。威尔依依不舍地调转目光，扫视着海湾开阔的水面，想看看它的同伴在哪里。可是，海面上空荡荡的。

"你的妈妈去哪里了？"

———————

① 连枷：由一个长柄和一组平排的竹条或木条构成，用来拍打谷物、麦子、豆子、芝麻等。

　　小虎鲸把头侧向一边，迎着他的注视，又凑近了一点。它的回答——跟哨声差不多——形成了一支悠扬的短曲。威尔又把那些音符唱了一遍，可它滑到水底消失了。他暗暗责怪自己吓到它了。然后，他听到身后传来一阵水花声。威尔急忙转身，那头小虎鲸露出尖尖的乳牙，又叫了起来。

　　威尔跟跟跄跄地爬上甲板，开口附和着小虎鲸的叫声。它抬高身体，把头靠在船身一侧。威尔没多想就下意识地赶过去，用手摩挲着它圆圆的嘴巴。它的皮肤摸起来既温暖又光滑。迎着它探寻的目光，威尔朝喷水孔更后面的地方摸去。他抚摸着它，感受着它异于人类的皮肤。

　　他柔声唱着，那嗓音就像妈妈在安抚一个受到惊吓的孩子："你的家人出了什么事？"

　　它抵着他的胳膊，发出急促的尖叫声。威尔笑了，它微微震颤，似乎在用笑回应威尔。

　　在威尔身后，渔线嘚嘚作响。"你待在这里。"他以最快的速度把渔线绞了上来，嘴里还唱着去年在学校里唱的歌来吸引小虎鲸的注意力，不让它靠近渔线上那条乱动的鱼。"*我是流浪的吟游诗人，民谣、歌曲和选段拼凑成了我……*"① 这唱词真是再应景不过了。

　　没等小虎鲸看到，威尔就把那条个头很大的鳕鱼抓了上来。他按迪恩教的方法，用力把鱼摔在甲板上，先把它摔晕，再在它头上快速捶一拳杀死它。最后，威尔把鱼钩取了下来。做这些事情的时候，他嘴巴里依旧唱着歌，虎鲸则一直注视着他。请它吃顿鳕鱼似乎是再自

---

① 唱词出自 19 世纪英国幽默剧作家吉尔伯特与英国作曲家萨利文合作创作的喜剧《日本天皇》。

然不过的事情了，于是威尔提着鳕鱼的尾巴，朝船侧走去。

小虎鲸抬起头想去够新鲜的鳕鱼，威尔连忙把鱼放进了它张开的嘴巴里。在它那浅粉色的锯齿状大舌头的映衬下，鳕鱼泛着银光被吞了下去。

"你该走了，伙计，这是一点小心意。"

小虎鲸翻了个身，背部朝下，懒洋洋地靠在威尔身边，露出白色的肚皮。他身体微倾出去，用手沿着它的白色条纹抚摸。那小东西嘴巴里吐着泡泡，急促地尖叫起来，听起来就像一只喉咙里被灌满水的唐老鸭。

威尔低下头，把舌头放在嘴唇中间，吹出一串嘟噜声作为回应。它翻了个身，呼出一口气，将细小的水雾喷洒在威尔身上。

威尔大声笑了起来。当它从水中立起身子，跟他的目光对视的时候，威尔惊奇地发现它的动作竟然如此灵敏。它把脑袋往后甩了一下，好像在催促威尔跟它一起到海里去。为什么不呢？要是它打算吃了他，肯定早就咬住他了吧？不管怎样，这世上应该没有比在寒冷的黑夜里，跟三个瘾君子吵架更危险的事情了吧。

威尔脱掉衣服，只穿着短裤，沿着船舷滑了下去。他的心跳动得跟乐曲中的音符似的。可当虎鲸接近他的时候，威尔发现它的身型显得庞大无比，全身只有头露在水面上，他有点慌了。他急忙转身，想回到船上去，可已经来不及了。虎鲸碰撞着他的身体，用紧实光滑的皮肤挤着他。

当它再次碰撞威尔的身体时，威尔转过脸来面对着它——羞怯、探寻，可能还有一点点害怕。当虎鲸用自己的身体轻蹭着威尔的时候，他屏住了呼吸。它呜呜地叫了几声，还发出咔嗒咔嗒的声音，好像在对他的身体、形状和内部构造进行扫描似的。虎鲸兜完一圈又游了回来，轻轻推着威尔，对他进行第二轮扫描。威尔伸出胳膊，搂住了它那肉嘟嘟的身体。

在他的轻抚下，它静静地待着，他可以感觉到虎鲸的体温和驯服。他强忍着没哭出来。这真是一件再奇妙不过的事情，自己竟然能安慰一头如此凶猛的动物——更奇怪的是，他还能感受到虎鲸也在安慰自己。它用胸鳍圈住他的脖子，就像婴儿用小手圈着大人的手指一样。就是这样，像一个婴儿，害怕、无助，就跟任何一个四处流浪的孩子一样。只是威尔无法收养它，也不能带它回家。

"我该拿你怎么办呢?"

他敢发誓，他听见了虎鲸的叹气声。

第五章　越靠越近

看起来也许有点奇怪，我竟然完全信任他，一个男孩——跟偷走我妈妈性命的那些人来自同一个族群——流着同样的血，长着同样的骨头。从那之后的五十一年时间里，我能想到的答案就是他满足了我的需要：温暖的身体、善良的眼睛、跟我同病相怜的感觉。

他用纤细的上肢搂抱着我，我那颗受伤的心也和他的一样，怦怦作响。我希望他永远都不要赶我走。当我们都平静下来之后，我们开始玩耍。我拍打着尾鳍，他甩动着四肢。我跃出水面，激起的水花把他埋了起来。他则像一头稚嫩的小牛犊一样，把我推回到水面上。

玩累了后，他爬出水面，回到那只小船上。他抚摸着我的嘴巴，柔声地唱歌，轻声地笑着，发出一些我听不懂的声音。可我能感觉到他身上流露出来的善意，这让我的悲伤稍微缓解了一些。

天色开始变暗——光影变换、海水变凉——他把一个用绳子拖着的重物拉上了船。小船在微风里颠簸行驶，白色的翅膀摇动着。他把它拉高，升到他的头顶上。做这些事情的时候，他嘴里一直在说话。我听得出来，那些奇怪又悲伤的声音里散发出一波又一波的悔恨。他要走了，我能感觉得出来。一阵恐慌向我席卷而来，那感觉是如此强烈，我的心都疼起来了。

也许他觉察到我的孤独感是如此强烈：小船开始加速行驶的时候，空中又传来他那抚慰人心的歌声。那歌声钻进小山包之间的空隙，引诱着我。我冒险追了上去。我混乱的意识疲惫异常，没有办法抗拒这个念头。跟得越近，我越能感觉到其他零乱的意识——那是贪婪之徒的——可是，我害怕跟这个好心人太快分开，我还是跟了下去。

相信我，朋友们，我们鲸类从来不应该是孤独的。

在陆地旁的海湾里，我们见过很多沉在水底的物体。里面有大量的三文鱼，挤挤挨挨的，我禁不住凑上去看了看。我的肚子开始咕咕作响，一个地方竟圈了那么多好吃的。可是，我越靠近越能感觉到来自贪婪之徒的仇恨。它像跟随暴风雨而来的泥沙一样，把我所有的感觉都堵住了。这仇恨的阴云跟那些密密匝匝的三文鱼的惨状混合在一起，黑暗得就像大海深处的海沟，跟攻击妈妈的那个会飞的东西一样，给我带来不祥的感觉。

我逃开了，转回去找男孩。听着他那让人安心的声音，我感觉如释重负。太阳落山了，光影更迭，我觉察到黑夜来临时海鸟们扑棱着翅膀乱飞。他带着我来到一块闲置的泥沼间，通过一个码头，进入海湾。那里停靠着很多小船，还有很多住房，房子往外倾泻出光亮。

男孩把船拖到岸边，我则犹豫不前。他把船拖上岸后又游到我身边，跟我说再见。这是最后的亲昵。

他用轻柔的语调跟我说话，还把他那张怪异的扁脸贴在我的脸上。我向他发送信息，请求他留下来，可是……尽管我感觉他听懂了。他唱起歌来 —— 一首甜美的慢歌，非常舒缓——然后，他还是蹚过海水，离开了。

夜色暗了下来，我等待着。我能感觉到贪婪之徒们思想的游丝正悬在夜晚寒冷的空气里。他们的思维对我来说依旧非常怪异，我无法把嗜血的他们跟那个好心的男孩划为一类。妈妈说过，我们部落之中也有一些成员出了名地喜欢猎杀其他温血动物。他们目标明确，狡猾阴险，为了满足自己的口腹之欲，猎杀起来毫不手软。而我们呢，因为能感应到猎物的恐惧和痛苦，总是会心慈手软。这一点倒跟贪婪之徒们很相似。有些是好的，有些是坏的，有些是为了努力活下去。那个时候，我心里非常害怕，待在遍布废弃物的黑色海水里，无人过问。我能想到的就只是号叫——我呼喊我的家人，但没有人回答我，于是我呼喊男孩。

实际上，我原以为没有谁像我一样，遭受过那么大的伤痛。而现在，我知道事实不是那样。在那么长的时间里，有那么多、那么多的同类跟我有同样的遭遇。尽管如此，我也得不到丝毫的安慰。在那些骇人的喋血之日里，贪婪之徒们猎杀我们——用刀捅，用水闷，用棍棒打，用炸药炸，我们被侮辱，被劈成两半。捕杀我们鲸类让他们赚得盆满钵满。如此大规模的屠杀将我们的很多部落彻底摧毁，让我们走到接近灭绝的边缘。有些家族整个消失了，有些则是整代人失踪了。妈妈流的血只是我们鲸类流出的血海里的一滴罢了。

我在这个地方等待着，恐慌、饥饿噬咬着我的胃，孤独感让我心神不宁，害怕重新在我内心升腾，对贪婪之徒的恐惧在我的骨子里复活了。它驱赶着我，转回到我和男孩初遇的那个海湾。

路过三文鱼围栏的时候，我的出现把那些鱼都吓坏了。它们的害怕向我席卷而来。这感觉我感同身受。它们知道我在靠近，变得更加躁动不安。我本来可以闯进去的，可是……最后，它们的惨状还是迫使我走开了。我的神经依旧很脆弱，饥饿感还没有战胜搅扰我思绪的回忆。

最后，我睡着了。男孩的歌声跟妈妈的歌声在我混乱的梦境里融为一体。我感到如此温暖，简直不想醒来。

第六章　活死人威尔

　　威尔跑上船台，急于要跟迪恩分享这次奇遇。他飞快地换下湿衣服，把地板擦干净。他看了一眼冰箱，发现最里面还藏着一包培根，不由得松了一口气。迪恩回来的时候肯定会又累又饿，而威尔答应给他的那条鳕鱼此刻正在虎鲸的肚子里消化。他微笑着走到外面，去鸡窝里拿了几个鸡蛋，禁不住想起小虎鲸看着他眼睛的样子，真像它也是人类一样。他从来没经历过这么激动人心的事——甚至比去年担任《日本天皇》的男主角还有成就感。

　　威尔刚把熟培根塞进电热屉，就听见迪恩停车的声音。不等迪恩走进屋子，他就出去迎接。

　　"你必须跟我走！"威尔说，"就现在！去船台那边。"

　　迪恩关上车门，上好锁："别告诉我说船被你弄坏了。"

　　威尔咧嘴一笑："来吧，你绝对不会相信这件事。"

　　他在迪恩的前面，朝水边跑去。迪恩在他身后跟着的时候，他开始唱起亨德尔的咏叹调，他跟虎鲸分别时唱的就是这首。

*Lascia ch' io pianga mia cruda sorte，e che sospiri la libertà…*①他非常喜欢这首歌，尽管一开始这是写给女声唱的。"让我哭吧，为这残酷的命运，我渴望自由。挣断这使我受难的绳索，以求得怜悯……"②他知道的唱词太多了，经常在脑子里出现，各种想法都可以用这些唱词唱出来。有时候都快把他逼疯了。

"到底是什么事情？"迪恩问道。

"我出海，去了布鲁克斯湾，在那里遇到了一头小虎鲸……"

"虎鲸？"

"没错，只有它一个，真的非常孤单。我给它唱了首歌，还跟它一起玩——我简直不敢相信，迪恩，它一点儿都不怕我。我开船回家的时候，它还在后面跟着我。"威尔眯缝着眼睛，朝乌黑的海水里看去，希望发现它的踪迹。

"老天爷，你竟然带着一头该死的虎鲸直接去了佩洛勒斯湾？"

"我还以为那里已经荒废了。以前……"

"你最好希望它能比你有点脑子，并且已经离开那里了。"

威尔的心头升起一片阴云："为什么？"

"为什么？老天爷！威尔，那里有价值一百二十多万澳元的网箱，里面养满了三文鱼，而你却邀请海洋里最可怕的猎手去那里玩！"

威尔的兴奋劲儿消失了，脑海里响起盖比·泰勒骂他"该死的城市佬"的声音。"它被遗弃了，伙计，跟个小婴儿没两样。"

---

① 这句唱词出自18世纪英国作曲家亨德尔创作的意大利歌剧《里纳尔多》。这是一部经久不衰的名作，至今仍是标准歌剧的保留节目，讲述了十字军英雄里纳尔多和大马士革的异教徒魔女阿尔米达的故事。此为意大利文，意为：让我哭吧，为这残酷的命运，我渴望自由……

② 威尔用英文又唱了一遍。

"那就祈祷那个小婴儿已经离开了，别让布鲁斯听到一点儿风声。"

迪恩转过身，脚步沉重地朝家里走去。他的肩膀耷拉下来，疲惫感像潜伏的高热一样从他身上散发出来。威尔最后朝四周看了一眼。要是虎鲸还在那里的话，它不会不出来的。**真该死**。为什么所有让他充满希望的事情，最终都会变得一团糟？

威尔去准备晚饭，迪恩则去洗了个澡。当迪恩坐下吃饭的时候，威尔把一瓶冰啤酒放在了他的餐盘边。他们沉默地吃着饭，只有刀叉在餐盘上的剐擦声和咀嚼烤脆面包的声音，谁也不愿打破这沉闷的安静。

迪恩目光坚定地盯着自己的晚餐，威尔则观察着他的脸。迪恩有一双跟他的姐姐——威尔的妈妈——相似的眼睛，呈现出肥沃土壤的棕黄色，威尔的眼睛也是这个颜色。他们的颧骨形状相似，都留着黑色直发。可迪恩的嘴唇很薄，像一对永远紧蹙的眉。威尔听说他的嘴巴长得像他的爸爸——唇角满含戏谑，就好像只需吸一口气，笑话就会跑出来似的。可事实上，这些日子笑话都是从他威尔身上跑出来的。

直到吃完饭，迪恩把椅子朝外面挪了挪，打算抽根烟，他才抬起头来看着威尔说："听着，伙计，你不能每次一听到别人提起那个该死的视频就变得不正常，已经一年了……"

"八个月零一个星期。"**再加两天**。

"随便多久吧。它就在这个世界上存在着，你必须要面对这个事实。"

威尔拿起叉子，戳着像高音谱号似的蛋黄碎屑，强忍着才没有反驳回去。**站着说话不腰疼**。

"我知道，但你已经来这里六个星期了，还没跟任何人说过一句话。你妈妈担心……"

"她总是爱担心，她懂什么？"

他心里明白，妈妈在铀矿里辛辛苦苦地开卡车，自己这么出言不逊，对她很不公平。可是，他们所有人似乎都以为他能忘掉那些耻辱和痛苦。被当成笑料的又不是他们，被打成一摊烂泥的也不是他们。拜那些混蛋所赐，他的颅骨破裂，得了头疼病，情绪也不稳定，已经够糟糕了。然而可没有人提醒他，他可能还会经历一波又一波的绝望和精神偏执，还有头晕的症状。自己是个笨蛋，这他知道，他恨死病弱无力的感觉了。这就是他对跟虎鲸交往的事情会那么上心的原因。在那短短的几个小时里，他忘记了自己的痛苦。可现在那个小家伙走了，痛苦卷土重来。

迪恩在座位上挪动了一下身子："或许你是时候再去看看精神科医生了。"

威尔叹了口气："有什么用呢？医生只会说要多休息，要不就是继续吃药。"

"要是你觉得有用……"

"算了吧，只要盖比·泰勒闭上她的嘴巴，我就好了。"

"要是她不闭嘴呢，伙计？有时候，你必须把这一切都抛在脑后，继续你的生活。"

"嘿，要是你希望我离开……"

"我不是那个意思，威尔。我只是不喜欢看见你无精打采的样子。不去本地的学校上学，用邮件寄送作业也没关系，可你应该开心起来，跟人见面，去交朋友。"

"没错，你说得都对。可我到底该跟这里的谁交往？该死的亨特·戈德西尔吗？我敢说他对歌剧一窍不通，顶多会在床头上贴一张帕瓦罗蒂帕瓦罗蒂①的海报。"

迪恩从鼻孔里喷出一阵烟雾："你可能会相当吃惊。一旦你开始了解亨特，会发现他是个不错的男孩。天知道，他也承受了很多东西。"

威尔起身离开餐桌，开始清洗餐具。迪恩也不错，只是不懂这个偏僻小镇之外的那个世界。他几乎不用网络，对社交媒体上的那些咒骂一无所知。迪恩以为自己可以不去理睬那些视频，那么只要威尔不去看，闲言碎语就会消失。可是，威尔知道不是那么回事儿。他的视频片段会永远存在，他也永远都无法释怀。他永远会是那个可怜的、惹人发笑的失败者。

洗完碗，威尔回到自己的房间。登录电脑之后，他不由自主地去查看那个视频的最新状态，这已经是他每天必做的事情。评论的数量又上升了，比上次查看时增加了六十三条。威尔强压住点开视频的念头——每个糟糕至极的细节，他都已经铭记于心。

第一次试演其实非常成功，但这恰恰是真正的不幸。"你小手这样冰冷！……"② 完美的歌曲讲述了一个学生爱上一个即将死去的女孩的故事。评委们都非常喜欢这首歌，眼泪从他们的脸颊上滚滚而下，一直到最后一个音符余音落定。他们起身鼓掌，给出毫无悬念的"通过"。他们非常喜欢威尔的打扮：刺青、穿孔、无指手套、黑色指甲油和黑色长款哥特风皮外套。他们跟他对话，比规定时间超出了足足

---

① 帕瓦罗蒂是意大利著名男高音歌唱家，"世界三大男高音"之一。
② 见 P17 注释①。

十分钟。他们都很激动，他看得出来。在他夺冠的其他多次比赛里，他都见过这样的神情：如饥似渴。可是这次，这些家伙先把他吞下去，然后又吐了出来。

他真是个该死的傻瓜，第一次录影的前夜，竟然同意跟朋友们一起出去，任由试镜的紧张情绪占了上风，喝了过多的威士忌加可乐。于是，他放松警惕，走了老医院后门的小路。半路上，被三个不怀好意的瘾君子绊倒了。他醉得不成样子，没能立即走开。他说了一些蠢话，激起了瘾君子们的报复。他不记得自己说了什么，可下一刻他就倒在了地上，钱包、手机和鞋子都被抢走了，皮外套也被人用刀划开了一道口子。离开之前，他们中的一个用手卡住他的脖子，给了他最后一拳。他的鼻子被打破了，头骨也骨折了。

他本应该直接去医院，本应该暂停试镜，等待浮肿消退。可他太急迫了，也许脑子被打坏了吧。第二天，他瞒着爸爸妈妈去录影，样子看起来就像是从电影里走出来的僵尸。他还没从醉酒中清醒过来，头上的伤口也让他头晕目眩。他们试图把他送回家，都扶着他走到门口了，可他坚持要唱歌。他的声音听起来就像得了重感冒的老年歌手。威尔的明星梦破灭了，YouTube 上的视频也流传出去。有好事者用手机录下了整个糟糕的表演过程，并给这个片段配了个"活死人威尔"的标题。威尔经常希望自己真的死了，视频肯定让那些在网上讽刺他的人高兴坏了。毫无疑问，这段视频成了热门。每次，当爸爸妈妈请律师费很大的劲让人把它撤下来后，它又会在其他地方冒出来，因为钱不够。他没有别的办法，只能让它待在那里，担惊受怕地忍受着。

老黄历了。迪恩说得对，他必须想个办法摆脱它。麻烦的是，肿块和淤青可能会消退，但头晕的症状依旧折磨着他。医生们说可能需要好几年，他的脑袋才会彻底康复。

威尔花了一个小时浏览了虎鲸的视频和图片，听了它们发出的不同声音，发现这些声音表达的意义都不一样：有节奏的叫声用于群体之间的辨认和协作，哨声主要是和家族成员待在一起的时候使用，咔嗒声和短促的叫声用来回声定位……最让他啧啧称奇的是，每个虎鲸群体都有自己独特的语言。它们有一个声音存储库，便于其成员分辨出自己的族群。然而，没人敢断言鲸鱼之间有一种通用语，因为它们的声音太复杂太神秘了，很难下定论。这就是说，如果它们真的既有全体通用的语言，又有不同族群独特的语言，那么它们的大脑至少应该跟人类的大脑一样复杂。

到了十点半，一整天的激动兴奋终于把威尔累坏了，他的眼皮越来越沉，屏幕上的字都模糊起来，不停地变换着。他关掉电脑，平躺在床上，直到进入梦乡之前，他脑子里都还在回忆跟虎鲸相遇的情景。他梦见一大群鲸鱼从他房间的窗户里游进来，把他举起来，用它们紧实温暖的身体依偎着他。他嘴里唱着"穿上你的戏服"，身上穿着小丑的衣服。它们和他同声唱着，极其合拍。"穿上你的戏服，脸颊扑上粉。人们花钱来这里，他们只想大笑……"①

---

① 唱词来自 19 世纪意大利作曲家莱翁卡瓦洛的歌剧《丑角》中著名咏叹调《粉墨登场》。

第七章　三文鱼逃跑了

当我从梦中醒来，进入黎明时分柔和的银光中时，心里一阵恐慌，心脏怦怦直跳。海鸥正在海岸上踱步，一边在脚下的漂浮物里翻找贝类动物，一边尖声唱着歌。

此刻，我被饥饿感搅扰着，肚子里传来的咕咕声盖过了悲伤，不断刺激着我。我不想吃东西，可也不再想寻死了——那个男孩的同情带给我很多慰藉，他发现了我的孩子气，明白我对嬉戏的渴望。我察觉到自己想要玩耍的念头，这种难以控制的想法一直怂恿着我。

我离开昨晚过夜的砂石滩，找到三文鱼聚集的那个地方。我把挡在路上的鱼梁顶开，可还是不能从裂缝里抓到三文鱼。而且，这些三文鱼都拼命地躲着我。我朝底下游去，试图从底部抓住它们。我迫不及待地想要吃点东西了。

那些用线缠成的网用牙齿是撕咬不开的。于是我用头撞，用身体推，全力攻击，直到把围栏弄破。我退了出去，沉到海底，钻进海泥里，等待着三文鱼们自己游出来。它们汹涌而出，四处逃亡，可全都不是我嘴里那些尖利牙齿的对手。可是，有些三文鱼全身溃烂——都是寄生虫、挤压和瘟疫造成的——让我一点胃口都没有了。

我没有吃这些三文鱼，而是跟它们玩耍起来——围困、追逐、咬住它们然后吐出来，就这样一遍又一遍地游戏着。海鸥们很快就围拢过来，在我们头顶上飞。它们的叫声让我回忆起飘在妈妈尸体上的那种声音。我逃跑了。

我游到滑道的中心位置，在那里抓出一条干净的鳕鱼。这时，我感觉有一艘轮船开了过来。我转过身，潜进了一个隐蔽的海湾。有两个小孩正在这里玩水，尖利的嗓音在空气里回响，异常吵闹。我感受到了他们，发现他们身上散发出的气息很柔和，跟那个歌唱男孩给我的感觉一样。

我尽可能靠近他们，然后把整个身体展现在他们面前。他们惊声尖叫，跌跌撞撞地往岸上跑，甩动着四肢，脸上写满了恐惧。我那时才明白，原来贪婪之徒也不太信任我们。两个小孩在海浪里挣扎，朝我扔木头想挡住我。我接住那块木头，然后扔回去，他们再扔出来，我再扔回去。扔了几次之后，他们没有那么害怕了。

然后，我唱起歌来，邀请他们跟我一起游泳。可是这个时候，有个人发疯一般从灌木丛里冲过来。他低声吼叫着，打断了我们扔木头的游戏，然后把那两个小孩拖到远远的地方后上了岸。我潜到海浪下面，沉了下去。我待在海床上，舒服地吐着泡泡，身边全是惊慌失措的鱼群。

最后，我转头朝北游去，回到了之前过夜的地方。男孩就在那里！他的声音在微风里飘荡，长长的音符和烦冗的词句从他瘦弱的身体里喷涌而出。我跃出水面，提醒他我来了。然后我加速游过去，加入了他的歌唱。

那些内心无趣的人无法理解我们歌曲中的精妙之处——而我们自

己则对自己头脑里那些交织的网络啧啧称奇，并对此充满了感激之情。我们思考，我们感觉，我们相爱，我们歌唱，这是我们的方式。

因此，跟用腿走路的人一起唱歌，通过他的声音感受他的想法，这吸引住了我。我们的声音撞击在一起，交汇融合。两条会唱歌的舌头让我们融为一体。海风轻声诉说着我们的渴望，海草也随着我们一起摇摆。我感觉到内心生出一种喜悦之情、一股感激之情。我失去了妈妈和家人，可是现在，我有一种强烈的感觉：我有了一个朋友。

第八章　流浪的吟游诗人

威尔刚唱到一半，虎鲸就出现了。那个小家伙朝他冲过来，仰面漂浮在水面上，威尔的心激动得怦怦乱跳。在虎鲸的注视下，威尔接着往下唱，虎鲸的目光一直都没有移开。很快，虎鲸便发出悠扬的歌声，与他的歌声浑然融为一体。

虎鲸的声音听起来很悲伤，就和每天早上在山谷中回荡的长臂猿的叫声一样凄凉。那声音也很纯净，就像擦拭玻璃边框时发出的清脆响声一般。威尔胳膊和脖子上的汗毛全都竖了起来。

他闭上双眼，歌声流淌着浸入皮肤和骨骼，弥漫在中午前的空气中，跟虎鲸的叫声萦回到一起。泪水刺痛了他的双眼。每当听到音乐声，他就会热泪盈眶。歌声总会潜入他的内心深处，直达那个难以言说的隐秘角落。他一直试图掩饰自己的这一面，唯恐招来别人的反感和排斥。同性恋、娘娘腔、兔爷、人妖，YouTube 视频下面的那些评论让他确信人们就是这么看待他的。虽然他并不讨厌那些同性恋（他的几个很要好的朋友倒是有同性恋倾向），但还是很厌恶仅仅因为哭过几次，就被别人贴上同性恋的标签。可那是从前，现在不会了。他宁愿死，也不会再被吓哭了。可此刻他还是哭了，眼泪从他的脸颊上滚落下来，就跟妈妈看催泪电影时的表情一模一样——伤感极了。

威尔蹲下身子，和虎鲸面对面，打起招呼。它翻滚着，歌声却丝毫不受影响。它噘起嘴巴，触碰威尔朝它伸出的手臂。

"嘿，是你啊。"

虎鲸把细细的水柱喷洒在他身上，还发出轻微的咔嗒声。昨晚在网上查完资料后，威尔明白那是在回声定位。它是想读懂他吗？要是那些仅凭他的失败便谩骂他的混蛋们，也能费心想读懂他就好了。

"我该叫你什么好呢？"

虎鲸在他的手底下长声尖叫起来，发出一串咯咯声，听起来就像女孩子的笑声，跟《日本天皇》里那三个小姑娘笑得一样。他扮演过那部歌剧里的男主角南基普——那是一位流浪的吟游诗人，一心想要赢得美人樱樱的芳心。南基普，多么愚蠢的名字，可是……

"吟游诗人怎么样，嗯？"虎鲸的音量丝毫不见减弱。"或者叫小音阶？"那是一个关系音符，可以让所有的声音升调。"不好，太难懂了。不过，米恩还不错。我叫你米恩怎么样？"他喜欢这个名字引发的联想：在烟雾缭绕的酒吧里唱歌的黑人老爵士乐手。*小米恩和大傻瓜活死人威尔。*

虎鲸似乎咧开嘴笑了，露出钉子一般尖利的牙齿。它把一根晃来晃去的绳子顶起来，慢慢抬高，动作很轻柔，就像猫妈妈举起自己的小猫似的。它漂浮着朝后退，一直退到海浪线之外。

威尔抓住绳子，轻轻地拽了一下。米恩又长声尖叫起来，更加用力地往后扯了一下。他们玩着拔河游戏，快艇"泽迪号"跟着转圈，威尔的笑声和米恩的叫声在灌木丛生的小山之间回荡着。

玩腻了之后，威尔就把绳子丢在一旁。他脱掉外套，只穿着内裤，跳入海中。还没等他把脸上的水揩干，米恩就赶到他身边，依偎着他，嘴巴里还咕噜咕噜地吹出一串串泡泡。威尔仔细观察它，想分辨出它的性别。他在网上看到过雌性鲸类都有生殖裂，可米恩的肚皮像天鹅绒般光滑，没有任何缺口。

"所以你是一个男孩吗?"威尔伸出手来握住米恩的前肢摇了摇，好像在握手一样。他感觉到里面结实的骨头，感觉很惊讶:"你好，先生，我是威尔!"

米恩像排水管一样咕噜咕噜地吐完水，潜了下去，然后从威尔的身子底下重新露出水面。它把威尔驮在背上，轻轻摇晃着，威尔则抓住它滑溜溜的背鳍，不让自己滑下去。骑在米恩背上绕着海湾转圈的时候，他的脑海中闪过电影《鲸骑士》里的画面。他开心地大叫起来。在他身下，米恩紧实丰腴的身体游动着。他吃惊极了，这个小家伙竟有那么快的速度和那么大的力气。

此时，威尔脑海中跳出来一句话，他脱口而出:"冲啊，冲啊!我的心在燃烧!"他真希望爸爸妈妈此时也能在这里。是妈妈激发了他对歌剧的痴迷。他还很小的时候，妈妈就不停地播放吉尔伯特和萨利文的音乐作品。上小学的时候，他甚至把 CD《潘赞斯的海盗》① 带到学校，用里面他最喜欢的那首《喇叭! 喇叭!》做了晨讲。然而同学们都不太感兴趣——这还是客气的说法。他很快就学会了要保持安静，后来还学了闭口不言，不谈论任何严肃歌剧。同学们都觉得歌剧是给老古董们听的。不管怎样，大多数人都觉得音乐只是一种产品，不是艺术。到了十一年级，威尔才找到几个志同道合的朋友——

①《潘赞斯的海盗》是 1879 年首次在百老汇上演的著名滑稽音乐剧。

可现在他们也都回家了，生活非常忙碌，似乎没有时间跟他这个神经兮兮的"遁世者"再联系。

转了差不多两圈之后，威尔从虎鲸背上滑下来，把身体靠在快艇上。他仰面漂浮在水面上，直到米恩游过来靠在他身边。威尔用脚踢了几下水面，米恩也用尾巴拍打着水面。他又用手拍打水面作为回应，米恩立刻模仿他的动作，用胸鳍拍打着水面。真是不可思议！简直超现实！威尔一弯腰，潜了下去。米恩像闪电一样，也跟着滑了下去，还在水底发出巨大的嘟噜声。威尔赶紧从水里钻出来。他笑得不行，都快被水呛住了。就在这时，他那个肥嘟嘟的小朋友又发出一阵叫声，像是一只被掐住脖子的鸭子。这个小东西居然在取笑他！

威尔爬回到"泽迪"的甲板上，把马尾辫上的水拧干。注意到岸上有动静后，他顿时一僵。灌木丛里有三个背包客，他们手里都拿着手机。

威尔转过身，兴奋感慢慢消退。米恩是他的秘密，他根本就不愿意跟那些讨厌的人分享这个秘密。他把锚升起来，用口哨吹出响亮的降 B 调，这声音跟米恩的叫声非常相似。米恩立刻做出了回应。

威尔把帆升起来，驾驶着"泽迪号"驶向外海。他一只手掌控着船舵，一只手跟衣服较着劲儿，想把它们套进还没擦干的身体上。米恩在船头前面游，保持着恰到好处的速度。就在他们快要靠近海岬的时候，威尔回头看了一眼。那几个背包客已经冲到海滩上，手里高举着手机，好像在录像。该死的，隐私根本什么都不是，尤其是现在这个时代，每个混蛋的手机都有摄像功能。

米恩就在他前面游着。它跃出水面，把船前方的海水劈成两半。阳光被撞碎，四处泼洒。米恩跟自己的世界是如此浑然一体，这让威尔内心升起一阵嫉妒之情。想想自己在这个地方，却像一条被抛上岸的鱼，一再越位。就算有人看他一眼，都能让他的内心不安起来。

他以前并不是这个样子。小时候，父母无条件地爱着他，他可以全身心地投入唱歌中。哪怕还是个小孩子的时候，他就在超市里唱，在上学的路上唱，在车里唱……有父母在旁边不停地鼓励，他觉得这个世界安全极了。当然了，现在他们也还爱着他。可是，他们离他太远了，这让他感觉父母就跟过世了似的。就算是跟父母或以前的朋友网络通话的时候，他也还是觉得很不真实。此刻，他感觉自己好像被冲到了一个怪异的新空间里。在这里的一艘快艇上，跟海面上一头会唱歌的虎鲸嬉戏玩耍！也许，他真的疯了吧。

快艇此刻已经开到了船台附近。一艘邮轮分拨开海湾里的海水，朝南面驶去。威尔将快艇调转成逆风方向，然后大力扭转船舵，直到它顶着风停住。米恩跳出水面，歪着脑袋，游到他旁边。

"你应该赶紧逃走，伙计。"

今天早上跟迪恩分别的时候，迪恩警告威尔"离那条该死的黑鱼远点"。尽管他并没有把这话放在心上，但还是能够感觉出迪恩说得没有错。要是让布鲁斯·戈德西尔听到一点儿关于米恩的风声，那么事情肯定会变得糟糕起来。

可是，米恩又开始表演了。它一个后空翻，用尾巴拍击水面，就像个爱出风头的小孩似的，这点和曾经的威尔像极了。威尔不知道如何才能甩开米恩，独自回到布莱斯。米恩又不是小狗，不能命令它"停住"。

威尔俯身趴在船舷上，手握成拳，击打着船下的水面。米恩转着圈，做着小幅度的鲸跃，然后在紧贴快艇的地方重重落下，溅起的水花几乎让威尔全身湿透。该死，米恩觉得这就是个游戏。到底该怎么办啊？他倒是可以吓唬它一下，把它赶走，可那样做太残忍了，米恩还是一个小宝宝啊。他想不出其他办法了。

不管怎样，得先把眼前的事情解决了：邮轮正朝他们的方向快速驶来。威尔松开船舱，拐弯离开快艇本来的航道。他希望米恩能悄悄跟上，不要弄出太大的响声，但愿吧。米恩明显就在玩耍。它急速朝前游去，做了一个鲸跃，再掉头游回来。邮轮越来越近，已经偏离正常的航道，径直朝威尔这个方向驶来。

那艘纯铝打造的邮轮熄了火，速度慢了下来，在离快艇只有几米远的地方停下来。一大群乘客聚集在栏杆旁边，指着还在显摆自己的米恩叽叽喳喳地议论着。

威尔又拐了个弯，想把米恩引开，可那头小虎鲸正在表演浮窥。它让身体竖立在水里，头部完全露出水面。拍照声咔嚓作响，很多只手伸了出来。有人的帽子被风吹落到海里，米恩抢到后顶在鼻尖上，在空中摇来晃去，引来一阵热烈的鼓掌声。威尔非常不满：那个孤独的小家伙眨眼间竟变成了马戏团演员。

他悄悄地溜走了，甚至连唱首歌把米恩引开的勇气都没有。如果和那些游客们待在一起是米恩自己的选择的话，威尔只希望他们不要伤害它。他的胸口一阵剧痛，好像通往幸福之门的钥匙从他的指间滑落了。

快要靠近怀特洛海湾的三文鱼养殖场时，他看见迪恩正站在养鱼笼边的浮桶上。那里并不是迪恩惯常的工作地点。威尔调转方向，朝他靠了过去。

"迪恩!"威尔大声喊道，"嘿，伙计，出什么事儿了?"

迪恩的下巴绷得很紧："看起来你那个小伙伴昨天晚上已经光临过了。"

威尔的内心像被命运之锤重重地砸了一下。"什么?"他的目光绕过迪恩怒气冲冲的脸,朝三文鱼的笼子看去,里面已是空空如也。

"我告诉过你,不会有什么好下场的。渔网上被撕开了一个一米多长的口子。"

"那也不一定就是它干的,有可能只是巧合而已。"

"那可真是一个该死的巧合。"

布鲁斯·戈德西尔走到浮桶上。天哪,这下糟糕了。"你找到裂口了吗?"他的声音很尖利,非常刺耳。

迪恩瞥了威尔一眼,然后把目光移开了。"找到了。亨特已经在附近搜寻过了——我们还能用网捕回来一些,可大部分鱼都跑掉了。"

"把所有人都叫回来值夜班。要是有哪个傻瓜不乐意干,就让他给我滚蛋!"布鲁斯怒气冲冲地回到自己的船上,路上遇到其他员工的时候,还大呼小叫地发出各种指令。

"它还在附近吗?"迪恩问威尔。

威尔耸了耸肩。一旦《每日邮报》送来,整个该死的镇子就全都知道这件事了。"它正在巴克利海岬附近,给邮轮上的人免费表演节目呢。"威尔说道。

"非常好。现在,其他该死的养鱼场就不用再担惊受怕了。"迪恩揉搓着额头上的皱纹,"你最好赶紧回家,小子。要是被布鲁斯发现是怎么回事,他一定会揍你的。"

"听着,迪恩,我没有想要……"

"知道了,知道了。"迪恩猛地伸出手,像在拍打他们面前的空气。"走吧，滚蛋！"迪恩用脚踢了一下"泽迪号"，然后转过身去。他盯着已经空空如也的养鱼笼子，用手挠着脑袋。

威尔将船停妥后，便走到花园里开始除草。这个花园是迪恩的骄傲和乐趣所在——干家务活笨手笨脚的迪恩，在这里找到了自己的用武之地——他们也不用再去购买蔬菜了，果树上结的果子够他们吃的。威尔先是给土豆苗除草，然后将杂草扔给小鸡们吃。接着，他开始削胡萝卜和洋葱，以求在迪恩面前争取一个好表现。但如果迪恩把那件事说出去的话，他即使再努力除草，也无法摆脱目前的困境了。他觉得自己很愚蠢，很天真，怎么会真的相信米恩会对笼子里那些可怜的三文鱼视而不见呢？

天哪，威尔真希望能跟妈妈谈一谈，她是这个世界上唯一一能懂他的人。妈妈曾经教导过他：当别人需要帮助或需要他伸出援手去做什么事的时候，不能冷漠地走开。他敢打包票，要是妈妈看到需要帮助的米恩，她肯定也会这么做的。可是，米恩到底是如何得知养殖场里有三文鱼的呢？就算免费让它吃那种三文鱼，它都不会吃。他读过很多资料，对喂给这些怪鱼吃的垃圾饲料了解得一清二楚——不过，这些三文鱼是迪恩的生计来源，而且这段时间，迪恩的生计其实也是他的生计，因为他父母的工资都用来偿还两份房贷了。他简直是在拆自己的台。

一个小时后，威尔伸了伸腰。他摘了一些罗勒①、西葫芦和熟透的西红柿，打算拿来做意大利面酱。他的烹饪技术也是妈妈教的。不管怎样，有可口饭菜吃的时候，迪恩总会变得好说话一点。

---

① 罗勒是药食两用芳香植物，味似茴香，全株小巧，叶色翠绿，花色鲜艳，芳香四溢。

可是，时钟依旧不紧不慢地走着。威尔想先做一下历史课的作业——跟《凡尔赛合约》相关的内容——他目前也就只能做这些，要等函授学校把包裹寄回来后，才能拿到书。可是他又不由自主地去想米恩和布鲁斯·戈德西尔。他返回到谷歌搜索引擎页面，开始查找跟虎鲸有关的网站。

虎鲸别称"杀人鲸"，但威尔很难把它和米恩画等号。他又搜索到虎鲸的另一个别称——海上之狼。这个别称他倒是很喜欢。虎鲸是家族型动物，雌性虎鲸在团体中占据统治地位，有些虎鲸终生都会跟母亲待在一起。那么，米恩的妈妈到底出了什么事情？它的同伴去哪里了呢？世上流传着很多跟虎鲸孤儿有关的故事。那些可怜的孤儿大多会被船撞死，还有一些被人类赶到一起，关进水族馆里。一想到这些，威尔就感到恶心。这么做对虎鲸一点好处也没有。根据他目前所了解到的知识，虎鲸只有被囚禁起来的时候才会攻击人类——可是，这怎么能怪到它们头上呢？水族馆实在是太小了，虎鲸们简直动弹不得。

五点四十五分的时候，迪恩终于回来了。他先是抱怨了一番，然后锁上浴室门洗澡去了。威尔的精神处于高度紧张状态，根本没法集中注意力去关注前几条电视新闻，他紧张到要啃大拇指指甲。这时，主持人说道："今天，佩洛勒斯海湾里充满欢声笑语，游客们乘坐当地的邮轮，和一头小虎鲸近距离接触……"电视画面里的米恩，正像海洋世界里的杀人鲸一样，在那些摄像机前表演节目。

迪恩的冷笑声在威尔背后响起："欢声笑语？"

威尔吓得差点尿裤子。迪恩是什么时候站到他身后的？

"……看上去这位小访客已经交了至少一位朋友。随团游览佩洛勒斯大道的罗恩·埃里森给我们提供了他稍早时候用手机拍摄的这些画面……"

威尔的心为之一沉。**我的老天爷，千万别。**但是，他的形象还是出现在了电视画面上：他正半裸着身体跟米恩嬉戏。唯一让威尔感到欣慰的是，视频是在远处拍摄的，屏幕上自己的影像模糊不清。

"真该死！"迪恩拍了拍额头，"我记得警告过你的，让你离它远远的，不是吗？要是让布鲁斯看到这个，他肯定会气疯的，该死！"

"他不会知道那人是我的，画面很……"

"哦，老天爷呀！威尔，我那艘该死的船在那里，谁都知道那人肯定是你。"

威尔把剩下的话咽了回去。**该死的小镇。**他正努力寻找新的说辞想反驳回去，这时电视里又丢出了一枚重磅炸弹。

"……佩洛勒斯海湾渔业区发言人、海洋哺乳动物局官员哈利·安德鲁斯早些时候接受我们的采访时说……"一个胡子拉碴的秃顶中年男子出现在屏幕上："不管是谁，只要靠近鲸鱼一百米之内，都是违法的……"威尔的胃像洗衣机一样转着圈搅动起来，"……同样，除非有局长本人的许可，任何游船都不准靠近鲸鱼五十米之内。任何违反此项规定的人，将会被处以每次最高一万澳元的罚金。"

新闻还在继续播放，但威尔什么都听不下去了。**安慰一头被抛弃的幼鲸就要被罚款一万澳元？**就在他竭力想把这个数目赶出脑海的时候，电话响了。他瞥了迪恩一眼。迪恩翻了个白眼，抓起了听筒："喂，哪位？"

威尔关注着迪恩的脸色。只见他眉头之间的纹路都蹙在一起，紧接着便恢复到平常像沙皮狗似的眉头紧皱的表情。听筒那边的说话声非常大，震得整间屋子嗡嗡直响。

"我知道，老板，我已经……"听筒那边继续咆哮着，迪恩不得不停下来，"嗯，好的，好的。可是你得……"听筒那边再次传来咆哮声，"嗯，听明白了，好的。"迪恩"啪"的一声扔下听筒，然后扭动脚跟，转过身，怒气冲冲地看着威尔。

"不用猜也知道电话是谁打来的吧？"

"他知道是我吗？"威尔的喉头像被钢丝缠住了，好不容易才挤出这句话。

"这还用问吗？"迪恩瘫坐到惯常坐的那把椅子上，"他会向哈利告发你。他还说，要是我们还有别的损失，会让你负全责。"

"可是这么做不公平！米恩做的事，怎么能让我来负责？是它野性难驯。"

"米恩？你竟然还给它取了个名字？"迪恩脸上露出一副难以置信的表情，吓得威尔的心脏都快跳出喉咙了。迪恩慢慢吐出一口气，气息极其不平稳，"你现在可不是在危地马拉，罗帕塔博士①！"

这是《肖特兰街》里的一句台词，是威尔的爸爸最喜欢讲的冷笑话之一。尽管威尔明白迪恩是在讽刺他，说他是个不了解乡下的城里人，但听到这句台词时，威尔还是吃了一惊。他勉强挤出一丝笑容：*"要是我付不起，会怎么样？"这也许很快会变成另一场噩梦。*

"哈利不会拿你怎么样的，伙计。他是个讲道理的人——呃，至少目前为止是这样。我们小时候一起上过学，他欠了我很多人情。不过，你最好还是离他们远点。渔业局的人一直强调要建立'保护墙'。

---

① 罗帕塔博士是新西兰肥皂剧《肖特兰街》中的角色。

多跟凯库拉岛上的鲸鱼观察组织成员们聊聊吧。这些年来，他们一直在做各种协调工作。"

"可是，那头虎鲸呢？"

"别再提它了，伙计。希望它能识趣点离开，别被船桨绞成肉酱，也别被人暗中干掉。"

"可这也太荒唐了！它只是一头鲸鱼！按照它们跟人类差不多长的寿命来算，它很有可能刚好在幼儿期。"

"别胡扯了，威尔，它不过就是条该死的鱼而已！"迪恩捡起遥控器，换了一个频道，"制定法规的人又不是我，我能做的只是尽可能遵纪守法而已——你也必须这么做。"他调高了电视机的音量。很显然，他不想再说话了。

在接下来的两个小时里，威尔坐在那里，定定地看着电视屏幕，但什么也没有看进去。网络上流传的各种故事，此刻正在他的脑海里翻滚。米恩要是还在附近出现的话，他就死定了。在这件事上，迪恩是绝对不会退让的。可是，为了赶走米恩，他们到底会怎么做呢？这个疑问一直在他的脑海里盘旋。

最后，为了找点事情做，威尔把碗碟都洗了，然后上床睡觉。他拿起了一本书——从迪恩那里拿来的一本机场惊悚小说，情节荒唐得很，他读都读不进去。反正也没什么大不了的。十点钟的时候，威尔熄灯准备睡觉。他躺在黑暗中，静静地听着迪恩响彻屋宇的呼噜声——吸气时发出的是 E 调鼻音，呼气时发出的是嘟噜声。一旦开始留意迪恩的呼噜声，威尔便抑制不住地随着节奏哼唱起来。他必须离开这里，把沮丧的情绪赶走。

他偷偷从后门溜出去，沿着昨天晚上给米恩唱歌的那个船台往下走。此刻正是涨潮的时候，涟漪反射着皎洁的月光，大海有规律的潮起潮落声组成了背景乐，应和着夜色里传来的各种杂音——远处电视机发出的嗡嗡声、摔门声、公园附近汽车加大油门的声音、两条狗的吠叫声。他从海滩的高潮线处捡了一大捧石子，然后在航道上打起了水漂。

等眼睛适应了这里的光线后，威尔注意到水面上出现了一个背鳍，把涟漪都搅乱了。米恩正无拘无束地在航道里的航标之间游动。它向船台游过来的时候，双眼背后的白色斑块闪闪发光。它嘴里叫唤着，声音很急切，威尔低声打了个呼哨来回应它。米恩立刻把头伸出水面，似乎是想确定那人到底是不是威尔。它用尾巴拍打着水面，那声音在夜晚听来极其刺耳。接着，它又发出尖叫声回应威尔。

威尔情不自禁地精神大振。他看着米恩向自己靠近，脑袋里回响起迪恩的说教，"别再想它了，小伙子"。就好像米恩可以被视而不见似的。他脱掉鞋子，卷好裤腿，打算下到水里去跟它说声晚安。这么做，不至于有什么害处吧？

黑暗之中，突然响起了说话声："就知道会是你！"

盖比·泰勒和两个同伴突然从人行道附近的灌木丛里冒了出来，把威尔吓了一大跳。盖比手中的香烟，拖着一条长长的毒气尾巴。威尔朝她们耸了耸肩，转过身打算离开，心中默默祈祷着，希望她们没有发现米恩。

"我叔叔真的看你不顺眼。"盖比堵住了威尔的去路，"他说应该把你们这些可恶的城市佬赶出去。"

旁边那个瘦削的金发女孩咯咯地笑了起来。皮肤黝黑的那个女孩，或许是个毛利人，一言不发地站在那里。她交叉胳膊抱在胸前，保持戒备的姿势，目光却停在威尔身上，就跟他是玻璃罐里的动物标本似的。米恩从水里探出头来，吹出一串泡泡。三个女孩急忙转过身，目瞪口呆地看着。米恩跳出水面浮窥，朝他们这边大声叫唤。它的叫声里传达出的需求和孤寂感，重重地捶打着威尔的心。

"你是不是想再脱一遍衣服？"盖比冲着威尔吐了一口烟圈。威尔暗自祈祷，希望夜色能将他气得绯红的脸掩盖起来。

威尔从盖比身边跑开，为自己抛弃米恩的行为深感内疚。他的心怦怦乱跳，大滴大滴的汗珠从额头上渗了出来，盖比口中的烟味让他想起之前那个晚上的痛苦记忆：他们朝他围过来，酒瓶叮当作响；当他愚蠢地逞口舌之快时，他们气得眼睛简直要喷出火来了；当刀子划破他的外套、剐擦他的皮肤时，他听得见刀子发出的刺啦声，甚至还能闻到血的味道。在他背后，米恩的叫声一直没有停，甚至盖过了那三个女孩喧闹的狂笑声。

威尔沿着一片漆黑的道路往上跑，他确信那三个烟鬼正在后面紧追不舍。他忍不住往四周看了看。**我的老天爷！**身后真的有个人影向他冲过来。他急忙加快速度，暗暗责骂自己太愚蠢，竟然忘了穿鞋子。

"嘿，等一下！"是个女孩的声音，但听起来不像爱拖着长腔说话的盖比·泰勒。

威尔只好停下来。他一停住脚步，便没命似的大口喘气。这时，她赶了上来。原来是那个皮肤较黑的女孩，她手里正拿着威尔的鞋子。

"你把鞋子落下了。"女孩把运动鞋塞到他手里。她的声音很低沉，大概是中央 C 音下的 G 音，优美动听。

"谢谢。"他从她手中接过运动鞋，转过身打算离开。

"它长什么样子？"女孩问道。

威尔猛地转过身说："你说什么?"

"*Te kera wēra*①,就是那头幼鲸,跟它一起游泳是什么感觉?"女孩低下头,似乎在刻意回避威尔的目光。

"棒极了,"威尔很不情愿地承认道,"它非常聪明。"

"我外婆说,它是我的哥哥金吉,是他回家来了。我哥哥去年死在了阿富汗。"她抬起头,朝上看了一眼。在月亮的银辉下,她脸上的悲伤清晰可见。

"也许吧,"威尔回答道,他不知道该如何应答,"我不确定。不过,我很确定它是一个男孩。"威尔听说过她哥哥的死——迪恩说跟她们家有些亲戚关系。那个男孩最终死于军方口中的"友军误伤"事件,真是讽刺。整个镇子一连悼念了好几个月。这都是迪恩告诉他的。

"你有没有觉得……"

"帕尼娅!"盖比·泰勒的叫唤声撕裂了夜空,尖利如海鸥的鸣叫,"我们要走了!"

帕尼娅打了个寒战,赶紧抱住自己的胳膊:"我得走了。"她向船台走去。

"嘿,"看见帕尼娅回过头,威尔才继续说道,"我为你哥哥的遭遇感到非常难过。"

"谢谢。"她用力吸了吸鼻子说,"你知道吗?我们还是远房亲戚呢。"

"我们吗?"他不是很清楚他们之间是如何攀上亲戚关系的。

"没错。"她走开了,一副拒人于千里之外的样子。帕尼娅失落的

---

① 此为毛利语。

神情让威尔觉得自己很自私。他一直希望自己能有一个兄弟或姐妹——此刻，他感受到了失去亲人的痛苦，那份痛是语言无法描述的。还有米恩……它那么小，那么孤单。他不禁变得忧心忡忡起来。

威尔独自站在空荡的大街上。那三个女孩的叽喳声渐渐消失在黑夜中。确定她们已经走远后，他转过身，沿着原路走过船台，来到一个用来停靠商船的狭长地带。探照灯发出的光打在他身上，将他的影子拉得长长的。这里的水足够深，可以让米恩待在这里。他朝后面看了看，确认没人跟着后，才轻声地吹起口哨，但没有得到任何回应。

威尔趴在厚木板上，向着漆黑的水面探出身子。他用手拍打水面，听到附近某个地方传来米恩用喷水孔喷水的声音。他把口哨吹得更大声了，米恩像一个长着斑点的幽灵，从黑暗中现身。

威尔把手探出去，直到能够着米恩的背鳍。他没去理会米恩的吵闹声，而是坚定地拍着它的后背，拍了很久。小时候，每当夜里他哭闹着醒来时，妈妈都是这么做的。抚摸米恩的同时，威尔的心也安定下来。通过手指的按压，他把自己越来越沉静的情绪传递给米恩，让它渐渐安静下来。

闹腾了大概十分钟之后，米恩终于安静下来。威尔看见米恩的眼中不再反射出任何光线。它漂浮在平滑的海面上，在威尔轻柔的拍打下，安然睡着了。

直到全身肌肉酸痛得再也受不了时，威尔才起身离开。之后，他重新坚定自己的信念，跟跟跄跄地回家睡觉去了。

第九章　友谊危机

　　年轻人，我的朋友们就跟灯笼鱼似的，永远不愿意待在同一个地方。他们一会儿待在这里，一会儿跑去那里，不分白天黑夜。在那些痛苦的日子里，我的情绪波动很大。我不但极度渴望安慰，还特别想去玩耍。

　　有种说法（尽管我对这种说法的可信度深表怀疑）认为，在大陆板块还没有漂移的时代，我们的祖先曾到过陆地上。我们在陆地上行走、觅食，喝的都是淡水。但随着地球世世代代的演化，我们与大海之间的纽带，让我们不愿意离开海岸。我们的祖先最终放弃了陆地生活，在大海宽阔的怀抱里觅得了自由。

　　不过，对空气的渴望，我们倒是一刻都不曾遗忘。哦，老天，我们生活在水里，却依旧向往过去的生命力。我们渴望，当然我也渴望能在陆地上甜美的光亮里咽下最后一口气。听听我的心声吧！我的要求再正常不过——不要把我葬在大海里。溺亡依旧是我们内心最害怕的死亡方式。

　　你们肯定好奇我为什么说这些吧。亲爱的朋友们，那些滥发善心的贪婪之徒一开始对我们表现出无限的热爱。我们随潮水来到海岸上，想在临死前呼吸呼吸空气。这个时候，那些贪婪之徒前来慰藉我们——看到我们的生命之火渐渐熄灭，他们爱抚我们、同情我们、安慰我们。家庭成员们在爱的驱使下，争先恐后，想同呼吸、共命运。

可是，这些贪婪之徒实际上阻挠了我们自己选择的死法。他们给我们淋水，照顾我们，为我们失去亲人感到悲伤，在我们的耳畔歌唱。当潮水涨起来时，他们把我们赶回大海里，想让我们自由。他们并不明白我们同心赴死的渴望。我们再次回到海滩上时，他们还会再次把我们送回去，死都死不成。我们之间产生了隔阂。

不过，这也让我们能深切地感知他们的思想。就如我们可以选择克制邪恶一样，那些贪婪之徒同样可以尽显他们的残忍，请记住这一点。对我们来说，这是一个教训。它既是警告也是祝福。

在过去的这些年里，我独自一人生活，一直觉得妈妈在召唤我——我很确定能听到她的呼唤——她催促我做出抉择：要么识相地躲起来，不至于重蹈覆辙；要么有本事能更敏锐地感知人类的内心。我必须能判断，那些贪婪之徒到底是真心对我，还是另有所图。

一个静悄悄的清晨，我醒过来，只有我一个人。我四处漂游，想找些乐子，却遇见一个陌生的男孩。那个男孩身材魁梧，却一副心事重重的样子。他站在一艘银色的大船上，船侧拍打出一大片水花，他呼出的气息混入空气中。我向那艘船游去，沐浴在水花中，并对那个男孩唱了一首歌。他吃惊极了，我能从他的眼神里看出他是一个好人。我还感知到他是一个害羞的人，还充满着警惕。

男孩朝我身上泼水，我就接住这甜甜的水来漱口，这可把他乐坏了。他也溅起水花。我用鳍拍打水面，他就把用来拍水的东西放下来，我用牙齿咬住，还把他浇了个浑身湿透。他大笑起来，笑声爽朗极了。

我们一直玩到夕阳落下。

可是，第二天来了一大群贪婪之徒，他们中的某些人心怀恶意。我想躲开他们，就游走了。我躲在那些起起落落的船只底下，然后潜入水底去寻找我的朋友。这里的水很黑，海床上一片荒凉，海面上汩汩冒油，海草上都是黏糊糊的。

现在说起来有点不好意思，但那时我感到厌倦，就开始搅扰生活在这里的鱼类。不知不觉间，我来到了船只之间，我的游戏直接暴露在了游客们眼前。他们中的某些人假装好心地向我冲了过来，有的则贪婪地盯着我。一大堆胳膊向我伸过来，吵吵嚷嚷，争先恐后——没错，没错，我明白——我的虚荣心膨胀起来。我冒出水面，做了一个鲸跃，像得了信号一样跳跃起来。他们的赞叹声刺激着我继续跳跃。

不过，当我结识的第一个朋友出现的时候（上天保佑他，他确实又出现了），我能感觉到他认为我这么做犯了一个严重的错误。他把货物搬到船上，摞得高高的，然后开始呼唤我。当然了，我尾随他而去。离开那群大惊小怪的人很远之后，他才停止生气。天哪，当他的歌声响起来的时候，我的内心变得多么平静啊！哦，多么幸福！我觉得我的世界里再也不会有别的变故……可是，我错了。

第十章 寻找虎鲸家族

　　威尔趴在电脑桌上，手脚冰凉、浑身僵硬，两只眼睛都快睁不开了。他一个接一个地浏览着网站，一目十行地扫视着网页上的那些文字，不放过任何有用信息。身体特征、科学分类、栖息地、族群特性……知识点实在是太多了，威尔怀疑自己连三分之一都没有记住。不过，有些细节还是刻在了他的脑海里。白鲸的叫声很像人类的谈话声。人们试图将一头体型巨大的雄性虎鲸放进水箱时，这头困兽把自己的驯养员咬死了，还咬伤了好几个人。不同鲸类的家族或部落之间差异巨大，它们捕食的猎物不同，用来交流的语言不同，玩的游戏也不同，甚至各自发明的捕猎方式都不一样。就像海豚能帮助人类从鲨口脱险一样，鲸鱼也会借助人类的帮助来摆脱渔线。虎鲸还会把趴在浮冰上的海豹赶下来，用更聪明的方法围猎它们。

　　威尔觉得自己就像一个研究外星生物的学者，而笔记上记的是跟人类同宗的各种部落。它们都是有爱又感情丰富的生灵，有的拥有与生俱来的杀手本领，有的则没有。让人沮丧的是，对于像米恩这样独居的虎鲸来说，人类是唯一真正的威胁。可与其相反，野生虎鲸却从没有伤害过任何人类。让他更气愤的是，那些从事虎鲸保护工作的人有时候也弄错了——他们袖手旁观、行动拖拉、迷信协议，这些带来的伤害远比益处多。

人们曾在皮吉特湾发现了一头名叫"卢娜"的幼鲸。当地人爱护它、保护它，和它做朋友。YouTube 上的视频片段里，那头虎鲸简直跟米恩一样贪玩，也一样需要安慰。它跟那些粗犷的伐木工打成一片，用它擅长玩的游戏赢得了他们的欢心。它就像一个生活在海里的伐木工似的，帮他们搬运木材。别人将水管递过去的时候，它就替人家冲洗商船。要是有人把防碰垫从船上扔下去的话，它就会像被某种力量牵引着似的紧追不放。在其中一个视频片段中，它竟然在跟船上的狗说话！这头幼鲸乐观、友善，威尔被它深深地吸引住了，它真的跟米恩很像。

让人难以理解的是，当地的原住民竟然认为这头幼鲸是他们部落首领的转世——帕尼娅就是这么看待米恩的。当地政府用渔网把那头幼鲸网起来，打算让它回归到自己的群体时，那些部落民众集体下到水中——不管政府官员如何解释，他们一个字都不信。他们划着独木舟，挡住政府船只的去路，击鼓唱歌，虽平静却很有气势。那是威尔见过的最感人的场面，很有《蝴蝶夫人》式的戏剧感——皮吉特湾上演的这一幕，拥有同样让人心碎的美感。

但是，这些都没带来好结果。就在大家为那头幼鲸应该归谁管而争吵不休的时候，意外发生了：可怜的小东西被一艘船的螺旋桨打到，不幸身亡。原住民们诉说他们的痛苦，表达对卢娜的思念之情，连威尔听了都为他们心痛不止。要是米恩不幸罹难，他肯定会肝肠寸断的。光是想一想，他就已经感觉心像空了一样。

威尔关掉电脑，躺到床上，可怎么都睡不着。一个计划在他的脑海中逐渐成形。早上六点的时候，闹钟响了。他赶紧爬起来，想赶在迪恩上班之前见到他。

迪恩正在大口喝粥。

"嘿!"威尔拉出椅子，坐到了迪恩对面。

"你今天起得挺早啊，小伙子，有事儿吗?"

"有点儿。昨天我遇见了一个叫帕尼娅的女孩——就是哥哥死掉的那个。你认识她，是吗?"

"我当然认识。她妈妈凯茜是我和你妈妈的表姐。照这么算的话，帕尼娅是你的……你的远房表妹? 嗯，我想应该是这样的。"

"您为什么从没说过她们是毛利人?"

迪恩拿着勺子，手悬在半空中："你很介意这件事情吗?"

"当然不是。"我的老天爷，迪恩把他当成什么人了? "您愿不愿意把我介绍给他们认识一下?"

"现在吗? 为什么这么突然? 上个月我想给你介绍的时候，你理都没理我。"

尽管迪恩的怀疑很有道理，但还是让威尔很不自在。要是让迪恩知道自己这么做全是为了米恩的话，迪恩肯定会火冒三丈的。"她们和我们是亲戚啊，舅舅。不去打个招呼，很不礼貌。"

迪恩用勺子把最后一点粥刮起来吃了下去。"好吧，今天晚上我会给凯茜打个电话。"他把椅子往身后推了推，站了起来，"看到你在努力，我很高兴。"

"好的，谢谢。"简直完美! "哦——今天晚上我要去外面露营。"

"什么?"

"今天晚上，我打算在格莱尼登过夜。"

迪恩眯缝着眼睛，手指摩挲着下巴："不会又跟那头该死的虎鲸有关吧？"

"我的老天爷，迪恩。这六个星期以来，你天天叨叨着让我多出去走走，现在我真要这么做了，你又疑神疑鬼。"

迪恩扬了扬眉毛，拿起碗放进洗碗池里，然后开始打包午饭："随你的便。棚子里有露营的装备，但千万别做蠢事，可以吗？"

听到迪恩离开了，威尔感到如释重负——终于摆脱他了。只要是跟鱼类和动物有关的事情，迪恩和其他当地人就没什么区别——他们的看法跟威尔完全相反。米恩触及了布鲁斯·戈德西尔的底线。这很好解释，因为三文鱼养殖场的收成跟生活在这里的每个人都息息相关。在他们眼里，米恩就是一个劫掠者，迪恩也是这么认为的。威尔觉得他们不可理喻，为什么就是看不见那些更有价值的东西呢？

威尔收拾了一个小旅行包，又把床上铺的毛毯拽了下来。他找了一个盒子，把冰冻香肠、苹果和面包一股脑儿都塞了进去。他拖着这些东西，又把迪恩的帐篷和睡袋拿上，向快艇"泽迪"走去。码头上挤满了人，威尔费了很大劲才挤进去，想看看到底是什么情况。**该死的**，米恩又在耍它那些表演的小把戏了。他把野营装备都扔到快艇"泽迪"上，迅速起航。

驶上海面后，威尔吹起了口哨。米恩立刻跟了上来，这一幕又吸引了岸上所有人的目光。他们驶出海峡，脱离了人们的视线后，威尔唱了起来。他需要把米恩的注意力吸引过来，不让它发现他们正经过布鲁斯·戈德西尔的养鱼场。

十点多一点的时候，他们到达了布鲁克斯湾。又朝北行驶了二十分钟后，格莱尼登的入口处便出现在他们的视线里。它就像皮特福特湾拐角处的一个小亮点，是将两座主岛分开的旧水道上最后几个可停靠的站点之一。威尔驾驶快艇，拐进了一座天然形成的拱形石门。再朝里走，一片完美的海滩便展现在眼前。这里树木低垂，蜜雀和铃鸟在枝叶间翻飞。

威尔把快艇停在海滩正中央，将艇头和艇尾分别系到两棵新西兰圣诞树上。他把吊帆杆绑牢，准备在夜幕降临后，用来挑帐篷顶。他也说不清楚自己为什么打算在这里过夜。如果他想得没错，米恩的确跟卢娜一样，那么他要做的事就是把米恩的注意力吸引住，直到它把自己的族人召唤来——否则，它就会被渔业管理局的那些家伙逮捕。

威尔对米恩有求必应，不停地唱歌，直到声带开始隐隐作痛。白天的温度越来越高，威尔懒洋洋地躺在快艇上，用一只手抄着水，逗弄着在旁边玩耍的米恩。这个姿势让他难受得要命，因为他的个子高，在快艇上根本伸不开腿，可他内心很平静，觉得非常幸福，甚至感觉自己几乎找回了崩溃之前的那种感觉。高温和鸟儿的啁啾声让他一阵一阵地打着瞌睡。他梦见妈妈跟渔业管理局的那个家伙在交涉。突然，船身被什么东西猛地撞了一下。

威尔被吓醒了，急忙翻身坐起，差点跟亨特·戈德西尔来了个脸撞脸。亨特那张热得通红的脸和他驾驶的那艘橘红色单人艇，再配上眼睛上那块颜色斑驳的丑陋淤青，简直就像一大堆颜料撞在了一起。

"早安！"

威尔爬起身朝四周望去，没有米恩的身影。*很好……不过也很糟糕。*"早安！"尽管他脸上挂着友善的微笑，但亨特是戈德西尔家的人，这还是让威尔对他充满戒心，"你是从布莱斯一路划到这里的？"

亨特咧着嘴笑起来："让开一点。我五点钟就起床了，先搭了一艘养殖场的船到布鲁克斯湾附近。"

他把桨钩到快艇"泽迪"的侧舷上，然后从小艇上滑进海水里。威尔在心里无声地祈祷着，希望米恩已经走远了。

亨特在水里扎了个猛子。他身上还穿着救生衣呢，这么做显然并非易事。然后他从水下冒出来问："不介意我到你的快艇上去吧?"威尔耸了耸肩。亨特爬上快艇，身上的水滴滴答答地落到威尔的毯子上。

"接着。"威尔扔给他一条毛巾。

"谢谢。"亨特擦干身体，然后坐到船舷上，"嘿，顺便说一声，它正在皮特福特湾呢，如果你想知道的话。"

威尔立刻警觉起来说："谁?"

"那头虎鲸，它正在那里招惹那群夏威夷人呢。"

"哦，好吧。"他到底是什么意思? 是他那位控制狂父亲派他来当探子的吗? 又或者是迪恩派来的?

"我今天早上和它玩了一会儿。该死的，它还喷了我一身水!"亨特的声调提高了至少两个八度，"我从没这么近距离地接触过它们。"

"你在佩洛勒斯湾还见过其他虎鲸吗?"

"只有一次，还是好几年以前。我爸爸说，它们每隔三年左右就会来一次。不过，这是我唯一一次亲眼见到虎鲸。爸爸对它们简直恨之入骨。"亨特的脸上浮现出轻蔑的神色，这让威尔颇为吃惊。

"我觉得它是一头雄性虎鲸。"威尔说，"我在谷歌上搜索过。"

"棒极了! 那就是跟我们一样的小伙子。"亨特的笑容变得更明显了，"不管怎么样，昨天晚上我在电视上看见你跟它待在一起。"

亨特热切地盯着他，威尔觉得自己根本没法回避。"没错，它有点野性，"他说，"它很强壮，也非常聪明。"

"你说它愿不愿意跟我一起游泳?"

啊哈,这是一个试探!

"渔业管理局那个家伙说的话你也听到了吧,罚金的数额很大。"

亨特的笑容垮了下来:"所以呢?"

"所以,这样做是违法的。"

"不让他们知道,就不会有事——哦,快看!"亨特向那个拱形石门指去。米恩正从中间穿过,向他们游来。"真奇怪!"亨特一个箭步,冲向快艇的另一侧,差点把船弄翻了,"这么近看的时候,它更大了一些!"兴奋像高温一样,笼罩着他的全身。

威尔弹了个响指,米恩凑上前来,想触碰他的手。**该死**。"来摸摸它,"他说,"快点,这样可以让它镇定下来。"

亨特伸出一只手,摩挲着米恩的嘴巴。米恩发出一连串咔嗒声。

"它正在感知你。"威尔说,"它们就是这么感知事物的——回声定位法。"

亨特点了点头:"嗯,我知道,但没想到动静会这么大。"他探出身子,朝米恩更近了一点。米恩翻了个身,瞪着水汪汪的眼睛注视着他。"过来,哥们儿,我不会伤害你的。"

米恩喷出一片水雾。

亨特大笑起来,浑身洋溢着喜悦。他用手摩挲着米恩露出的肚皮,所有的紧张情绪一扫而空。正是这一点——亨特的全情投入和周身散发出的赞叹之情最终说服了威尔,他太明白这种感觉了。他很高兴,终于遇到一个可以分享这种兴奋之情的人了。"跟它一起游一会儿吧,它不会伤害你的。"

"你没骗我吧?你确定这么做没事吗?"

威尔脱掉自己的 T 恤。"看着，我先来。"他纵身跳进海里。在太阳底下晒久了，突然跳进水里，竟然这么冷。

米恩大声叫起来，听起来就像唐老鸭的叫声一样。这让亨特笑得前仰后合。亨特脱掉救生衣，也跳进海水里。亨特浮在水里，米恩朝他靠过来，扫视着这个乐不可支的大个子。

威尔翻出一个空瓶子，朝拱形石门的方向扔过去，米恩用鼻子把瓶子拱回到快艇"泽迪"边。然后威尔就把这个游戏让给亨特来玩，自己则爬回到快艇上。他懒洋洋地躺在傍晚的阳光里，欣赏着亨特脸上不可思议的神情。

大概二十分钟后，亨特也爬回到快艇上，说："真是太刺激了！"

"千万别告诉渔业管理局的人。"威尔说，"还有，看在老天爷的分上，也千万不要让你爸爸知道。"

"你开什么玩笑？很多年以前，我就什么重要的事情都不跟他讲了。"

威尔快速地扫了一眼亨特肿胀的眼睛："你跟他关系不好吗？"

亨特耸了耸肩："他就是一个十足的混蛋！"

"完全正确。"威尔闭上眼睛，把脸转向太阳。阳光透过他的眼皮，在他眼睛里泛起粉色的光。附近传来一对蜜雀二重奏般的歌声，伴着米恩喷水孔的喷射声。

亨特的说话声也响了起来："你打算今晚在这里过夜？"

威尔睁开眼睛，看见亨特正打量着他的帐篷和铺盖："可能吧。"

"想不想有个伴？我已经有好几个月没在外面露营了。"羞怯和孤独感顿时一起涌上威尔的心头。

熟悉的紧张感在威尔的五脏六腑里翻腾。他已经习惯一个人待着，而且更喜欢一个人待着。"我正打算在快艇里睡……"

"那我可以睡在迪恩的帐篷里喽?"

"你能认出来?"

"他带我露营过很多次,总是让我搭帐篷。"

"你们为什么会一起露营?"

"每当我爸爸发神经的时候,我们就会出去待上几天,等他冷静了再回来。"

"好——吧。"不愧是老好人迪恩,堪称"弱者和社会边缘人的守护神"。亨特到底是不是他派来监视自己的呢?肯定没错。如果迪恩觉得……可是,等等……如果迪恩是在帮亨特躲开布鲁斯的话,那又该怎么说?

"你眼睛上的伤是怎么回事?"威尔问道。

亨特用手指摸了摸自己肿胀的眼睛:"躲得不够快罢了。"他的神色黯淡下来。

很显然,让人相信布鲁斯·戈德西尔虐待自己的儿子一点都不费劲。尽管亨特壮得像堵墙,可布鲁斯也不弱。威尔清了清嗓子:"损失了那么多三文鱼,你爸爸肯定气疯了吧?"

亨特不屑地哼了一声:"他买了保险,吃不了亏的。"他走到快艇的另一边,从自己的小艇里拽出一个包来,从里面拿出一罐啤酒。拉开拉环后,他喝了一大口:"要不要来一罐?"

"要是还有,就给我一罐吧。"威尔倒不是多喜欢喝啤酒——他更喜欢喝波旁威士忌加可乐——只是觉得要是拒绝的话,不太友好。

亨特又拿出一罐啤酒扔给威尔。他们一言不发地坐在那里,一口一口地喝着,直到那两罐啤酒都被喝光。然后,他们又各自喝了一罐。

在此期间，米恩在海带叶间玩杂技。白天的炎热正在消退，太阳已经落山。即使亨特现在就走，也得划着他的小艇走夜路了。

"要是愿意的话，你就留下来吧。"威尔终于说道，"我带了一些香肠，可以用火烤着吃，还带了一些面包。"

"真的吗？"

亨特看上去要高兴死了，真是得偿所愿。威尔还能说什么呢？"嗯，别客气。"

"太好了！"亨特不再咧嘴微笑，而是大笑起来。

他们把小艇上带的帐篷和食物都搬下来，又捡了些枯枝，生起一堆篝火。等火烧旺了一些后，他们用削尖的木棍把香肠串起来，放到火红的篝火上炙烤，之后再用两片涂了黄油的白面包片夹住，大快朵颐起来。

一顿狼吞虎咽后，威尔终于塞饱了肚子，他清了清嗓子说："所以，你喜不喜欢在养鱼场上班？"

亨特咕哝道："我爸爸不在的时候，我觉得还可以。"他走到小艇旁，从自己储备的东西里又拿出两罐啤酒。

威尔喝了一大口，顺便将齿缝间的面包屑冲干净："谢谢。"

"我猜你讨厌这里。"亨特说，"我也讨厌这里，可我偏偏就出生在这里。"

"但是我喜欢迪恩，"威尔说，"还有这里的与世隔绝。"

"嗯，盖比给我看 YouTube 上的视频了，你看上去被修理得够呛。"

威尔的神经紧绷起来。

"不过，你至少有勇气去尝试。我呢？我宁愿去死，也不愿意在别人面前唱歌。"亨特打了个嗝，"我猜你学过唱歌，是吧?"

"过去的三年，每周都去学两次。可最后不得不放弃了，学费实在太贵。"

"哇，真有本事。上小学的时候，我参加过校合唱团，我很喜欢，可是爸爸说我唱得就跟被阉的公猫叫似的。"

"他还挺有经验的，不是吗?"威尔想收回这话但已来不及，这真是刻毒的嘲讽。

亨特笑喷了，鼻子里蹿出一串鼻涕。他用胳膊擦了擦，脸颊上留下一道蜗牛黏液似的白道。"他是个无所不知的专家——他自己就这么觉得。"他把脸颊上的白道擦干净，然后说，"惠灵顿的生活是什么样的?"

"比布莱斯好，"威尔说，"但这个地方也还不赖。"

"是不赖，嗯?"亨特做了一个拥抱整个皮特福特湾的姿势，"但如果能离开这个该死的小镇，我宁愿再也不回来。"

"为什么?"

"你在开玩笑吧?"亨特缩着脖子，那收起的双下巴看起来跟他父亲一模一样。"从 1893 年起，这个地方就属于戈德西尔家族了，"他模仿着布鲁斯公牛般的鼻音说道，"而你却是这个家族最大的耻辱。"他叹了一口气，不再假扮自己的父亲："我宁愿离家出走。可除了养鱼，我什么都不会。"

威尔情不自禁地开始同情这个男孩。这是一个有故事的人，远比他表现出来的样子要有意思得多。威尔问："你为他工作多久了?"

"十六岁之前，所有假期都得给他干活。之后，在他的强迫之下，我退学了。"

"这是什么时候的事？"

"去年。"

也就是说，尽管亨特的个头是威尔的两倍，但他们的年龄其实差不多。"你很喜欢养三文鱼？"实际上威尔觉得世界上再没有比这更糟糕的东西了。

"你觉得可能吗？"亨特摇了摇头，"我想去上大学，去学更多更合适的养鱼方法。不过，我爸爸说他不愿意把自己的血汗钱浪费在我这种人身上。"

"真刻薄！"

"没错。不过，他说得有可能也没错。我有阅读困难症，在我爸爸眼里，我就是个傻子。"

"一派胡言，哥们儿。我的朋友蒂姆也有阅读困难症，但他绝顶聪明。只要在考试前，加开小灶就能通过。"

"我们的年级主任也是这么跟我爸爸说的。他甚至把爸爸叫到学校里，试图说服他。"

"没成功？"

亨特笑了："当然没有，就跟真的会有用似的。"他指了指自己的眼睛："你是不是觉得这看起来很严重？你真该看看我刚挨打那会儿的样子。"

"那你为什么这么忍气吞声啊，哥们儿？要是我，早就离家出走了。"真是谢天谢地，威尔的父母可不赞成用体罚的教育方式。

"我妈妈让我发誓不离开这里。"

"为什么？你爸爸根本不拿你当人看。"

"她说那些养鱼场是我该继承的遗产。在爸爸把它们传到我手上之前，我必须向她保证会留在这来。这是她临死前的要求。"

"她去世了？"这里的人怎么都这么倒霉啊？先是帕尼娅，现在是亨特，威尔有些诧异，"我很抱歉提到这些，哥们儿。"

"我那时只有八岁，"亨特说，"她是酗酒而死的。"

"我的老天爷！那也太糟糕了！"威尔甚至不忍心去想象亨特当时的感受。

"说实在的，关于她，我只有零星的记忆——但我清楚地记得很多场家庭大战的情景。"

"我无意冒犯，哥们儿……"威尔把话咽了回去，他找不到合适的措辞。那个神经病经常暴打这个可怜虫，必须让他摆脱这种困境。"可是，你那时只有八岁啊。我想，如果是现在，她肯定不会让你做出那种承诺的。"

亨特把脚上的血痂抠了下来："事情很复杂，我还得考虑迪恩。还有就是，这是我唯一记得的我和妈妈之间的谈话。现在如果打退堂鼓的话，那我就是彻彻底底地背叛了她。"

威尔意识到，这些显然是别人家的一团乱麻，不管如何不可理喻，都跟自己没有任何关系。"怎么又扯上了迪恩？你如果解脱了的话，他难道不应该开心才对吗？"

"迪恩如果能坚持到底的话，那我也能。"亨特的语调变得决绝起来。很显然，他是不会退缩的。"你爸妈在哪里？"

"澳大利亚。"听过亨特的不幸遭遇后，威尔觉得自己的回答听上去像是自吹自擂，"他们财务上出了麻烦。"

"你想他们吗？"

他该说些什么呢？跟亨特比起来，他的不幸根本不值一提。"有时候会，多半是想念我妈妈。"

"我爸爸的妹妹本想收养我。你认识她吗？就是塞尔玛·泰勒，开商店的那个。"亨特翻了个白眼。

"盖比的妈妈？"

亨特笑了笑说："你见过我的表妹盖比了，是不是？"

威尔把双手的食指交叉起来，放在眼睛前面，好挡住自己厌弃的目光："我想是的，遇上这样的亲戚，真的要祝你'走运'。"

亨特肆无忌惮地大笑起来："哥们儿，盖比就是个该死的巫婆。"

"你认识我表妹帕尼娅吗？"威尔说。

"她是你表妹？"

"实际上，她是我的远房表妹。"

"真有意思。她非常聪明，也很友善，虽然她经常跟盖比混在一起。"亨特用石子打了个水漂，"你认识她的朋友西蒙娜吗？"

威尔脑海中浮现出昨天晚上遇到的那三个女孩。"她是不是长着金发，喜欢咯咯地笑？"

"没错，就是那个。盖比不在的时候，她还不错。"

"你喜欢她？"

"有点傻，是不是？我们小时候关系处得还很不错。现在，只要在她面前一开口，我就会搞得一团糟。"

这回轮到威尔笑了："我明白这种感觉，哥们儿。我可以在成百上千个陌生人面前自在地唱歌，可一到女孩子面前，就会变得张口结舌。"

"迪恩说，如果再给你一次机会，你肯定能获得那场比赛的冠军。"

威尔的心中满是感激："也许吧。"

"那给我们唱首歌吧！"亨特转过身，满怀期待地看着他。

"还是算了吧，哥们儿。"

"唱吧，这里只有我和那头虎鲸。"

"我不想……"

"唱吧，求你了！挑首歌剧来唱吧。我妈妈曾经非常喜欢听跟那些花花公子有关的歌剧。她反复播放一张 CD 唱片，直到有一天，我爸爸发疯似的把它砸坏了。"

哦，好吧，把死去的妈妈搬出来，再也没有比这更有用的理由了。威尔怎么能再拒绝呢？他已经有好几个月没在人们面前唱歌了。尽管这对他来说，也不见得就是件坏事。他该如何起头呢？……米恩会喜欢听的，尽管这让他看上去像个傻瓜。威尔走到海边，结结实实地踩到沙子上，深深地吸了一口气。月光如水，音符从他的嘴里飘出来。

"你小手这样冰冷……"① 他把这首咏叹调完整地唱了一遍。当米恩也加入进来的时候，他走回到亨特身边。唱完的时候，四周一片寂静，就连鸟儿也停止了啁啾。

亨特打破了沉寂："我的老天爷！真应该把这个传到 YouTube 上去。"

沉寂被打破后，威尔随即泄了气："还是算了吧。"他抓起迪恩的帐篷和睡袋，扔给亨特。"我得早点睡。"他吃力地爬上小艇，向自己的快艇划去。回到快艇里后，他用力一推，把小艇推回到海滩上。

威尔蜷缩在座位上，拉上帘子，挡住亨特的视线。他慌乱的情绪

---

① 见 P17 注释①。

根本无法解释。即便知道这是创伤后的应激反应和脑部损伤引起的，他依然控制不住自己，忍不住要去想那件事。那种感觉犹如一串充满仇恨的文字，深深地镌刻进他的脑海里。他感到精疲力尽，身体被掏空。

米恩用身体撞着船身，亨特开始用锤子安装帐篷的牵引索。威尔对这一切充耳不闻，他哼唱着旋律，以平复自己的呼吸。对往事的回忆慢慢地停了下来。威尔的坏情绪总是偷袭他，让他烦透了，他恨不得来个休克疗法，将所有的记忆一扫而空。

威尔知道自己应该回到亨特身边去做做样子，表明自己很正常。可这意味着他得做出解释，他又拉不下这张脸——尤其是得知亨特被父亲暴打一顿后，还能如此坚强、一笑置之的时候。现在，威尔唯一的愿望就是睡觉。在下一个引信点着之前，赶紧把大脑关闭。

威尔在黑夜中再次惊醒，夜色中的篝火噼啪作响。他站起来，扶住吊帆杆，以保持平衡，然后伸展了一会儿身体，放松后背和脖子上酸痛的筋骨。夜里的空气清冷清冷的，他搓了搓起了一层鸡皮疙瘩的胳膊。米恩正在船尾处漂浮着，看上去很放松。

亨特依然缩着脖子坐在余烬旁，手里还攥着一罐啤酒。他的脸在火光的映衬下飘忽不定，就像一个食尸鬼。

"嘿！"威尔高声喊道。

亨特被吓了一大跳，啤酒都洒出来了："我的老天爷，差点被你吓出心脏病来！"他歪了歪身子，脑袋在宽阔的肩膀上耷拉着。

"刚才的事，我很抱歉。我觉得自己可能是中暑了。"

"别放在心上。"

"我快冻死了，你可以把小艇划过来吗？"

亨特跟跟跄跄地站起来，顺着潮水的方向把小艇朝快艇那边推过去，恰好避开米恩。米恩翻了个身，又安定下来。威尔吃力地爬进小艇，用毯子搭在肩膀上，划着小艇向海滩驶去。

他添了些柴火，蜷缩在篝火旁，盼望着篝火可以给予自己更多温暖。亨特的脚边散落着一堆踩扁的空啤酒罐子。

"你有没有觉得某些事情发生之前，会有种预感?"他问。

这话有些不着边际。威尔回答说："你是说通灵那种事?"

"不是，只是有感觉。因为当你非常了解某人时，你能猜到将会发生什么。"亨特把一根木头扔进火堆里，火苗像动画片中的精灵一样蹿到空中。

"我能预感到妈妈什么时候要哭，"威尔说，"但这其实并不怎么难。当她非常高兴或者生气的时候，当然难过的时候也一样，她都会哭。"

"我对这头虎鲸有一种不祥的预感。我爸爸现在这么暴躁……我信不过他。"

"你觉得他会伤害它?"

"不，哥们儿，我觉得他会杀了它。"

尽管迪恩也说过同样的话，可是听到亨特这么确定地说出来，威尔还是吃了一惊："可是，还有法律……"

"你觉得他会在乎法律吗?"亨特熟练地将啤酒罐捏得扁扁的，"我们的小朋友已经惹恼他了。如果你再惹恼我爸爸，你的麻烦就大了。"

"那我们更得跟米恩待在一起了。"如果必须这么做的话，该死的，那他会毫不迟疑地去做。让布鲁斯·戈德西尔去死吧。

"难不成你觉得自己可以不分昼夜、每时每刻都陪在它身边吗？"此刻，亨特的语气中透出一丝讽刺。

"我不会让任何人伤害它的。"威尔说，"你爸爸不能，其他任何人都不能。"他将郁积在胸中的话愤愤地倒了出来。

"你难道还不明白吗？那是你们城里人的做法。可是这儿呢？这儿是个吃人不吐骨头的地方。不管政府想制定什么样的法律，在这里都行不通，我们自有一套做事的方式。在这个地方，我爸爸就是法律。他甚至都不用亲自动手，只要一发话，替他干坏事的大有人在。"

"那你呢？你是怎么想的？"威尔攥紧了拳头，努力控制着急促的呼吸。

"我怎么想，都没有任何用。"亨特醉醺醺地斜躺着，盯着篝火出神，"谁不听我爸爸的，他就会对付谁。"

亨特的话音未落，周围的夜色已经变得更深、更凝重了。

威尔说："他要是知道你跟我待在一起，会怎么样？你在外面过夜，不会给自己招来麻烦吧？"

"我才不在乎呢！我已经不怕他了，让他尽管试试。"亨特攥起拳头捶了捶另一个手掌，"不过，千万当心，你如果不小心一点的话，我爸爸会找迪恩麻烦的。"

"什么？他会打迪恩不成？"听上去像会上演一部蹩脚的电影。

"不会这么露骨。你要是不听他的话，他首先会炒了迪恩的鱿鱼。"

威尔打了个寒战，吐出一口气，看着它凝结成雾。很显然，一如迪恩很在意亨特的处境，亨特也很在意迪恩的处境。

事情远比威尔预想的要复杂。他不得不背着迪恩行动，已经够糟糕的了。如果让迪恩陷入麻烦之中，那该怎么办？还有亨特……他该怎么继续跟布鲁斯那样的混蛋生活下去呢？一想到这个，威尔就浑身起鸡皮疙瘩。他极力忍住想呕吐的感觉，真是荒唐。他必须想个行之有效的办法。如果不日夜守护着米恩，它很有可能会被那个混蛋杀掉。

威尔瞥了一眼亨特。亨特正出神地盯着篝火，就跟它们是地狱之火似的。"你愿意帮我吗？"威尔问道，"一起守护米恩？"

亨特眨了眨眼睛，脸上慢慢浮现出笑容："我来这里就是为了这个，哥们儿。你这么问，真是多此一举。"

第十一章 家族历史

那个壮实得像树干一样的高个子男孩再次出现在我面前的时候，我没有被吓走。看到他，我一点都不害怕，我非常确定地知道不用怕他。歌唱男孩唱的歌减轻了我的痛苦，他欢迎我的态度让我的心里暖暖的，他的触碰让我回忆起那些甜美的时光。哦，没错，一如鸟儿们渴慕翱翔长空，我们也渴慕被触碰。离开爱抚，我们根本不可能完整。我只能说，这两个男孩带给我的吸引力减轻了我的痛苦。还有，如果不是有他俩在，我早就被别人杀死了。

请记住这一点：我们这些纪事者从阳光初次照射在我们皮肤上的那刻起，就已经在共享我们的命运得失，共享爱了。可是，血腥时代来临后，那些贪婪之徒妄图将我们从大海里一网打尽。我们世代相传的古老智慧、我们的那些海上传奇故事全部失传了。它们是时令、宁静、灵性之歌，曾经在家族之间、部落之间广为流传，指引我们去探索鲸类世界的运作方式和神奇之处。那些广为流传的歌谣使我们眼界相通，将我们所有成员连接在一起，塑造成我们该有的样子。它们给我们箴言，传达对和平的渴慕，同时宣扬着善良和友善。

可是，在那些苦难深重的日子里，成员之间的所有联系都断了。

我们相知日浅，平静的日子一去不返。幸存者们召开了一次大集会——由那些幸存的老成员领导各自支离破碎的部落参加会议。由此，一个全新的纪事者同胞会成立了，有人来续写我们的故事，记录我们痛苦的历史。我们必须吃一堑长一智，不能重蹈覆辙，也不能忘记历史。亲爱的朋友们，一个忘却历史的人不过是一具破碎的躯壳而已。

一开始，他们讲述的那些新故事大多跟我们的敌人有关，这源于我们想了解敌人的迫切愿望。不过，随着部落的壮大，我们的胆气得以重生。纪事者把所有杰出生物的优点和缺点都记述下来。他们的目标就是想找到一种让我们这些温血动物和贪婪之徒们和平共处的方式，好让彼此都有活路。

那些日子里，随着更多精神萎靡的同伴从崩溃的边缘被拉回来，我们需要更多的时间消化所学到的教训。我们不但要慰藉他们内心的空虚，还要审视自己内心的渴望。

再往下潜，海里变得一片黑暗，星星点点的光像鬼魅一般闪耀着。寂寥、黯淡、一片肃杀。强悍的乌贼扑向形单影只的猎物时，它们流线型的身体闪耀着银色的光芒；深海虾类喷出闪着亮光的烟雾，用来吓退其他动物。再往下潜，就会被湿冷的寂静层层包裹，那感觉就像穿越时光，回到了过去。我们学着如何掌控自己的情绪，如何挖掘真正能塑造我们心灵的思想。

在黑暗的海底，汩汩喷涌的水柱将泛着硫黄气味的海床一分为二。一边是海水翻涌，气流上升，在海水里飘荡的小生物们被蒸腾得暖烘烘的。另外一边则是冰雪世界，情况大为不同。寒冰增加了我们的理解力和智慧，也使我们更加聪敏。这里非常纯净，是一个纤尘不染、毫无瑕疵的圣地，跟污浊的人类世界截然不同。我们在厚厚的冰块之下潜行，将自己置身于尖利的碎冰之间。海葵在海水形成的波纹里摇摆，还有水母飞来飞去。在冰雪世界的最深处，我们发现一片浓稠的海水，可以吸纳所有的声响。这里真是一片福地！

可是，在这荒凉的冰雪世界也有黑暗的地方。我们族群中，那些跟贪婪之徒同样嗜杀的成员都怀有一颗黑暗之心。他们跟我们一样，行动隐秘、力大无比，但这个部落的成员会把猎物从浮冰里驱赶出来。他们不关心猎杀的是谁，也不关心猎杀的方式。冷血动物、温血动物、年轻的、年老的……全凭他们的心情而定。他们的行为跟贪婪之徒像极了，他们所有的动作都被欲望，而不是需要所支配。

在水里待着的时候，我对人类善良内心的喜爱之情与日俱增。憎恨是很容易的；面对它、勇敢地承担责任，反而很不容易。我们所有人都应该明白这个道理。

朋友们，我很担心我说的这些有点离题。但我只是想说，这仅仅是所有故事中的一小部分。第一次有人用歌声送我入眠，支撑我度过那些难熬的日子。这两个男孩给我带来了希望，帮助我将妈妈印刻在脑海里。我不敢忘记她的样子，我害怕一无所有，孤身一人，失去关爱。

或许，实际上是初见时的悸动渐渐发展成关爱。从那两颗受伤的人类心灵里流淌出来的温暖，让我沉浸在他们舒适的陪伴中。我们两种不同的生物之间发展出了亲密关系。会唱歌的男孩和高个子男孩一直陪着我，直到夜晚的黑影落下来，我们在那个海湾的一角紧紧相拥。就算是睡着了，我还有一半意识是清醒的，还能警觉地听到他们两人的呼吸声。那低沉的声音让我非常舒心，就像来自族人们的安慰一样。

早晨的阳光叫醒了会唱歌的男孩。他往外游去，把我和高个子男孩留下，一整天都没有回来。当太阳升到中天后，高个子男孩便进入了安稳的熟睡状态。

于是只剩下我一个人，没有朋友可以一起玩耍了。我加速游动起来，想自己去外面找会唱歌的男孩。可是，当我路过另外一堆挤挤挨挨待在一起的三文鱼时，我想应该试试运气。因为，不管他们的命运和情形如何糟糕，我迫切需要填饱肚子。他们体型丰腴、肉质鲜美，让人垂涎三尺、难以放弃。或许，是我新认识的朋友把我两天之前对三文鱼的恶心病治好了。因此，我又一次朝那些笼子撞去，用牙齿把渔网撕开。肚子里咕噜咕噜的响声越来越大，我没有工夫停下来思考。

无情的饥饿，朋友们，用尽手段把所有人都变成傻瓜，可是等我明白这个道理的时候，为时已晚，无可挽回了。

第十二章 起锚了

朝阳冉冉升起，在亨特有节奏的鼾声中，威尔醒了过来。他忍不住分析起亨特鼾声的拍子来。行板？柔板？懒洋洋的慢板鼾声？昨晚冷得出奇，他不得不离开快艇（里面也实在太局促了）来到帐篷里跟亨特一起睡。他蜷缩在角落里，躲着四肢张开的大块头亨特。早上，当他侧着身子从横躺着的亨特身旁挤过时，浑身都疼得要命。帐篷外面，在他的快艇附近，阳光穿过拱形石门照射进来，米恩正懒洋洋地沐浴其中。

威尔开始脱衣服，脱到只剩下平脚短裤为止，然后走进海水中。海水没到大腿根部时，他不禁倒吸了一口冷气。米恩一边向他游来，一边发出声响跟他打招呼。威尔开始唱起歌来。

"走吧，水手伙伴们，就要起锚了。时间和潮汐不容许我们延迟……"这是《狄多和埃涅阿斯》中的一个唱段。威尔刚开始学音乐时，音乐老师玛丽莲教的就是这一段。这是他学过的为数不多的英文歌剧唱段之一。

米恩在威尔身旁游来游去。威尔停下来不唱的时候，它便会唱起自己独特的歌。亨特睡眼惺忪地从帐篷里走出来，站在水边看。他唇角轻翘，笑着倾听他们合唱这首奇怪的二重唱。唱完后，威尔游回海岸，像一只落汤鸡似的瑟瑟发抖。

"简直棒极了！"亨特说道，"我的耳朵确实是听到了，但我的眼睛简直不敢相信看到的一切。"

威尔咧开嘴朝他笑了笑："疯狂吧？"他捡起一根木棍，在篝火的余烬里戳了几下，希望能让它重新燃烧起来，但是篝火确实已经熄灭了。他们俩昨天晚上靠着这堆篝火熬到半夜，讨论着威尔给米恩制订的计划。他打算今天回布莱斯，看看迪恩是否已经跟同盟者们商量好了见面的事。正好亨特有一天的假期，他自告奋勇陪伴米恩，直到威尔回来为止。

威尔穿戴整齐之后，亨特划小船把他送到快艇"泽迪"上。他自己则跳到海水里吸引米恩的注意，直到威尔把船开走。

"我五点钟回来。"走到拱形石门附近的时候，威尔大声喊道。

亨特向威尔挥手回应："别着急！我会抓些鱼当晚饭吃。"

跟顺利驾船北上来到布鲁克斯湾时一样，威尔也是一路顺顺当当地回到了布莱斯。十点刚过，他就到家了。他看到迪恩正坐在门前的台阶上，就着阳光聚精会神地读晨报。

"早上好，小伙子，昨晚过得还不错吧？"

威尔在迪恩身旁坐下："嗯，还不错，谢谢。亨特·戈德西尔也到那里去了。他的眼睛被打肿了，你看到了吧？"

迪恩点了点头："看到了，我一直等着他打回去的那一天。到那时肯定会有大事发生！"

"为什么没有人到警察局去告布鲁斯呢？"

"你以为我没试过吗？但是事情很复杂，而且我得在这里上班。"

　　威尔张开嘴，本想继续鼓动迪恩，可是他突然改变了主意。那么做没意义，还是别把迪恩牵扯进来吧。"你给你表姐打过电话了吗?"威尔问道。

　　"当然打过了。我们已经约好了，中午的时候在毛利人集会所会面。"

　　"毛利人集会所?"

　　迪恩笑起来："那是当然，凯茜的丈夫麦克是他们的头头。"

　　这是个好消息。"也就是说会有一个盛大的欢迎仪式?"

　　"没错，你不会觉得不适应吧? 我可以……"

　　"没事，没问题，我九年级的时候就知道那种欢迎仪式了。"

　　"太棒了! 你想不想唱歌? 我可以替你争取一下。"

　　放到一年前，遇到这种情况，他肯定会觉得别人是在寻他开心。但这一次，他知道迪恩并不是随便说说。威尔努力克制着自己。

　　迪恩紧紧盯着威尔的脸："那好吧，你如果想唱歌的话，我可以帮你。"

　　"我……"

　　"我知道你的想法，没什么大不了的。"迪恩合上报纸，站了起来，"我去养鱼场看一下，十一点半就回来。"

　　"好的，谢谢。"威尔几乎没有注意到迪恩什么时候离开的，他满脑子都是嘲讽和奚落声。

　　他打开报纸，浏览起上面的新闻标题来，想把那些辱骂声从脑海里赶出去。战争、谋杀、袭击、虐待……这些天来，威尔读到和听到的所有东西都能让他马上回想起自己努力想要忘记的那些事情。他翻到智力测试版，读起《每周星座》专栏来。

　　有大大的惊喜等着你。用心并跟着感觉走，你就会知道该做什么，不该做什么，就会知道你的心之所在。

　　真是一派胡言。妈妈每天都会读自己的星座运势——每当上面说会有灾难临头时，她就会非常紧张。爸爸说那些话就是一派胡言，放在任何人的身上都会灵验。妈妈表示认同，但还是说它可以帮自己集中注意力。威尔又把自己的星座运势读了一遍。他笑了起来，对惊喜的说法毫不怀疑——不管怎样，今天会是全新的开始。

　　他走进屋子冲了个澡，将身上的盐渍冲洗干净，穿上最心爱的那件印着天使翅膀的黑色 T 恤，又把那条最好的黑色牛仔裤套上。他把头发扎起来束到脑后，剃了剃上唇和下巴上隐隐长出的胡茬儿。其实没必要剃，他只是太紧张了。

　　在等待迪恩的时候，威尔给爸爸妈妈发了一封电子邮件，跟他们说起米恩的事情——并非言无不尽，但足以让他们了解米恩的情况。他非常渴望能跟他们聊一聊。不过通常来说，只有在周六晚上六点半，一家三口才能通过 Skype 聊天。威尔等不到那个时候了。他跟亨特保证过，今晚五点会回去接他的班。一想到自己迫切地想跟爸爸妈妈打电话却不能，他就简直痛苦得要发疯。一是时差不允许，再就是他们上班实在太忙了。真是讽刺，过去这么多年来，他一直想把爸爸妈妈从身边推开——找些争取独立等等借口——可现在又祈求上天能让他们待在自己身边。生活跟他又开了一个玩笑。

　　十一点半刚过，威尔又感到焦虑起来。要是那家人站在布鲁斯·戈德西尔那边，让自己赶紧滚蛋的话，他该怎么办？迪恩呢，他是不是应该先跟迪恩透露点消息？不过，这可能会让自己的计划泡汤。真希望这些新认的亲戚能站在自己这边。

他走到屋子外面，继续等迪恩。车子来了，他坐到了副驾驶的位置上。

迪恩把一个三文鱼形状的塑料袋扔到了后座上。"见面礼。"他朝威尔眨眨眼说。

他们开着车，朝镇子外的蒂·霍拉毛利人集会所驶去。路上，迪恩给威尔介绍那些人的关系。"凯茜的丈夫叫麦克·休里瓦伊。他跟他的弟弟们——乔治和亚瑟——都是好人。蒂·霍拉毛利人集会所冷清了很长一段时间。长老们要么故去，要么老得不中用了。凯茜和麦克搬回老家后，麦克开始四处奔走。他曾在毛利人发展组织工作过，后来被裁掉了。自从他回来后，就成了布鲁斯的眼中钉。大概一年半以前，他把部族里的人组织起来，共同对抗布鲁斯最新的扩张计划。他们赢了。"

威尔笑了起来："彼此没有好感，是不是？"看来很有希望。他们要是跟布鲁斯一个鼻孔出气的话，他就一点机会也没有了。

"不管你对布鲁斯的看法如何，他确实是个老狐狸。他赞助卡帕哈卡歌舞团，在他们承办大型葬礼的时候，为他们提供三文鱼。这让毛利人之间发生了各种内讧——有些被压下去了，但大部分没有。他则背着他们胡说八道。"

他们下了高速公路。在前方，有一片修剪得极其整齐的草坪，草坪上有一间小型会议室，周围簇拥着几间简易的配房。帕尼娅正在门口等他们。她穿着整洁的牛仔裤，以及跟她的眼睛一样颜色的淡蓝色上衣。她的眼睛是如此灵动，威尔简直不敢相信前几天的那个晚上，自己竟然没有注意到这双眼睛。在她淡棕色皮肤的衬托下，它们非常显眼，犹如两盏明灯。

"嗨，舅舅，我是来给你们带路的。"她朝威尔看了一眼，点了点头。威尔的肚子突然咕咕大叫起来，这让她咧开嘴笑起来："别担心，吃的东西有的是。"

迪恩把帕尼娅抱起来，转了个圈："我的老天爷，小妮子，你是不是吃砖头长大的？"

她拍打着迪恩的胳膊："闭嘴！是你变老了，超人！"

"够了啊！学习怎么样？"

"一塌糊涂。"她转过身面向威尔，然后翻了个白眼，"你真幸运，上的是函授课。我想学的那些课程，我们学校一门都不开。"

威尔一边挖空心思想着如何回应帕尼娅，一边感到吃惊，她竟然知道这么多自己的事情。正在这时，大房子里走出来十多位男士和女士。他们簇拥在门廊下，正对的屋顶上安放着一座眺望远方的雕塑。一群小孩躲在大人们的身后在玩躲猫猫。帕尼娅挺直腰板，把所有注意力都转移到前方的那群人身上。

一名女子从人群中走出来：*Haere mai，haere mai，engāiwi，haere mai. Mauria mai te aroha ki te maraee...*① 她的歌声在空气中回荡。

帕尼娅冲迪恩点点头。然后，三个人慢慢地朝那座大房子走去。帕尼娅一边走一边高声回应那个女子："欢迎，欢迎！"他们走近了，双手紧握、低下头，以示尊敬。

两个人的声音交错应和，音色古朴真诚，听得威尔激动不已。帕

---

① 此处为毛利语，意为：欢迎欢迎，所有毛利人，请全身心地热爱毛利人集会地。

尼娅的声音更美妙，更接近一般人——有点紧张，呼吸微微发颤，另一个女子的声音则圆润得像鸟儿的鸣叫。

走到大房子的门口，他们停下脚步，脱掉鞋子，然后走进凉爽微暗的屋内。墙上装饰着毛利人特有的镶板，屋子里的那些柱子、屋脊和木梁上都雕刻着图画，讲述着这间屋子主人的故事。屋子里有年龄不一的十多个人，从襁褓婴儿到垂暮老人都有。其中一名男子看上去四十来岁，手里拿着一根仪杖，木柄上雕刻着图案和小巧的鲍鱼眼睛。他脸上有刺青，这让他的皮肤闪着绿色的光芒。他的眼睛似乎能看透任何事、任何人。

等他们三人一坐下，男子便往前迈出一步，开始演讲。

*Nau mai，haere mai，Ko Tutumapou te maunga，ko Te Hoiere te awa，koTe Hoiere te waka，ko Kaikaiawarote taniwha，ko Matua Hautere te tangata. Maranga mai，e te iwi，Pakohe，maranga mai，e te iwi，Ngati Kuia...*①

威尔听那人演讲的时候，瞥见了他的名字：麦克·休里瓦伊。是帕尼娅的爸爸。在向亡者致敬的过程中，他的目光一直落在威尔身上。接着，他对来宾表示了欢迎。足足五分钟之后，他才用英语又重新说了一遍欢迎词。

这时，麦克的注意力真的完全放在威尔身上了："欢迎欢迎，小伙子，我们一直在等你。因为我妻子凯茜的缘故，你已经成为我们中

---

① 此处为毛利语，表示对亡灵的崇敬之情。

的一员。还有你，迪恩，很高兴在这里看到你。我们好久没见过你了，兄弟……"他开始讲述这座大房子的历史，灼热的目光让威尔感到紧张。威尔倾听着，享受着眼前的一切，但什么也没有听进去。他正反反复复地默诵自己的演讲词。

最后，所有毛利人开始齐声唱他们的民歌欢迎客人。

E toru ngā mea,

ngā mea nunui,

*E kīia ana...*①

他们的声音自然地交融在一起，听起来既和谐又温暖。

这时，迪恩冲威尔点了点头。威尔深深地吸了一口气，然后站起来。他闭上眼睛，过了一会儿才睁开，好缓和自己紧张的情绪，顺便回忆一下演讲词。

*Tēnā koutou, tēnā koutou. ko Will Jackson ahau, nō Whanganui-a-Tara. Ko Tangitekeo tōku maunga, ko Heretaunga tōku awa, ko Mark Jackson tōku pāpā, ko Sally Jackson tōku whāea.*②

他紧张到胃快要痉挛了。

———————————

① 此处为毛利语，意为：有三样东西，/他们至关重要，/正如《圣经》中所说……

② 此处为毛利语，意为：向大家问好，向大家问好，我叫威尔·杰克逊，来自惠灵顿市，我爸爸叫马克·杰克逊，我妈妈叫萨莉·杰克逊。

威尔能感觉到所有人的目光都集中在自己的身上，友善、热情。但愿自己接下来要说的话不会把他们吓跑。"我非常高兴来到这里认识大家。"他感觉自己就像一条蠕虫，在显微镜下不停扭动身躯，"我必须承认，我来这里，是因为一个非常特殊的原因。我是来看望你们的，但同时也是来向你们求助的。"

在他身旁的迪恩清了清嗓子。威尔急忙切入正题："大家都听说附近出现的那头虎鲸了吧。我来这里就是想请求你们的帮助，一起保护它。等我搞清楚它是从哪里来的，找到把它送回家的方式之后，再把它送回它的族群里去。"

人群中响起了窃窃私语。威尔听到迪恩在下面低声骂了一句："我去!"

"我在网上查了很多资料，发现人类是它最大的敌人——它要么会被别有用心的人害死，要么会被船撞死。它迷路了——它还只是一头幼鲸——跟它的家人走散了。我想知道你们是否愿意接纳它，直到我帮它找到自己的家人为止。"

威尔长舒一口气后，唱起了毛利人期待回应时所唱的民歌。为了避开让他招架不住的审视目光，他不得不再次闭上眼睛。

Whakaaria mai,

Tōu rīpeka ki au,

Traho mai,

Rā roto i te pō... ①

---

① 此处为毛利语，意为：主啊，我的神! /我每逢举目观看，/你手所造，/一切奇妙大工……

　　这座大房子的音响效果极佳，威尔的声音竟能飘到雕刻精美的屋椽之上，比他预想中的要响亮得多。他听不清迪恩和帕尼娅到底有没有跟着一起唱。他耳朵里只有嗡嗡一片。唱完后，他瘫坐回自己的座位上。

　　"过一会儿再找你算账。"这句话简直像从迪恩的牙缝里挤出来一样。然后，他向那些毛利人送上那条三文鱼当作见面礼。

　　大家起身走近，互相行碰鼻礼。威尔发觉他们跟他亲吻、行碰鼻礼时是如此真诚热情，他开始放松下来。最后，一个白人妇女把他搂进了怀里。

　　"你好，威尔，我是凯茜。真不敢相信我眼前的这个人竟然是你！我上一次见你的时候，你才刚刚上小学！"她在他两边的面颊上各亲了一下，"你跟萨莉长得一模一样，真是太不可思议了！"她大声笑起来，还用胳膊肘捅了捅迪恩，"你没继承这么标致的一张脸，真是太不走运了，表弟！"周围的人哄堂大笑，欢迎仪式的肃穆气氛顿时烟消云散。

　　"吃饭时间到了。"听到这声呼喊，所有人才依依不舍地朝食堂走去。

　　面包、沙拉、玉米棒、鸡肉、自制火腿铺了一大桌子。麦克·休里瓦伊做了饭前祷告，然后所有人一起开吃。威尔绕到桌子的另一边，躲着迪恩。他往餐盘里放火腿的时候，麦克在他后背上拍了拍。

　　"你有一副好嗓子，我们的卡帕哈卡歌舞团可以用得上。"

　　"没准儿可以。"不能让他把话题岔开了，"我很抱歉，为刚才脱口而出的那些话。不过，我真的非常需要帮助。我已经做了一些研究，我觉得我们最需要做的是招募一群……"

迪恩突然从威尔身后插话进来："你是不是疯了？哈利已经盯上你了。不管是谁，只要再多管闲事，就得面临一大笔罚金的处罚。"

"那不是问题的关键，"威尔说，"专家们会搞清楚它是从哪里来的……"

"你如果交不上罚金的话，也会有专家把你送进监狱。"

"别着急，"麦克出手制止，"迪恩，先保持镇静，哥们儿。南妮·梅雷佩卡觉得那头幼鲸跟金吉有关系。不管怎么说，威尔说得对——你也知道，要是戈德西尔把黑手伸向它的话，那它必死无疑。"

"我的老天爷，麦克，它撕开养鱼场的围栏，把所有的三文鱼吃了个精光！"

"好，干得漂亮！"一个梳着骇人长发、穿着雪花牛仔裤和 T 恤的女子挤了过来。"他家养殖三文鱼的方式简直让人作呕。"她转身面向迪恩，"别再跟我提那个老掉牙的'可这对社区有好处'的论调。它们的排泄物有毒，把整个海床都给污染了。"她冲着威尔咧嘴笑了笑："你好，我是你妈妈的表妹，我叫维芙·赖哈纳。"她伸出一只结实有力的手，跟威尔握了握，他的手指都快被捏碎了。"你的肺活量不错，孩子。"

"谢谢。"众人的关注让威尔有点惊慌失措。自从来到这个地方之后，这还是他第一次同时面对这么多陌生人。实际上，上次试唱以来，这确实是第一次。

"维芙跟绿色和平组织的人有联系，"麦克说，"眼下，她很有可能是最佳的联络人选。我会在我们的部落会议上提出这个问题——虽然我们要下个月才开会。不过，我非常确定大家都会愿意伸出援手的……"他冲着迪恩咧嘴一笑，"……只要是对付布鲁斯!"

迪恩摇了摇头："到底有多少人在布鲁斯那里讨生活，这点你非常清楚。不要仅仅因为你讨厌他的手段，就把一切都搞砸了。"

"仅仅因为?"维芙不屑一顾地说，"我的老天，朋友，你是什么时候变成激进势力的走狗的?"

迪恩气得眼睛都要冒出火来了："当我发现我还有各种账单需要支付的时候。朋友，记好了，我可不够格去领你们毛利人的救济品。"

"够了!"凯茜走到他们中间，用胳膊圈住威尔，"让这几个老家伙自己打架去吧。跟我来认识认识南妮·梅雷佩卡，她想跟你说说话。"她领着威尔走到一个老太太面前。那老太太弯腰驼背，一张脸皱得跟葡萄干似的，帕尼娅正坐在她旁边。凯茜说："南妮·梅，他是威尔。"

"啊，是威尔呀，欢迎欢迎!"南妮·梅抓起他的手，放在自己的双手里握着，还用肿胀变形的手指拍着他，"我感受到了你的灵魂，小鲸鱼。我在梦里见过你和我们的小罗汉松，欢迎!"

威尔把餐盘在膝盖上放稳，还没来得及碰里面的食物，"见到您很高兴，您梦见那头虎鲸了?"

"嗯，小鲸鱼，我的确梦见过。我看见你骑在它的背上，像我们的祖先派克一样。你看过那部电影吗?"

威尔点了点头，是《鲸骑士》。尽管，她更有可能是在电视新闻里看过，只是自己忘记了。

"你和它很像，小伙子。"她试着让自己患有关节炎的手指交叉起来，但没有成功。"合二为一。"她转头对帕尼娅说，"你愿意帮他，是吗?"

帕尼娅匆匆地瞥了一眼威尔。当威尔也看向她的时候，她急忙低下了头。

"好，好。"南妮·梅掏出手帕，轻轻地在自己鼻子上擦了擦，"好了，请帮我端一杯茶来，小伙子，再帮我拿一块好吃的蛋糕，好吗？"

威尔把自己的餐盘放到椅子上，起身去帮她端茶。他把两块拉明顿蛋糕放在餐盘上，一起给她拿了过来。终于可以好好吃饭了。这时，维芙拽着一张椅子坐过来。

"我会努力跟绿色和平组织里的鲸鱼小组取得联系，然后行动起来。怎么样？你有什么计划？"

威尔吞下一大片火腿，他的肚子咕咕地叫着，对其美味表示赞赏。"嗯，在过去的一些案例里，人们发现，要是他们愿意花时间陪伴虎鲸，它们就不会给当地的生产经营活动带来困扰。当虎鲸感到孤单的时候，才会去找乐子——就像个刚会走路的小孩一样。所以我想，如果能让它不惹麻烦的话——现在它在格莱尼登——我就能空出时间去请教虎鲸专家，看他们能否辨认出它身上的斑点。现在，已经有人开始记录这些斑点了。如果运气好的话，他们可以辨认出它所属的家族，把它送回去。"

维芙点了点头，头上骇人的长发像触角一样甩动着。"听上去很靠谱，我马上去办。你能不能给它的斑点拍一些照片，然后尽快带给我？这些东西会很有用。"

"当然可以。"该死的，他怎么没早点想到这些。"我会尽可能一直在那里宿营。不过，当它感觉到孤独的时候，会一直黏着我。所以，我需要别人帮我。当我不在那里的时候，有人可以替我的班。也许我还需要有人给我送饭。哦，亨特·戈德西尔会帮忙的。"

维芙扬了扬眉头："他可真不错。尽管如此，对你刚才的说法，我还是觉得有点担心。他终究是布鲁斯的儿子。"

帕尼娅笑了起来："这一点都不用担心，他比我们更恨布鲁斯。"

"这倒是真的。"维芙咬了一口面包，一边嚼一边继续说，"不过，还是要小心点。布鲁斯对付起那个可怜的孩子可是心狠手辣，亨特不可能逃出他的手掌心。"她朝威尔的身后看去，脸上突然露出喜色。"稍等片刻，乔治在那里！我真的需要过去找一下他。"她站起身，把膝盖上的面包屑掸掉，"回头见，我会跟你保持联络的，好好干！"

威尔侧身靠近帕尼娅，确保别人听不到他们说了什么："他的眼睛被打得淤青一片，我指的是亨特。让他帮我们，会不会反而让他惹上麻烦？"

"惹上麻烦，这极有可能。不过，他相当固执，也很孤单。把他排除在外，会显得更不地道。"帕尼娅把一根手指插进椰子粉里，然后把手指舔干净，"你如果不介意的话，我愿意给你当司机。我可以开我爸爸的小汽艇，他不会介意的。"

"你确定？"

"我放学后经常这么做。而且，妈妈很可能会愿意帮我们做吃的。"

正说着，凯茜来到威尔的身旁："不好意思，威尔，我想带你认识认识其他人。"

他别无选择，只好跟她走。在接下来的一个小时里，威尔迷失在一堆人名和新面孔中。尽管他木讷得跟匹诺曹一样，但所有人依然表现得很友好。直到下午快两点的时候，众人才渐渐散去。这个时候，迪恩冲威尔点了点头。于是他跟众人道别，然后来到正在收拾碗盘的帕尼娅身边。他们约好第二天下午在格莱尼登碰头。

直到他们告辞离开往镇子里赶的时候，迪恩才开口说话："你到底在搞什么鬼把戏？"

"我很抱歉，但我知道你肯定会阻止我的。"

"没错，你难道没有意识到这会让我很难做吗？"

"好吧，我真的非常抱歉，可是我不能抛弃它。"他喉咙附近的血管腾腾直跳，感觉自己快被炙人的热气吞噬了。

"看在老天爷的分上，威尔，整整六个星期你都不出门见人，现在一出门，就把一切搞得鸡飞狗跳。这事要是让布鲁斯知道了，你觉得他会把一切怪到谁的头上？"

"你就告诉他，你已经把我赶出家门了。反正我打算一直住在格莱尼登。"

"还没等你搞明白渔业管理条例，哈利就会出现在你面前。"迪恩转过身，但又马上转了回来，"别想着我会把你保释出来，我出不起那笔钱——你可怜的父母也出不起。"

"我到底哪里做错了，啊？难道保护米恩不是他分内的事吗？"

"你没错，不过你的保护方式违反法律了。你一直生活在大城市里，小伙子，你一点儿都不懂这里面的门道。"

"我必须得懂吗？在我看来，一切就这么简单：有一头迷路的幼鲸，它亟需找到家人；如果我不帮它的话，没有人会去帮它。布鲁斯可以认为整个镇子都是他的，但是他管不着我。"一个人怎么会拥有这么大的权力？人们为什么会任由他放肆？

"口号喊得震天响，但是你其实什么想法也没有。"迪恩使劲拍打着方向盘，"一点想法也没有！"他开始大声责骂威尔："你有没有意识到自己在干什么？根本跟那头虎鲸没有关系，你只是把自己投射到它身上了而已。"

迪恩的这番话犹如一记重拳砸在威尔的胸口上："这太荒谬了，我……"

"你被人欺负过，这我懂。我也知道你觉得自己被父母抛弃了。可是你必须学会适应这样的生活，否则你会把自己的下半辈子毁掉。相信我，我知道自己在说什么。"

威尔感到脸上火辣辣的。迪恩说的会不会是对的？是不是真的跟米恩毫无关系？听上去的确有那么一点点道理。除了——等一等，那一次，把困在袋子里的小猫从河里救出来的那个人，是他威尔；说服妈妈只买放养鸡和猪的有机鸡肉、鸡蛋和猪肉的那个人，是他威尔；还有一次，他发现一只受伤的海鸥，还把它送到了动物保护协会。这又该怎么说？他老早以前就是一个动物救援者了。他救助过壁虎、大黄蜂、落入捕鼠夹的老鼠。他对米恩的关心并不是发神经病臆想出来的。尽管，他不得不承认这可能一点用处都没有，但很显然，救助动物不过是他一直以来的做法而已。

"去问问我妈妈，也去问问我爸爸。我知道最近我表现得跟个疯子似的，但是这件事远比我自己更重要。"他竭力不让迪恩听出话里的伤心。

"我要说的正是这个。萨莉把你托付给了我，要是我打电话告诉他们你被捕了，或者是其他更糟糕的情形，你觉得她和马克会怎么样？"

更糟糕的情形？"我已经给他们发过电子邮件了，我相信他们会支持我的。"他们真的会相信吗？没错，他们肯定会支持他的。

"那你就自求多福吧，小伙了，我不管你了。很抱歉，我惹不起布鲁斯，我需要工作。"

威尔感到一阵沮丧。不仅仅是因为迪恩的愤怒，还因为他觉得自己就像一只寄生虫。"我能理解，我真的理解，我很抱歉，行了吗？我会尽量不给大家惹麻烦的。还有，如果有必要的话，我会搬到别处去，我不会告诉你我的去处，省得布鲁斯问起来。"

迪恩用极其轻蔑的眼神瞪了威尔一眼，这让他的内心不安起来。"有时候，道歉并没有什么用，小伙子。"迪恩在房子前停好车，自己先下去了，威尔亦步亦趋地跟在他身后。

威尔赶了上去，不能让事情这么不明不白地放着："我想不明白，为什么布鲁斯会这么在意？只要我让米恩离得远远的，又能妨碍到他什么呢？"

迪恩停下脚步，眼睛凝视着远方，下巴上的肉抽动着。时间一秒一秒地流逝。终于，他叹了一口气，转身面向威尔："你根本不懂自己在跟谁作对。这跟那头虎鲸吃没吃那些该死的三文鱼一点儿关系都没有。布鲁斯所做的一切都是为了获得权利，满足他的控制欲。你惹他不高兴，那你就得遭罪。可怜的亨特就是例子，还有海伦。"

"谁？"

"亨特的妈妈。"

威尔的心咯噔一下。听迪恩的口气，好像海伦是被布鲁斯杀死的。

亨特像是从半空中蹦出来的一样，突然就出现了。他开着车，沿着车道，轰隆轰隆地朝他们驶来。威尔想：发生了什么事？跑到他们身边后，亨特累得上气不接下气，一时说不出话来。他弯着腰，双手扶在大腿上。

"怎么了?"

"你得赶紧回去。我钓鱼的时候睡着了,就睡了一小会儿,我发誓。可是,它竟然溜走了。我找了一上午,全都找遍了,就是找不到它。"

"别着急,哥们儿,它还会再现身的。它很有可能是躲起来了。"该死,现在他在意的不应该是这个,他必须先跟迪恩和解。

亨特忧心如焚的声调打断了威尔的思绪:"它径直钻进富兰克林养鱼场了。我觉得鲍勃·戴维斯朝它开枪了。"

"你说什么?"威尔结结巴巴地问。

"我本来只想去那些养鱼场里找找。我敢说,鲍勃正在四处吹嘘,说自己是如何用他的 303 口径的枪把米恩射死的。"

"你是亲眼看见的吗?"这种情况绝不可能发生,他已经把一切都安排好了。

"没有,鲍勃说它好像沉到水底去了。"

迪恩不屑地哼了一声:"那他是在瞎吹。它要是被杀死了,尸体马上就会漂起来的。它要么是逃跑了,要么是受伤了,要么就是被鲍勃抓住了。"

屠杀鲸鱼的画面在威尔的脑海里一帧帧地跳动着。"他确定吗?"光这么问一句都让威尔心痛不已,那些人简直禽兽不如。

"没错,鲍勃说他看见水里有血,我就赶紧来告诉你一声。我不知道该怎么办了。"

威尔蹲下身去,拼命忍住泪水。他调整呼吸,想把愤怒吞下去。他痛恨这个地方,痛恨所有人,痛恨一切。

"我非常抱歉。"亨特的泪水也在眼眶里打转。这么一个大块头，真不敢相信他竟然有这样一面。亨特说："我好几个星期没有休息了，今天是第一天休假，我困得睁不开眼。"

"你第一次见它是在哪里?"迪恩用不冷不热的语气问道。

亨特耸了耸肩："我不知道，我……"

"我不是问你，小伙子。威尔?"迪恩用脚碰了碰威尔，"你第一次看见它是在哪里?"

"布鲁克斯湾。"

"去那里找。"

"什么?"

迪恩重重地吸了一口气说："看在老天爷的分上，孩子。别再说抱歉一类的屁话了，快去布鲁克斯湾看看。"

威尔愣愣地看着他，愤怒慢慢地从脑海里消退。他终于意识到迪恩是在帮他。"没错，有可能。"威尔应道，迪恩说得很在理。

威尔振奋精神，站了起来。他走上前，迅速地抱了迪恩一下，又很快地在迪恩的后背上拍了拍，想掩饰自己女孩子似的表现。

"谢谢，我现在就去。"

第十三章　死里逃生

亲爱的朋友们，关于死亡，我们到底在惧怕什么？我们害怕失去自己热爱的生命。可是，当我们的生命慢慢流逝时，其实可以得到一些教训，这一点又有谁能看清楚呢？对于我们这些活了很久、慢慢老去的鲸鱼来说，我们已经跟死亡共舞过太多次。多到即使在呼出最后一口气的时候，我们也不会害怕。我们直面死亡，对抗它，嘲笑它，怜悯它。

尽管死里逃生会带来很多伤痛——心惊胆战，但也会给予我们极大的智慧。我们害怕死亡，然而我们无法摆脱它。这就是它的影响力如此之大的原因。只有以海洋为血液、以陆地为骨骼的大自然母亲才有足够的力量承受一切。她活的时间比我们长。若是她乐意，她会把我们从背上甩开，把那些伤害她的人彻底消灭。我们的职责就是确保她安好，把她的需要置于我们的需要之上。对于我们中那些崇拜大自然母亲的人来说，他们的愿望就是能做得比前人更好。当然了，那天当我跟死亡擦肩而过时，我那笨拙的样子还是让自己汗颜。我能够感知到贪婪之徒们酝酿的风暴。我本来不应该接近那些病恹恹的三文鱼，不应该，绝对不应该。说实话，我并没有理智到明白要从那样的攻击下悄悄逃离。我太弱小也太饥饿了，没有足够的理智识别出那是个圈套。多么天真，多么幼稚，我以为所有人类都会像我认识的那个男孩一样好心肠，真是大错特错。

我听到"啪"的一声巨响，然后身体就往下沉去。我感觉到背鳍上一阵剧痛，像着火了一样。我直直地潜到海床上，吓得浑身颤抖。猩红色的鲜血汩汩地往外流，我的身体火烧火燎地疼。我怕再次受到攻击，于是朝着开阔的海域逃去。

可我一游到外面，就被翻滚的海潮裹挟了，我感觉到了危险：我会成为别人丰盛的午餐。我浑身疼痛、焦躁不安，歌唱男孩温暖人心的力量曾经让我非常受用，此时却已经完全不起作用了。我觉得自己肯定是要死了。

此刻，回望过去，我看得更清楚了。每个人的生命中都会经历一个时刻。在那个时刻，我们的思想第一次被点亮。年轻的时候我们毫不焦躁恐惧，家族和部落里的老人们，会替我们承担起所有的伤痛。他们努力维系族人之间的联系，让我们所有成员凝聚在一起，保护我们远离危险。

直到第一次觉醒，我们豁然开朗，找到了自由。那时，我们就会在一个混沌不明的个体中，找到坚定的自我。对我来说，当我孤身一人在无边无际的大海上瑟瑟发抖之时，那个时刻来临了。

我的心咚咚狂跳，可会唱歌的男孩带给我的暖意从内心升腾起来，安抚着被紧张、害怕攫住的我。我感受到了他的牵引力，跟脉冲一样强烈——我没有办法也不愿意抗拒这股强烈的力量。这就是我转变的时刻，就在此时，我学会了控制欲望和疼痛，我从诱饵转变成有灵性的生命。一切行为都在召唤正直，而一切正直都要通过行为来获得。

　　我慢慢地朝跟男孩一起唱过歌的那个海湾游去。我非常紧张、气喘吁吁，生怕被死神带走。太阳朝西方滑落，我悄悄地穿过一片岩石堆，想去寻找会唱歌的男孩。可是海滩上空无一人，只有一些海鸟。我号哭起来，真的，我根本停不下来。尽管身体已经支离破碎，我还是莫名其妙地继续往前游。终于，我找到了我们初次相见的那个海湾。

　　我在那个砾石沙滩的背风处躲了起来。我被吓坏了，头脑麻木、感觉僵硬。我浑身是血、伤痕累累，大叫着，对他发出最后的呼唤。我等待着，告诉自己不要焦虑。我很想知道，这是不是命运那翻云覆雨之手，最后一次捉弄我。

第十四章
孤身一个，还好依然活着

威尔和亨特朝码头跑去的时候，迪恩赶了上来。

"先停一下！"迪恩用两只手分别摁住两个男孩的肩膀，好不容易喘过气来。

"什么事？"威尔可没有时间听迪恩发表长篇大论，米恩需要他。哦，天哪，他真希望米恩还能需要他。如果不是的话……这个想法犹如一柄插入身体的干草枝，深深刺痛了他。

"开富兰克林养鱼场的'小烟枪'去吧，你们可以早点到那里。他们明天才会用得到它。"威尔第一次听到迪恩管小汽艇叫"小烟枪"的时候，感到有些好笑。在他的家乡，这个词有着完全不同的意思。他的脑海里浮现出迪恩骑着一根巨大的烟卷在大海上翻腾的样子。

"你确定吗？"亨特用怀疑的口吻问道。

"当然了，我确定，我现在还是养鱼场的经理呢。除非你知道些我不知道的消息。"迪恩说。

亨特咧开嘴笑了："不是，我可听人说，你也是一个脾气暴躁的刻薄老板！"

"那就拭目以待吧，小子！去看看油箱里的油够不够，然后赶紧行动。"迪恩了捏威尔的胳膊，"别担心，小伙子，鲍勃的枪法可是出了名地臭。"

"谢谢。"威尔想朝他笑一笑，可嘴巴却僵硬得像是被贴上了封条。

亨特下到码头上，从工棚里把船钥匙找出来，威尔则把缆绳解开了。那条全铝打造的小汽艇长约四米，自带的浮筒结实得很，足以征服任何一片海域。

亨特查看了一下给轰隆作响的发动机供给燃油的油箱，说："一切正常。"

威尔把小汽艇推离码头，亨特则转动船钥匙，舷外发动机轰隆隆地启动了。威尔从码头跳到小汽艇的甲板上，套上救生衣，深深地吸了一口气。他们驶离码头的时候，朝四周看了看。退潮后的淤泥滩上挤满了各种鸟。亨特指了指巷道边上的一只长腿涉禽。

"那是黑翅长腿鹬，极其罕见。"亨特关闭发动机，从口袋里掏出手机，拍起了照片，一张、两张、三张，简直是在浪费时间。最后，亨特终于重新启动发动机。伴着隆隆的发动机轰鸣声，他高声说："濒危动物多得很，比如红眼斑秧鸡，长得跟鹌鹑很像，但个头儿更大，羽毛更花哨，还有小田鸡，它们的个头非常小，一般很难注意到，我还见过黑额燕鸥和栗胸鸻。到目前为止，我总共见过二十八个不同的品种。这里的护林员说，一共有三十三种。"

虽然听起来很有趣，但亨特的喋喋不休还是快把威尔逼疯了。米恩可能已经死了——他心痛得无法言表，感觉像是失去了家人一样。可下一秒，他的思绪又飞向了帕尼娅。集中注意力，蠢货，专心一点。

他们不停地转弯，躲开那些周末旅行者——那些家庭驾驶着装得满满当当的小汽艇、快艇、小艇、水上摩托艇、游艇……想到受了伤的米恩还得躲避这么多船只，威尔简直要崩溃了。要是米恩还活着的话，那它此时就跟一个刚学会爬行的小孩没什么两样，可它却要穿越一段八车道的高速公路。

唯一的好消息就是亨特终于安静下来，威尔需要集中所有的注意力。有三次，他觉得自己看见了鲸鱼的背鳍。可是靠近一看，却发现那不过是小鸟、岩石或木块。

就像被暴打了一顿一样，威尔感到疼痛难忍。他得极力克制，才能战胜把自己缩成一团以及大声号哭的冲动。他只好把身体靠到仪表盘上，目不转睛地盯着潮水拍打着艇身。

经过第一个养鱼场的时候，威尔心中的仇恨噌噌上涨。实在是太不公平了，凭什么要惩罚米恩？谁饿了没有填饱肚子的冲动？要是那个混蛋真的把米恩杀死了，他就……他就……该死的，他不知道该怎么办，他的底线是不能让迪恩丢了饭碗。

来海上享受周末阳光的人实在是太多了，这让威尔的心情变得愈加沉重。要是米恩在这里的话，它肯定会把人群吸引住的。"*孤身一个，还好依然活着！我的灵魂依然是我身体的囚徒！*"该死，《日本天皇》的唱词在他的脑海里回荡，吉尔伯特和萨利文在旁边冲着他起哄。他开始进行发声练习，想把那些唱词从脑海里赶出去。这里发生的事情已经够夸张的了，无须再用一部滑稽歌剧来做佐料。

他们驶进布鲁克斯湾的时候，看见两个小孩把自己的小艇扔在岸边，在南边的小溪里玩水。亨特减小油门，滑进布鲁克斯湾。他们四处张望，寻找米恩的踪迹，但是没有任何收获。

"你能把它关上吗？"威尔的语调中带着几分怒气，可他不是故意的。

亨特一熄灭发动机，威尔就走到小汽艇中央。他集中精力调整呼吸，努力不去在意自己的样子看上去有多愚蠢。"*我愿再看看爱人那美丽的脸，没有你我根本活不下去，我永远属于你……*"① 威尔并不太喜欢这首咏叹调，不过，这些唱词在他的脑海里回响了一整个早上。它讲述了一个渴慕真爱并舍弃家产去寻找真爱的故事。他努力想要唱出高音，可米恩的失踪把他的心头塞得满满当当的，像一个疼痛难忍的肿块。

威尔继续扫视整个布鲁克斯湾。他嘴里唱着，脑海里自发地打着拍子。那两个玩水的孩子停下来，仔细倾听着，他们扬起的脸沐浴在阳光中。就在他即将唱到最后一节副歌的时候，亨特突然挥舞起手臂。

"快看那里！"亨特向淹没在水里的砂石海岸指去。

海水下有东西！威尔刚想弄明白那个黑影是什么，它就动了一下。是米恩！他再也按捺不住，脱掉救生衣，一头扎进海里。

就在威尔游到那里时，米恩浮到了水面上。它翻过身，仰面朝天。

它还有呼吸吗？"加油，小家伙，跟我说说话，你没事吧？"威尔摸了摸米恩的腹部，很结实，还有体温。米恩被他的抚摸触动，用力反压回来，他激动得心脏都快跳出来了。**谢天谢地！**

米恩发出轻不可闻的咔嗒声，并调整了自己的姿势。**老天爷，不！**它中枪了！没错，它的背鳍底部被子弹射穿了，烂乎乎的一片，一块被水泡涨的皮肉在边缘耷拉着。

---

① 唱词出自莫扎特独幕歌剧《巴斯蒂安与巴斯蒂安娜》中的咏叹调。

愤怒立刻取代了激动。威尔继续检查，看米恩身体上有没有其他受伤处。他低声哼唱着以压制内心的愤怒，一双手则坚定有力地抚摸着它。

"它还好吧？"亨特用船桨撑着小汽艇，向威尔身边划来。

"应该是。子弹射穿了背鳍，但其他地方都还好。"威尔冲着米恩的嘴巴发出一阵嘟噜声，并趁机偷偷抹掉在眼眶里打转的泪水。米恩像一只生了锈的发条小猫，发出咔嗒咔嗒的声响。

"接下来怎么办？"

"我们把他引回格莱尼登吧，那里更安全。"

"你确定它愿意跟我们走？"

威尔把小汽艇打量了一番，那个舷外马达让他忧心忡忡。他在网页上搜索信息时，见过螺旋桨给鲸鱼们带来的伤害。"我们有长一点的绳子吗？"威尔问。

亨特点了点头："有。不过，你要是打算用绳子牵着它走的话，我觉得不太可行，即便它愿意让我们绑住它。"

"不是它，我的意思是你拽着我走怎么样？慢一点，这样的话，我可以引着它走，让它离螺旋桨远一点。"

"差不多有十五公里呢。"

"我不能再让它冒险了。"威尔的心跳快得离谱，他觉得这不但关系着米恩的性命，也关系着自己的性命。

威尔把救生衣当做隔垫，然后把缆绳系在胸前。确定绳结打结实以后，他推了小汽艇一把，然后亨特启动了舷外发动机。他向米恩吹口哨时，缆绳猛地拉直了，空气从他撮紧的嘴里"噗"的一声冲了出来，犹如卡通片里火车发出的汽笛声。威尔开始做人体冲浪，米恩则跟在螺旋桨后面，始终保持着一段安全距离。它安静又顺从，好像疼痛已经耗光了它的体力，威尔对米恩的疼痛也感同身受。

再经过两个海湾，就要到格莱尼登了。这时候，一艘时髦的小型游艇窜到他们面前，逼得他们不得不停下来。他们看了很久，才看清楚游艇上的人到底是谁。威尔心中叫苦连连。**盖比·泰勒——这个镇子上的大嘴巴。**

威尔没有搭理她，而是一边踩水一边随意地小声哼唱着曲子，将米恩的注意力牢牢地吸引住，不让它游走。盖比爬上游艇的舱顶，她的短裤实在太短了，都快盖不住屁股了。掌舵的是西蒙娜。她身穿红色比基尼，头上戴着一顶同色的棒球帽，亨特看得目瞪口呆。**可怜的家伙。**他根本没有任何机会。尽管她玲珑有致的身体之上是一张笑盈盈的脸，但上面写着"别自找麻烦"几个字。

"你们他妈的这是在干什么？"盖比天生的大嗓门性能良好。

"没干什么，闪开！"亨特甚至看都没看她一眼，他还在迷迷瞪瞪地盯着西蒙娜看。

盖比转过身，冲着西蒙娜小声嘀咕了一阵子。西蒙娜挺起胸，向前倾了倾身体，好让亨特更清楚地看到自己的胸部。"你这是要去哪里，亨茨？"

"格莱尼登。"亨特的脸涨得通红，就跟熟透的西红柿似的。西蒙娜和盖比则像女妖一样狂笑不止。

"闭嘴！"威尔猛地拽了一下缆绳，好让亨特回过神来，"你为什么告诉她们？"

亨特的脸涨得更红了，耳根火辣辣地疼："该死，我很抱歉，我……"

"我来了！"盖比从自己的游艇上纵身一跳，落到亨特的小汽艇上，差点把亨特颠到海里去。站稳后，她挤到游艇后部瞪着威尔说："哦，我的老天爷！它在那里！"

"走开！"威尔赶紧挡住她的视线，不让她看米恩，"它受伤了，别去打扰它好吗？"

"别把我们想得太坏了，我只是以为你们落水了，赶过来帮你们。"

她说的这些话，威尔一个字都不相信。"你如果真想帮忙的话，就赶紧让开，它需要的是安静。"他说。

"你什么时候成专家了？"

"听着，我们正在照料它，行了吧？"亨特伸过手，拉起盖比的胳膊，"让开，好吗？"

盖比拍掉亨特的手："它不是你的私人财产，我想看它表演节目。"

亨特背着她，冲威尔翻了个白眼，用唇语示意威尔：赶紧把她打发了吧。威尔别无选择，只得相信他。因为亨特了解盖比的怪癖和怪脾气：只有让她真的看过米恩表演后，她才会走。威尔吹了一声口哨。米恩轻轻地推了推他，然后用相同的声调回应他。威尔不禁心花怒放。

"就会这些？我见过的海豚可比它强多了。"

"它身上中了枪！"

真是一个蠢货。"实际上，虎鲸就是海豚的一种。"盖比不是应该比他还懂吗？他才是那个城里来的，"它们的脑容量可是世界第二。"反正比你的大多了。

"那又怎样？脑子的大小根本算不了什么。大象的脑袋倒是很大，但这并不能阻止它们走向灭绝的脚步。它们哪里聪明了？"

威尔用双手捂住脸，唯恐让盖比看见自己在笑或者哭。当一个人的想法如此愚蠢、没有任何道理可讲的时候，你还愿意用"逻辑"或者"伪逻辑"来评价吗？

不远处突然响起了手机铃声。盖比从口袋里掏出一部手机。"喂？"她一边接听电话一边转过身，朝西蒙娜使眼色。她点头，然后微笑着说："好的，一定照办。我们马上去见你。"她挂断电话，转身对西蒙娜说："他已经在那里了。"

话音未落，盖比跳回自己的游艇并爬到舱顶上："一会儿见，废物们！"西蒙娜猛地掉转船头，启动游艇，向前驶去。游艇疾驰而去的时候，激起巨大的浪头，把威尔浇了个透心凉。

"抱歉，"亨特说，"她要是觉得自己错过了什么乐子的话，就会变得很刻薄。"

"算了，我们继续走吧！"亨特到底怎么回事？刚才还表现得跟个纯朴的大傻个儿似的，可是一谈起他感兴趣的话题，整个人的状态立马不一样了。尽管他跟兰博①一样身高体壮，可所有人都不把他当回事儿——嗯，迪恩除外。拥有一个那么容易让人做出错误评判的身体，肯定是一件让人抓狂的事情，这跟虎鲸有点像。威尔呢，看上去则像个瘦长的怪人。他能受到关注，主要得益于之前唱歌的经历。不过，在那个漆黑的寒夜里，得到别人的关注就不是什么好事了。也许，他要是跟亨特一样虎背熊腰的话，那些人就会对他敬而远之。只要稍稍再变胖一点，他们也不会妨碍他成为帕瓦罗蒂的。

他们抵达格莱尼登后，发现那里空无一人，帐篷和其他装备都完好无损。这既让他们觉得有点惊奇，同时也感到一丝安慰。抛锚泊船

---

① 兰博是美国电影《第一滴血》中的男主角。

后，威尔拖着沉重的脚步走到岸上，他早已精疲力竭。他脱下衣服把它拧干，铺在热乎乎的浮筒上晾晒，自己则躺在另一个浮筒上取暖。他用手摩挲着米恩的身体，跟它保持着身体接触。

亨特扔了一条毛巾给他："接下来干什么？"

"谢谢。"威尔把头发擦干，"我看视频里，人们不分白天黑夜地陪着鲸鱼。我觉得，从理论上来说，身体上的触碰可以帮助它们恢复。"

"这有点嬉皮士的风格。"

"并不是什么触摸心理疗法。只是陪在它们身旁，给予它们精神上的支持。曾经有一头可怜的白鲸——你懂的，白得出奇的那种——被一艘船撞了，伤得非常严重。老天爷啊，它看上去甚至有点恶心。有位女士一连陪了它很多天，关爱它，不停地触碰它。鲸鱼跟同类待在一起的时候，就是这么做的。就跟我们小的时候，妈妈用亲吻来哄我们一样，还记得吗？就跟那个差不多。"

亨特搓了搓鼻子，咕哝了一声："也许你妈妈是这样的吧。"

"该死，抱歉，我不是有意……"

"没关系。虽然她从不用亲吻来哄我，但每当我爸爸赶她走的时候，她还是会对我吻个不停。那时候，她会大哭，往行李箱里扔属于我们俩的东西。那会儿，他们才会真的动手打架……"亨特低下头，盯着自己的光脚，用鼻孔呼噜噜地喘着粗气。

威尔闭上了眼睛。你面对面地看着某个人，却搞不明白他心里到底在烦恼些什么，这实在是有点可笑。他一直以为，人就像一本书，只要用心读，就能读得懂。也许他看到的只是自己想看的东西，或者是自己期望看到的东西。也许每个人都是这么做的。直到最近这几天，他才开始想着去探究一下亨特的内心世界。自从来到这里后，他一直没有想过要这么做，他为此深感愧疚。迪恩曾经试图让他们成为好朋友，并暗示了很多次，可都被威尔拒绝了。他误以为亨特跟盖比是一路货色，甚至有更糟的偏见，觉得他跟布鲁斯一样。可是现在看来，亨特好像过得很惨，威尔非常确定自己知道原因。

"你为什么不继续了？"

威尔把思绪拉回到现实中，问："不继续什么？"

"上电视的事。我觉得他们肯定会给你其他机会的，你可是到目前为止最棒的歌手。"

威尔立刻升起戒备之心："哦，是吧。"

"我说的是真的，哥们儿。你还记得你在学校里的演出吗？你那会儿把自己打扮成一个外国佬，看上去非常搞笑。"

外国佬？老天爷啊，那都是什么年代的事了？什么情况？"你是怎么知道的？"

"迪恩给我看过那段视频，我笑得差点背过气去。"亨特瞥了一眼威尔的脸色。"不是因为你表现得差，你知道吗？而是因为十分有意思。我从没见过比那个更好笑的东西。"

威尔浑身火辣辣的。视频肯定是妈妈发给迪恩的。她坚持要把所有事情都录下来；她认为终有一天威尔会愿意让自己的孩子们观看这些东西，就跟他真的会愿意似的。他并不介意迪恩看那个视频——他为自己扮演的角色感到自豪——可是，迪恩到底是怎么想的？还有就是，迪恩为什么不告诉他一声？

"我参演的是《日本天皇》，扮演的是日本人。"

亨特肯定领教过语言的破坏力吧？布鲁斯可是用相当多的污言秽

语骂过他。怎么能只用一个词或短语就给别人的能力、文化和信仰定罪呢？外国佬、傻子、城市佬、杀人鲸、活死人威尔。

"随便什么吧。"亨特掬起一大捧海水，倒到自己的后脖颈上，"嗯，话又说回来，为什么？"

"什么为什么？"

"你为什么退赛？你即使表演得再垃圾——当然，你表现得根本就不差，你也会赢得同情票的。"

"你是在开玩笑吗？"米恩小声尖叫了一下，威尔拍了拍它。"抱歉，哥们儿，"他调整了一下说话的音调，"盖比没给你看那些评论吗？"

"谁在乎啊？他们只有那么点本事，所以才会那么写，可那并不意味着那些东西就是对的。"

"你当然是站着说话不腰疼。我走在大街上，连陌生人都会用污言秽语来辱骂我，他们觉得这很有趣。我退学的那所学校里，情况更糟。"嘲笑他的还不是同学或者同年级的人，都是比他小的那些孩子。他们犹如闻到血腥味的鲨鱼一般，嗅闻着他的伤口，对他穷追猛打。他们还只是一群小孩子，这让威尔感觉更加悲哀。假期终于来了，对他来说，真是一次解脱。直到父母告诉他，他们计划到澳大利亚去。

"你当时怎么不去证明他们是错的？"

"我什么也做不了，哥们儿。那会儿我的脑子完全坏掉了，头疼了好几个星期，情绪不稳、失眠，一度还产生了幻觉。"在此之前，他还从没向任何人吐露过这些遭遇，甚至连心理医生都没有告诉过，他一直惊惧不安。

威尔滑下浮筒，忙活起来。他用手在米恩双眼之间的皮肤上摩挲着。米恩炯炯有神地盯着他，威尔不禁想起了以前自己卧室墙上贴的那幅海报——沙漏星云，它那蓝色的中心犹如上天的眼睛。这双凝视的眼睛让威尔觉得，其身后隐藏的灵魂比人类所能想象到的要高级得多。

引擎声打破了平静。威尔的目光越过亨特那张忧虑的脸朝远处看去。一艘充气橡皮艇穿过拱形石门驶过来，上面有渔业管理局的标识。

哦，该死！

哈利·安德鲁斯一副邋邋遢遢的样子过来了。他的小汽艇在旁边停了下来，他冲着亨特点头，打了个招呼。威尔赶紧从米恩身边离开。

哈利把绳子扔给亨特，他们把两艘船并到了一块儿。这时候，威尔爬回船上。他手忙脚乱地穿上潮乎乎的 T 恤和牛仔裤——在这期间，哈利一句话都没说。

提心吊胆实在让人难以忍受，威尔决定主动出击。

"子弹射穿了它的背鳍。"威尔指了指米恩。米恩则用充满信任的目光看着威尔。

"你违反了所有的规定，知道吗？你让我很吃惊，亨特。你应该更明白事理的。"

威尔的心狂跳起来，说道："你难道没有听见吗？有个杂种冲着它乱射了一通。"

"先说重要的事情。我知道你舅舅已经把我的警告转告给你了，所以，你到底知不知道自己在做什么？你是不是有点太嚣张了？"

亨特清了清嗓子："是鲍勃射伤的，哈利。它受伤了。"

"法律明确规定，你待在船上的时候，跟它的距离不得小于五十米；你待在水里的时候，跟它的距离不得小于一百米。你是哪个地方听不明白？"

"某个老混蛋蓄意谋杀，成功脱罪，你却在这里给我开罚单。这一点我没弄明白。"威尔用颤抖的声音回答道。

"法律不是我制定的。不过，我敢保证的是，比你更有眼光更权威的人制定了法律。"哈利抹了一把从帽子边缘不断渗出的汗珠，"我不能让法律毁在你的手里，专家们说……"

"专家们，"威尔说，"会任由它死掉。我在网上看到过类似的事情。你如果真的在意的话，就应该去追捕那个老混蛋，而不是在这里骚扰我。"

"你怎么知道来这里可以找到我们？"亨特阴沉着脸问道。他叉起了胳膊，肱二头肌鼓了起来。

"我自有我的办法。"

"盖比告诉你的，是不是？"亨特转过身，看着威尔，"我敢肯定她是受了我爸爸的指使，她已经不是第一次这么干了。"

"哼，要不是你告诉她我们要去哪里……"

"我知道，我知道，我是个傻瓜。我知道，都是我的错。"亨特看上去非常自责，威尔不禁后悔不该指责他的。

"算了。"威尔把注意力转移到哈利的身上，"问题的关键在于，你到底是要惩罚想帮助米恩的我们，还是要惩罚想杀害它的那些人？"

"不要用这种腔调跟我说话，小子。我一直……"

哈利没再说下去。一艘破旧的游艇疾速穿过拱形石门，向这里驶来。船身上的玻璃纤维都脱落了。开船的是帕尼娅，维芙梳着骇人的长发，手里则握着一根绳子。她们训练有素地把船停到哈利的充气橡皮艇旁。

"它在这里吗？"帕尼娅问道。

"在。背鳍被子弹穿了个大洞，有些受惊。除了这个，一切都还好。"

"嗨，哈利！"维芙跳到哈利的船上，热情地跟他握手，"看到你着手调查这个案子，我感到非常高兴。我听说鲍勃·戴维斯对枪弹很狂热。"她的目光越过哈利的肩头看向威尔，冲着他眨了眨眼睛。

"我早该想到你们会出现的。"哈利蹙紧了眉头。他转过身，看着帕尼娅说："嗨，帕丝，你还好吧？"

"很好，谢谢。"帕尼娅吃力地爬到一堆渔网上站定，向水里看去。看见米恩后，她跪下去，朝它伸出手："你这个可怜的小宝宝。"

米恩顶了顶她的手掌，像唐老鸭似的嘎嘎叫了起来。她大笑起来，往前探了探身子，作势要亲它。

"帕尼娅，别亲它！"哈利迈起腿，重重地在她的游艇上跺了一脚，她顿时失去了平衡。"你们这些人到底是什么毛病？它是野生动物，不是宠物。你们要是想驯服它的话，会让它变得更加脆弱。"

帕尼娅看着米恩，维芙也加入了进来。米恩冲着她们喷起一团细细的水雾，然后咯咯地叫了起来。令人惊异的是，它的叫声跟人类的笑声非常相像。维芙脱掉外衣，只剩下一件黑色的泳衣。她的身体很健硕，很强壮。

"哦，不，你不能这么做。"哈利说，"你尚未获得授权。"

维芙对哈利的警告置若罔闻，直接从船舷边缘滑下去，缓缓地下到海水里，几乎没有弄起一点水花。她向前伸出一只手，犹如在召唤一只胆怯的小猫。她慢慢地向米恩靠近。看到它接受自己的抚摸后，维芙开始检查它的伤口。

哈利的脸色铁青："快点回来，女士，你是懂得法律规定的。"

"别拿那些东西吓唬我，哈利。你知道我有权给它做检查。"

"那也得有我的批准。"

维芙恶狠狠地扫了他一眼："那你最好赶紧授权给我。"

"到底怎么回事？"威尔问亨特。

"她是兽医。"

"你不是在开玩笑吧？为什么没有人告诉我这件事？"威尔在帕尼娅的身旁蹲下，跟她一起看维芙给米恩溃烂的伤口做检查。"怎么样？"威尔问。

"不会有事的。"维芙说，"我可以帮它清理伤口。不过，我觉得只要它保持安静、不焦虑，伤口会自动愈合。"她把自己的额头抵在米恩眉间的位置，跟它行了个碰鼻礼。"*kei te pēhea koe?*① 你在这里干什么呢，小伙子？你可是引起了不小的乱子。"米恩一边回蹭着她，一边发出咔嗒咔嗒的声音。一时间，威尔感到一阵强烈的嫉妒，这可太荒唐了。

维芙检查了米恩的牙齿和牙龈，然后撑起身子，回到船上。她看上去就像一条上岸的美人鱼，长长的骇人长发差不多拖到臀部。她到底多大了呢？年近四十？四十出头？

维芙从一个塑料袋里拽出一条毛巾，把身上的水擦干，然后裹在腰上。"好了，我们聊聊吧。"她在哈利的充气橡皮艇里坐下，示意所有人都来参加讨论。

"你们是怎么知道这件事的？"威尔问帕尼娅，"你们是怎么知道

---

① 此处为毛利语，意为：近来可好？

我们在这里的?"

"是迪恩告诉我们的。我们去了布鲁克斯湾，但没有找到你们。于是我猜想，你们很有可能来这里了。"

"迪恩告诉你们的?"

维芙笑了起来："那个老家伙看上去可能像个胆小鬼，但实际上还说得过去。"

帕尼娅咧开嘴笑了："我会把您刚才的话转告给他的。"

"你敢!"维芙转过身，看着威尔，"你舅舅喜欢和我吵架，但这并没有什么大不了的。我想让他保持正直，确保他不会因为慑于老板的淫威而分不清事情的轻重缓急。"她把一只手搭在亨特的胳膊上，"无意冒犯，*e kare*①。"

亨特的脸涨得通红："没关系。"

哈利清了清嗓子："回归正题，维芙。你和麦克如果认为可以唆使你的同伴通过起哄……"

"这就要看你的表现了，哈利。"她把一绺骇人的长发拽到胸前，用手把水捋干，"我们这头小虎鲸亟须保护。现在，你要么让布鲁斯不要插手，让这些孩子救助这个可怜的小家伙，我呢去寻找它的族人；要么你不妨跟我们斗一斗。不过，我可以跟你保证的是，你如果选择后者，肯定有你好看的。南妮·梅已经认定它是我们家族的一员了，没有人想看见她不高兴。"

"法律条文规定——"

"一派胡言，哈利。法律怎么对你有利，你就怎么解释它。去年

_____

① 此处为毛利语，意为小伙子。

的时候，布鲁斯把油乎乎的舱底污物倾倒在码头边的海水里，你还不是放过了他！别以为我们什么都不知道，阿罗哈全都拍了照片。"

"所以你们现在难不成想威胁我？"

"当然不是，*e hoa*①。我们只是想提醒你一下，在解释法律条文的时候，可以适当给彼此留点余地。"

"我们只不过想保证小虎鲸的安全，"威尔说，"维芙如果能帮我们找到它的家人，那对大家来说，是一件皆大欢喜的事情。"

"在所有游客见识过你的惊人之举后吗？我可不愿意因为这个事情让别人戳脊梁骨。"哈利说。

"我向你保证，我们会让它保持安静，我会一直在这里陪着它。别人不会知道的，"威尔努力表现出一副严肃负责的样子，"求你了。"

"你就答应吧，哈利。"帕尼娅帮腔道，"看看这个可怜的小家伙，你真的想眼睁睁地看着它死去吗？"

哈利轻轻地抚摸着自己的胡须，好像那也是有生命的小动物似的。他的目光越过船头，凝视着另一边。米恩正漂浮在那里，呜呜地叫着，像一只小狗。哈利重重地叹了一口气，然后转过身看着维芙："你估计得花多长时间才能找到它的家人？"

"我回到家后，马上联系英格里德，她知道。"

哈利再次陷入沉思，其他人耐心等待着。附近一棵茂盛的新西兰圣诞树上，一只图伊鸟正在鸣唱着，几乎是一首完美的八音和弦。它唱完 A 大调，接着是降 D 大调。终于，哈利用手拍了拍自己黝黑的膝盖。"好吧，暂时放过你们。不过，如果收到投诉，那我就得履行职

---

① 此处为毛利语，意为朋友。

责。还有就是，它如果再次被媒体拍到的话，我们之间的所有交易立马一笔勾销。”

“太好了!”维芙往外倾了倾身，在他渗满汗珠的额头上亲了一下。

“谢谢。”威尔说道。他伸出手，一边跟哈利握了握，一边费力地咽了口唾沫。他必须控制好自己的情绪，需要一个人待一会儿。

他们挪动帕尼娅的游艇，好给哈利的充气橡皮艇让开道。哈利开着船穿过拱形石门远去，他们像对待战斗英雄一样，挥手给他送行。

“非常感谢。”威尔对维芙说。他在她的脸颊上吻了一下。她的脸上咸滋滋的。

“不用担心，只要别惹恼哈利，他还是很好对付的。”

“英格里德是谁?”

“一位研究虎鲸的国际专家。”维芙用手紧紧地搂住威尔，“别这么可怜兮兮的，外甥。要是有谁能帮我们这个小朋友找到家人的话，非她莫属。”

第十五章　小人常衔恨

真是惊险！当会唱歌的男孩发现我时，我正伤痕累累、精疲力尽地漂浮在水面上。我很疼，有一种深深的下坠感，非常难受。可是当男孩靠近我的时候，那遍及周身的恐惧感消失得无影无踪。他抚摸我、安慰我，发自真心地拥抱着我。

我不知道自己是怎么受伤的。那个满腔恨意的贪婪之徒没有靠近我，没有预先警告，甚至都没有露面，只是鬼鬼祟祟地攻击。说真的，我们猎杀的时候，也是毫无善心和顾虑，可是大多数情况下还是会做些权衡：希望能更大程度地保全一方。这个道理是部落中的老人们传递给我们这些年轻一辈的，对此不屑一顾的族人往往会落得众叛亲离的下场。

我们必须重新权衡，重新思考过去那些生灵犯下的错误。当然了，我们都曾经误入歧途，自私自利，任由内心那些卑劣的欲望越变越强烈。哦，没错，这是真的，对我来说尤其如此。可是，一个人的错误只有在他找不到任何勇气重新来过时才会致命。相信我，只要有心，任何错误都是可以纠正的。

在令人悲痛的历史中，我们族群犯过两个错误。第一个错误源于我们的性格。当贪婪之徒猎杀我们的时候，我们没有奋起反抗，没有阻止他们的无所顾忌。我们以为他们会看见我们的悲伤，从而停止屠杀，可是我们都错了。结果我们遭受重创、伤痕累累，在他们的野蛮屠杀之下，没有丝毫喘息的机会。所以，当他们继续对我们的族人赶尽杀绝的时候，那些残存的散兵游勇便失去了理智。这是我们犯的第二个错误，这注定让我们失去更多。

朋友们，那些没有任何战斗力的成员反击了，可谁又能怪罪他们呢？母亲们都被杀死了，父亲们起身反抗那些纠结在一起想要抓捕他们孩子的船队。那是一场艰难惨烈的战斗，我所有的表亲们都参战了。可尽管我们用尽全力，还是没能把贪婪之徒送入坟墓。尽管老人们的愤怒确实情有可原，可愤怒既不能解放我们，让我们获得更好的未来，也不能护我们周全。实际上，愤怒增加了危险，加深了我们的困境。

我们能从这一团兵荒马乱中学到什么呢？那就是我们不应该用发动战争来反抗。只有怀恨在心的人才靠憎恨活着。爱，才能生爱。

现在，我们试图走一条更加聪明的路，只是有些慢——太慢了。我们希望，有一天能懂得贪婪之徒们的思想，通过共唱歌曲来寻求意义。如果他们真的愿意倾听，就算他们的耳朵听不到，他们的心也一定能够感受到我们之间的相同之处。

我唱这首歌的时候，虽然带着满腔的悲愤，但也饱含希望。我们都很想知道，贪婪之徒们为什么不愿意花时间去了解世界上的其他物种，毕竟他们跟我们一样机敏聪明啊。是因为他们性格中有什么缺陷？是因为他们难以抑制的欲望？他们攫取，攫取，攫取，他们是唯一一种抢掠多过需要的生物。他们喜欢囤积、掌控、占有，把财富都藏匿起来，让别人一无所有。贪婪，我的朋友们，是丑陋的怪癖，是他们的缺点和习惯。

他们缺失的，亲爱的游客，是温暖和赞赏，正是这两样东西将我们和其他海洋生物维系起来。我们致力于建立联系，倾听心声。我曾经跟蝠鲼们一起穿越海洋，它们张开翅膀之后跟我的身形差不多大。在它们身上，我感受到了智慧，它们对事物的感受要比其他海洋鱼类细腻得多。它们也努力了解我。在它们身上，我找到了自由的灵魂。哦，多么神奇的翅膀啊！从它们缓慢的摆动方式上，我们可以了解到洋流在起伏回转中包含的信息。

当我们需要熬过重大伤痛的时候，总是会把其他成员——我们数量众多的表亲们都号召起来。我们一起分担悲伤，寻求方法来治疗贪婪之徒们带给我们的伤痛。我们致力于营造共赢的世界，而不是一人独大的世界。

至于会唱歌的男孩，哦，目前这样的人非常少见——尽管，你明白的，他并不是独一无二的。为了消弭我和贪婪之徒间的隔阂，他做了很多努力，然而这一切过后，他身上却散发出阴郁的气息——非常强烈的哀伤，让他的心都生病了。我那么小的年纪怎么会懂这些？过来，过来，我已经说得非常清楚了！一样的伤痛，一样的孤独，一样的痛失所爱。这些东西所引发的共鸣声，会吸引所有生灵游过来。

所以，当他把高个子男孩和那两个漂亮女孩带过来的时候，我相信他一定会找到一个护我周全的完美办法。在他那让人安心的抚触下，我安静下来，得以避开别的伤害，他的良善之心让我无法抵抗。我渴望得到他的关爱。他没有再离开我，而是用温热的手掌抚摸着我的皮肤。他手掌上传来的生命力让我振作起来。那双手带给我平静，拥抱带给我希望。最后，正是他的这种方式才让我恢复。肌肤和肌肤之间的亲密触碰，一直都是我们族群里表达爱意的方式。不知为什么，会唱歌的男孩竟然懂得。

第十六章
柳树，垂柳，垂柳

威尔枕着救生衣，仰面朝天浮在水面上。米恩一动不动，它对威尔跟它之间的身体接触很满意，虽然不知道威尔到底还能在水里撑多久。威尔的皮肤已经泡得皱皱的，他浑身臌胀，而且很冷。不过，之前紧紧钳住他脑壳的紧张感已经消失了，他努力驱赶着脑子里那些吵吵嚷嚷、乱七八糟的东西，以求获得暂时的平静，神圣的平静。现在，唯有米恩喷水孔的开合声和鸟儿们的无伴奏合唱声。

"河边的树上有一只小山雀叽喳着'柳树，垂柳，垂柳！'"这首轻歌剧在他脑子里回响起来，都快把他逼疯了。这倒不是因为《日本天皇》讲述的故事多有深度，也不是因为它诉说的道理多么珍贵。事实上，它是一个很无聊的故事，单从唱词来看甚至很荒唐——起码乍看上去是这样。"我对他说，小鸟儿，你为什么待在树上不停地唱'柳树，垂柳，垂柳'？"这部歌剧讲的是控制，结局却是威胁，极尽夸张之能事。"你要是还这么冷漠、固执，我会像他一样死去，你将知道其中的缘由——尽管临死前，我极有可能不会大声呼喊：'柳树，垂柳，垂柳！'"

　　威尔的外婆用的就是这种情感勒索。在她去世之前的两年里，妈妈的闲暇时光全部耗在她身上了。可怜的妈妈不管做什么，都讨不到奶奶的欢心。糖尿病最终夺走了外婆的生命。妈妈实在是太虚弱了，不得不请了五个星期的假。她毫不知情的是，两个月之后，她的工作岗位就被撤销了。当威尔得知他们打算移居澳大利亚的时候，为了让他们留下来，威尔差点使出了《日本天皇》里的这些招数，但他没有，他不能那么做。妈妈已经深陷自己的噩梦不能自拔，再让她陷入他的噩梦中，对她不公平。

　　至于爸爸……人们总是拿平等、生活平衡、家庭管理之类的东西说事。事情的真相却是，丢掉工作后，他根本就不知道自己能干什么。他的工作关乎他所有的自尊。失去工作后，他的生活就毁了。他依然每天六点钟起床，做填字游戏（正如他自己所说："不能让脑子生锈喽！"），然后穿上正装，打上领结，踯躅街头，低声下气地去寻找工作。可是，每遭遇一次"不了，谢谢"，都让他更加精神萎靡，直到最后那根稻草——档案馆的调解员——拿错剧本似的给了他致命一击。威尔撞见爸爸躲在浴室里偷偷地哭泣，一共两次。威尔过去拥抱他、安慰他，他故作轻松地一笑置之，努力掩饰着在眼眶里打转的泪水。

　　只要算得上是份工作，不管多差，爸爸都愿意去做。但是，当要么继续交房租、要么被扫地出门的时刻来临时，爸爸变得更加脆弱——跟个纸糊的人形似的。妈妈也变得颓废不堪。当然了，他们依然带着他看医生，雇用律师给网上的那些无赖发警告信。不过，这一切都是徒劳的，他们的生命之火已经熄灭了。要不是迪恩拉了他们一把，主动提出要收留威尔，他们一家三口还得在萨顿家的空房间里挤着。看到他们这么失意，真是让人于心不忍。最终他们决定离开，

（或多或少）反倒让人松了一口气。

威尔笑了起来。直到现在，他才意识到他们很有可能也解脱了。在过去的几个星期里，他们看上去变得更加"亲近"——自从他们的家庭因为压力分崩离析之后，分开居住反而使他们的心靠近了。每个星期通过 Skype 聊天的时候，威尔觉得昔日的爸爸妈妈又回来了。

这会儿，威尔真希望自己没有给他们发过电子邮件。那只会让他们担心，让他劝说他们一切都好的辛苦努力都付诸东流。但愿迪恩也会保持安静，让他们安心地过自己的日子。

亨特主动提出要送维芙回布莱斯，帕尼娅则说她要去海峡里捕一些鱼回来。威尔很喜欢帕尼娅驾驶船只的样子，对她留下来陪伴自己也感到心满意足。跟她比起来，家乡的那些女孩顿时变得黯淡无光、过于自恋了。她很镇定，不像那些女孩，需要别人不停地给予安慰。他非常高兴能遇见这样的女孩。认识新伙伴永远不会是一件坏事情……当然了，除非他们跟盖比·泰勒一个德性！果真那样的话，那真叫一个烦人。

太阳越来越低，寒冷侵入骨髓。威尔翻了个身，用手摩挲着米恩的背，小心翼翼地避开它的背鳍。背上的伤口不再往外渗血，但看上去依然很疼，而维芙更担心米恩会受惊："你陪伴安慰它的时间越长，它就会表现得越好。"获得维芙的认可，让威尔感到宽慰——他还得做好战斗准备，以防哈利再回来。

"我要出去一下，就去那里，哥们儿。"他指了指海滩，很快又觉得这么做有些荒唐。但是米恩警觉起来，用那双万花筒般的眼睛全神贯注地看着威尔。

威尔不得不离开的时候，米恩顶了顶威尔的肋骨处，往他的腋窝里喷了一串泡泡。接着，米恩叼住救生衣的颈枕，一边拉一边发出咯咯声，它肯定是在大笑。时机把握得非常恰当，叫声很像笑声。

它拖着威尔，用尾巴拍着水向浅水处游去。"谢谢你，哥们儿。"威尔把自己的鼻子抵在米恩的眉间，仔细地闻着。鱼腥味、海草味，肥嘟嘟的、暖乎乎的。"别乱跑。"他把手掌立起来，做出一个人类的停止手势。如果小狗们能理解这种信号，那么威尔相信米恩肯定也可以。

上岸之后，威尔穿上 T 恤和牛仔裤。亨特给他留了一件暖和的连帽衫，他套了进去，就像在玩变装游戏的小孩一样。穿到一半的时候，袖子拧到了一起，弄了老半天，他才把手伸出来。亨特是第一个让他感觉自己很渺小的人——当然指的是身材上。威尔非常喜欢跟他搭伙。

威尔生了一堆火，肚子饿得咕噜咕噜叫个不停。当帕尼娅开着她父亲的小汽艇缓缓地停靠在海岸上时，他开心得几乎要跳起来。

"我捉到三条鲂鱼和一条笛鲷！"她咧开嘴笑道，好像中了六合彩一样，"还有，看哪！我还捉到了一条布鲁斯的鱼！"她指了指自己脚边的塑料筐。那条三文鱼个头很大，把其他鱼全都比了下去。"运气真不错！"

威尔大笑起来："老天爷，我们最好赶紧把它扔掉！"他拎着那条鱼的尾巴，把它提了出来。那条三文鱼的眼睛浑浊不清，犹如老人患了白内障的眼睛。

"嗯，我懂的。"帕尼娅顺着威尔怀疑的目光看去，"我对它也没有什么胃口——不过，我又不想把它扔回海里去！"她笑了笑："我想，米恩可能会喜欢。"

"哦，别，你可千万别这么做！正是米恩对三文鱼的嗜好才引发

126

了这场争斗。"

"哼!"她说,"我早知道你会这么说。"

威尔扬了扬眉头:"嗯?"

她拍了威尔一下:"闭嘴!我跟南妮·梅有个约定。要是一年之内不说脏话,我就会得到五百澳元!"

"还有多久?"

"还有两个月。现在容易多了,一开始我总是担心自己一不小心说漏嘴。"

"这还用说!"那个灾难性的夜晚之后的三个月里,威尔对唱歌这件事一直心有余悸,他甚至不确定自己还能不能再唱歌。不过,来到这里后,他每天都会强迫自己出门,驾着游艇做短途旅行。在那些不能唱歌的日子里,他恍然觉得生活中唯一能让自己满意的部分都被无情地夺走了。

他把三文鱼扔回塑料筐里,把那条笛鲷拎了出来:"我们就吃它吧,我快饿死了!"

帕尼娅翻了个白眼: "饿死鬼综合征!我哥哥金吉跟你一个德性。"

这时候问问她哥哥的情况会不会让她不高兴?威尔依旧拎着那条笛鲷:"我要不要把它切成片?"

"不用。把内脏掏出来,再把鱼鳞刮掉就可以了。整个儿烤的会比较好吃。"帕尼娅端详了一下他的脸色,"你以前做过这些事情吗?"

"做过,"他耸了耸肩,"理论上!"

帕尼娅大笑起来:"让我来!"她从小汽艇仪表盘下面的杂物架上取出一把刀,拿过那条笛鲷,走到小溪边一块平滑的大石头旁。她用准确娴熟的手法给威尔展示了如何除鳞，如何顺着鱼腹中央线把整条鱼剖开，以便清理内脏。

"他多大?"威尔问道。

"谁?"

"金吉。"这个名字在他的嘴巴里酝酿着。

帕尼娅用令人不安的眼神端详着他。"二十七岁。"她回答道，"我妈妈在遇到我爸爸之前，便生下了他。"

"他长什么样?"

她把笛鲷的肠子掏了出来："他离开家去参军的时候，我只有十岁。从此以后，只有在过圣诞节的时候，我才有机会见到他。"她把鱼身子放进水里清洗起来，用指甲把鱼骨头上残留的球状物抠掉。"妈妈悲痛欲绝，南妮·梅也是。看到她们如此难过，真是再糟糕不过了。从那以后，南妮·梅的精气神也一天不如一天。"

"她的精气神?"

"没错，她遭受到巨大的打击。"帕尼娅站起身，把笛鲷递给威尔，接下来说的话不再那么确定了，"跟你有点像，迪恩是这么说的。"

"我可好得很。"威尔脱口而出，然后才觉得有些丢脸。他用一条柔软的枝条把笛鲷串上，然后籥在篝火上方烤。

帕尼娅的脸涨得绯红，好像是被他甩了一耳光似的。"抱歉，"她说，"我不是有意的。"

"没事，别放心上。"威尔知道自己一瞬间便从正常状态变得疑神疑鬼、多愁善感起来。他已经无法坚守"保持镇静，闭口不言"这八字箴言——脑袋受伤后，他便得了这种无法用自我意识约束个体行为的病。医生称之为"去抑制"，实际上只是换了一种更专业的叫法来称呼"不稳定人格"而已。尽管医生说随着时间的推移，症状会变轻，但到目前为止，威尔还没看到任何好转的迹象。他拿起一罐亨特的啤酒递给帕尼娅："给。我没控制住自己，很抱歉。"

帕尼娅摇了摇头："不了，谢谢。"威尔打开瓶盖，喝了一大口。在此期间，她一直静静地看着："你真的喜欢这种味道吗?"她皱起了鼻子。

威尔咧开嘴笑了："实际上，并不喜欢。不过，聊胜于无。"

帕尼娅把头转向小溪："那里一直都有清水。"

"你是虔诚的基督徒或诸如此类的人吗?"

帕尼娅大笑起来："不是。只是，我也不太明白为什么我身边有这么多的酒鬼。"

听上去，她就像一个说话颤颤巍巍的老妇。威尔忍不住笑了："那你是如何忍受盖比的?"迪恩给他讲过盖比的斑斑劣迹——吃喝玩乐，顽劣成性，真是一言难尽。

"有时候，她还算正常。跟她做朋友，好过跟她当敌人，这是肯定的。"帕尼娅拿起一根树枝扔到火堆里，"她也不是一无是处。她爸爸是一个实打实的——"她突然停了下来，"讨厌鬼。"她不禁打了个寒战。

威尔决定不再继续谈论盖比。他实在是太饿了，没工夫去同情盖比。她整天以话语攻击别人为乐，不值得信赖。"迪恩和维芙之间有什么故事?他们对彼此都没有好感吧。"鱼汁发出吱吱的声音，从气孔中冒出来，实在是太香了，他忍不住要流出口水了。

"你肯定会大吃一惊!迪恩任凭布鲁斯驱使，维芙对此愤愤不平。"

"呃，说来听听，他为什么要忍气吞声地待在那里？"

"跟所有人的理由一样：他需要那份工作。"帕尼娅用手指梳理着自己散乱的头发，然后紧紧地盘到头顶，"还有就是，他喜欢那份工作，他还向海伦承诺，说他会照料好一切的。"

"亨特的妈妈？为什么会这样？"

帕尼娅瞪大了眼睛："迪恩没有告诉过你吗？"

"告诉我什么？"

她用胳膊抱住自己的腿，把下巴抵到膝盖上："说来话长。"

"那你最好马上讲，快！"威尔把身体往后仰，用胳膊肘支撑着，懒洋洋地半躺着。

"他们是一对恋人。"帕尼娅说，"从上学的时候便开始约会了。海伦的爸爸乔伊非常非常有钱——他们家族是这里的首批定居者之一，跟戈德西尔一家一样。她爸爸是第一个在这里开办养鱼场的人。迪恩没毕业便被他找来，帮他经营养鱼场。乔伊把养鱼场开办起来，打算等迪恩跟海伦结婚后，便把养鱼场交给迪恩打理。"

迪恩为什么没有告诉他这些？"那海伦为什么最终嫁给了布鲁斯？"

"她一直都是个大酒鬼，这是我妈妈说的。她认为，因为海伦的爸爸妈妈就是酒鬼，于是海伦生来也好那一口。在他们即将毕业的那一年，他们全班同学一起到惠灵顿玩了一个星期。迪恩留在家里，帮乔伊打理养鱼场。在惠灵顿的最后一晚，海伦喝得不省人事，布鲁斯趁机非礼了她。三个月后，她父母只好把她嫁给了布鲁斯，来掩饰未婚先孕的女儿将会给家族带来的耻辱。可怜的迪恩失去了海伦以及养鱼场。"

"那他为什么还替布鲁斯卖命啊？简直是疯了。"

"我认为他是不甘心放弃。老先生给他的是股权，我爸爸说迪恩每年还会暗地里再买进一些。亨特出生后，海伦的处境变得更加艰难，她便哀求迪恩不要离开。"帕尼娅轻描淡写地用手一拍，便把一只沙蝇送上了西天。

"如何艰难？"

"布鲁斯开始对海伦实施家暴——下手非常重，于是她酗酒的程度日益加重。我想迪恩肯定是怕她自杀。妈妈说，迪恩依然爱着海伦；于是她让迪恩答应照顾亨特。她死的时候，把从父亲那里继承来的股份全部留给了亨特，并通过运用某些法律手段，让布鲁斯无法染指。布鲁斯气得暴跳如雷。他奋力抗争，但没有成功。我爸爸说迪恩应该离开布鲁斯。迪恩说自己不会那么做。我觉得维芙一直不能理解的就是这个。"她叹了口气，将遮住眼睛的头发撩开，"故事很悲惨，是不是？"

"说不准亨特真的是迪恩的儿子！"

帕尼娅哼了一声："别说梦话了，看看他的长相！"

威尔在脑海里浮现出布鲁斯和迪恩的样子。他把亨特放在他俩中间比照了一番。一个是瘦高个，另外两个身形壮硕，犹如两头野兽。"嗯，你说得没错。"海伦的悲惨遭遇也许可以解释为什么迪恩不愿意离开，可是……"布鲁斯为什么不解雇迪恩呢？他肯定早就知道迪恩和海伦之间的关系。他为什么不嫌迪恩碍事呢？"

"他没法解雇迪恩。迪恩非常熟悉养鱼业务，跟毛利人部落也很熟。布鲁斯需要得到毛利人的支持，那样每次他想开新养鱼场的时候，就可以'装模作样'地去征求一下他们的意见。"

"真是一部血淋淋的大戏！"两面斡旋、伤心欲绝，然后悲惨离世，这些情节即使放在舞台上都稍嫌戏剧性，简直太疯狂了。不过，迪恩和海伦的遭遇真的很悲惨，让人肝肠寸断。可怜的迪恩，明明知道布鲁斯是个混蛋，还得替他卖命，他的内心得有多强大啊！

笛鲷肉开始从骨头上脱落，烤脆的鱼皮散发出阵阵香气，把威尔馋得直流口水。他小心地把鱼肉抖落下来，放到一个塑料托盘里。然后，他们用手指剔着鱼肉吃了起来，吃得只剩下鱼骨架和鱼头。鱼肉味道鲜美，带着一股黄油味，还有一股烟熏火燎的味道。

他们来到小溪旁洗手的时候，太阳已经落山。在身后的树林里，傍晚合唱团的小鸟们已经亮起了歌喉。不过，身处浅水滩的米恩自始至终都没怎么动。威尔脱掉衣服，鼓起勇气，最后一次下到水里。令人意外的是，外面的天气虽然很冷，海水却是温乎乎的。

米恩一边低声叫着迎接他的到来，一边向他靠近寻求安抚。威尔用手把它从头到尾抚摸了一遍。他又一次感到惊奇不已，一只野生动物竟然会愿意让自己这么做。不过，让他担心的是，自从他们从布鲁克斯湾来到这里以后，还没有看见米恩吃过东西。也许帕尼娅是对的。"好吧！我投降！"威尔向帕尼娅喊道，"把那条三文鱼扔给我！"

帕尼娅得意洋洋地笑了，不失时机地用善意的口吻挖苦了威尔一把。"完美的计划，你真是一个天才！"她看上去好像只有五岁大的样子，脸上是调皮的神色，眼睛亮晶晶的。

不过，当威尔把三文鱼放到米恩面前的时候，它却用鼻子拱了回来。"快点，哥们儿，你得吃点东西。"他再次把三文鱼放到米恩的面前，然后轻轻地晃了晃。

米恩小心翼翼地用牙齿叼住那条死鱼，像威尔那样晃了晃。接着，它把鱼吐出来，还给威尔，嘴巴里发出口哨声和咔嗒咔嗒的声音。它注视着威尔，深邃的目光里隐藏着一丝捉弄的神色。

"你连尝一尝都不愿意！"当威尔还是个小孩子的时候，妈妈会舀起满满的一勺食物，假装要让它飞进"飞机库"里，但是他现在没法那么做。一头幼鲸不吃东西，到底能活多久呢？

到底该怎么办？他唯一能想象出来的画面是鸟妈妈将半消化的鱼吐出来喂给孩子的情景。威尔不禁打了个寒战，差点没喘上气来。得了，得了。他深吸两口气之后，用牙齿咬住那条三文鱼的尾鳍。这会儿，他真的有点喘不上气来了，忍不住想吐。不过，他还是把三文鱼叼给了米恩，发出尖尖的声音，期望米恩能听懂其中的祈求意味。

威尔察觉到自己成功引起了米恩的兴致。一股能量迸发出来，通过海水，传递到他身上。米恩猛然拍打起尾巴，冷不丁地把三文鱼从威尔的嘴巴里抢了过去，速度之快让他目瞪口呆。很不礼貌的做法。威尔往后退去，大口大口地喘气，不住地咳嗽挣扎着，想在坚硬的海床上站稳脚跟。

与此同时，米恩已经将三文鱼吞了下去。"你这个小美男子！"威尔在米恩的鼻子上深吻了一下，竟哭笑不得地感到如释重负。

"看这里。"帕尼娅拎着那三条鲂鱼的尾巴，冲着威尔摇了摇，"让它把这些也吃了。"

那三条鱼啪啪啪地落在威尔周围的水面上。让他欣慰的是，米恩毫不犹豫地朝它们直冲过去。没等威尔哄，它就将这些鱼全部吞下了肚。就在这个时候，亨特的船从拱形石门下面驶了进来。

亨特把小汽艇开上砾石滩。"嘿，帕丝，你妈妈让你赶紧回去。"他说，"她想让你在天黑之前回到家里。"

帕尼娅耸了耸肩："说得对，我想我该走了。"她脸上写满了不情愿，冲正陪着米恩踩水玩的威尔喊了一声："你想不想让我明天再来这里？"

"要是能来的话就来吧，不想勉强你。我们——"

"听着，如果你不——"

她到底是不想掺和进来，还是想要一个正式的邀请？威尔想了想，喊道："来吧，求你了。我们人越多越好。"

帕尼娅的脸上绽放出笑容："好，太酷了！"收拾好后，她开着船离开，穿过拱形石门的时候，挥手向大家告别。

亨特从船上卸备用物品的时候，威尔仰面朝天地漂在水面上，给米恩唱歌，直到嗓子因为疲劳唱不动为止。

最后，威尔脚步踉跄地回到海滩上，把身体擦干。经历了一整天的跌宕起伏，还在水里泡了那么久，他已经精疲力竭，上下眼皮不停地打架。夜晚来临后，他和亨特盘腿坐在篝火前侃大山。他们聊天气，聊游客们可笑的行为，再谈到该如何应付哈利的威胁，他们无所不谈。但是没过多久，威尔便开始左耳朵进右耳朵出，因为他实在是太累，什么也听不进去了。他爬进帐篷，钻进自己的睡袋里。帐篷外面，负鼠①们在灌木丛里窸窸窣窣地爬来爬去；在离他远一些的地方，米恩鼻孔里的呼气声跟潮水拍击海滩的声音一唱一和。他深深地吸了一口气，感到白天承受的那些压力烟消云散，任由夜阑催自己入眠。

引擎的轰隆声将威尔唤醒。清晨的阳光从帐篷的门帘外透射进来，

---

① 负鼠是一种比较原始的有袋类哺乳动物。

橙红一片，笼罩在他的身上。他像蛇蜕皮一样，将睡袋脱掉，侧着身子从小山似的亨特身旁走过。亨特浑身是汗，还在呼呼大睡。威尔可没打算睡到这么晚才起床。

看到威尔睡眼惺忪地走出帐篷，在游轮方向盘后面站着的盖比冲着他假笑起来。真该死！甲板上站了一位男士、两位女士和两个小孩，是游客。他们带着运动相机，身上穿着色彩柔和的名牌运动装。他撒开腿向海里狂奔而去的时候，听出了他们的口音。德国人？

威尔环顾四周，寻找着米恩的踪影，心脏怦怦怦地狂跳不止。终于，他看到米恩的尾鳍隐藏在河湾最角落处那棵新西兰圣诞树的树荫下。**谢天谢地**。

盖比肯定注意到了他的目光。"它在那里！"她调转船头，冲着米恩所在的方向驶去。

"离它远点！"威尔踩着松动的石头往前走，结果磕到了自己的中脚趾，但还是一瘸一拐地继续走。后来，他脱掉上衣和牛仔裤，直接跳进水里。等他拼命游到米恩身旁的时候，几乎没有听到米恩发出的欢迎声。

盖比把游艇开到离米恩两米远的地方。关上油门后，她转过身满脸堆笑地面对那些乘客："你们运气非常好，没有多少人可以这么近距离地观察一头幼鲸。"

"滚开！"威尔身体内的血液在沸腾，"它不是供游客参观的。它受伤了，需要休息。"

盖比熄灭发动机，将船锚向岸边抛去，船上的几位游客则尴尬地走来走去。

亨特从帐篷里走出来，头发乱蓬蓬的，眯缝着眼睛问："你们在这里干什么呢?"

盖比转过身,看着威尔说:"我们完全有权利来这里——远比你有权利。你为什么不赶紧滚开?"

这话太伤人了,威尔真想痛打她一顿。他之前不止一次听过这种威胁的腔调。她脸上挂着的假笑像皮疹一样让人不舒服。"我要向哈利举报你,你这是非法侵扰。"

亨特挥舞着船桨,怒气冲冲地朝威尔身边划去,就像一名战士。他横在威尔和盖比之间,犹如立在船上的一堵墙。"赶紧回家!哈利要是看见你带着人来这里,他会发疯的。"威尔说。

米恩躲到威尔的身后。威尔用胳膊圈住米恩结实的身体,给它撑腰。*我们是哥们儿。精神支持。*

"她怎么找到我们的?"威尔质问着亨特,他已经气得丧失了思考能力。

亨特哼哼唧唧地回答,还用肉乎乎的大手掌拍打着自己的胳膊肘:"我……西蒙娜……昨天……"他看上去可怜巴巴的。

盖比船上有一个小孩开始抱怨起来。

"打扰一下……"那位看上去很有专业运动员范儿的男士往前探出身子,想把亨特的船往一旁推,"我们付了一大笔钱——"

威尔心中顿时怒火中烧:"盖比,你竟然还收了他们的钱?"

盖比叉起胳膊,两腿岔开站着:"当然了,到这里来,路非常远,要烧很多柴油。"

"你付给她多少钱?"威尔问那位男士。

"每个人的船票是五十澳元,为了跟它一起游泳,还另付了一百澳元。"

威尔觉得自己的脑袋简直就要爆炸了。"你这个贪得无厌的混蛋!"他游到一边,爬进小汽艇,直起身怒目圆睁地看着盖比,身上的水滴滴答答地往下落着,"谁也不能跟它一起游泳,听到没?它受伤了,身体很虚弱。谁要是那么干,我就去告谁。"

这会儿,盖比脸上的假笑已经消失了。她的脸像一只好斗的哈巴狗一般扭曲和狰狞。"哦,是吗?好啊,我也会去告发你的。我倒要看看哈利会相信谁的话。"

"算了吧,盖丝!"亨特说,"哈利知道这一切,所以你——"

"闭嘴,亨茨。你觉得我会在乎你的话吗?你的脑子在你那个酒鬼妈妈肚子里的时候就已经坏掉了。"

听到她的话,亨特顿时满脸通红,肩膀也耷拉了下去。站在盖比船上的几个大人兴致勃勃地看着热闹,好像在看附赠的免费演出。那两个小孩则一脸惊恐的神色。

亨特的这副怂包样,威尔简直看不下去了。他转过身,对着游客滔滔不绝地说起来:"这个骗子肯定没有告诉你们,你们要是胆敢下到水里跟这头虎鲸接触的话,会被罚款一万澳元。实际上,你们离它这么近,就够得上被罚款了。要是再往前走一步——或者胆敢下到水里,走到它身旁——我马上就会给渔业管理局打电话。"他瞥了亨特一眼:"你带手机了吧?"亨特点了点头。"很好,那马上拍照,将来上法庭的时候,哈利很有可能会用到。"

亨特的脸上一亮,笑着从口袋里掏出手机,然后去掉上面的防水袋开始抓拍,每人一张。

"你马上给我住手!"那位男士用手遮住脸,不让亨特拍照。然后转过脸,对盖比说:"我们可是付了一大笔钱的,我不会——"

"别紧张!"盖比大声吼道,"这事跟你没有一点关系。"她用胳膊肘推开那两位女士,把身体探到水面上方,冲着亨特像毒蛇似的叫嚷着:"你知道的,我需要钱,亨茨。你是什么时候跟这个城市佬混到一起的?"

"我很抱歉。"亨特一边念叨着,一边把手机放回口袋里,"不过,威尔是对的,米恩需要——"

"米恩?你们管它叫米恩?全称是什么?米粒一样的生殖器吗?跟你和他一样?"她一边像小鹦鹉一样尖声大笑起来,一边看向自己的游客寻求掌声,"你们一点也不用担心。他们要是知道我的厉害,恨不得能跑多快跑多快。"她也从口袋里拿出自己的手机,耀武扬威地挥了挥,"我敢说,我舅舅布鲁斯肯定想知道你们都在干些什么。"

"老天爷,盖比,别这么卑鄙。如果是钱的问题,那你到底想要多少?"

"你敢!"威尔冲着亨特吼道,"她在要你,小子,你难道看不出来吗?"接着,威尔向那几位一脸茫然的游客解释起来:"抱歉,各位,参观活动取消。我建议你们向她讨回你们的钱,然后回去吧。"

其中一位女士不安地走来走去:"求你了,盖比,我想你还是把我们送回去吧,我们不想招惹任何麻烦。"

"哦,不会有任何麻烦的。"盖比说。她拨通了手机上的一个号码,然后把手机放到耳朵边上: "喂,是布鲁斯舅舅吗?我是盖丝,我——"

威尔猛扑过去。他的力气实在是太大了,那艘小汽艇竟然被蹬得往后退去。他把盖比手中的手机打掉,接着便快速从两艘船之间的空隙里跳下去。沉进水里的时候,他的脑袋重重地磕到了游艇上,剧痛沿着他的脊柱直往下冲。

有好一会儿，他根本无法动弹，脑壳里剧烈地震动着。他的身子在往下沉，已经对抗不了重力了。这时，他感觉自己的身体被推了上来，脱离了水面。原来是米恩从下面推着他，亨特还拽住了他的一只胳膊。他翻上小汽艇之后，软软地瘫倒了，咳出一大口咸痰，脑袋里嗡嗡作响。除了脑袋里的嗡鸣声外，他还听到其他人提高嗓门发出的吵闹声。不过，他根本没办法集中精力去听他们到底在说些什么。

接下来，让他又惊喜又安慰的是，他听见游艇的发动机启动了。盖比加大油门开走了，留下一大片翻滚的尾流。头晕目眩的状况缓解后，威尔终于可以抬起头来。他看到亨特坐在小汽艇里，正用双手抱着头。

"谢谢。"威尔说。

亨特抽了抽鼻子说："别客气。"他看上去糟糕透了。

"你怎么了？"

"她肯定会让我们吃不了兜着走的，绝对会。一旦惹恼了她，没有什么阻止得了她的报复。"

"她会告诉布鲁斯？"

亨特点了点头，脸色变得凝重起来。

"老天爷！哥们儿，我很抱歉。把所有责任都推到我身上吧，你不用替我背黑锅。"

亨特耸了耸肩："别提这些了。"他拿起船桨，把船划到了岸边。米恩绕着船身游来游去，好像也在替他们接下来的命运担心。

威尔把身体擦干，在宿营地周围漫无目的地走，然后开始整理东西。但实际上他只是把东西胡乱地挪来挪去，为的就是不让自己停下来。亨特摆弄了一阵小汽艇的发动机后，就一头扎进大海里，到米恩那里寻求安慰去了。威尔在岸上静静地看着米恩施展它的"魔法"。亨特和米恩玩起了争抢浮木的游戏，他脸上的紧张神色随之消失了。至少，米恩今天看上去活泼了许多，变得更像往日的它。这本应该让威尔感到振奋，但是布鲁斯和哈利的威胁如正在酝酿的风暴一样始终笼罩在他的心头。他那受过伤的脑袋留下了头疼的后遗症，一旦动作过猛，就会忍不住流眼泪。

亨特留在牛仔裤兜里的手机响了。但是，他假装什么也没听见。手机第三次响起的时候，威尔主动提出要替亨特接听电话。然而，亨特坚持说不用搭理它。"有可能是布鲁斯。"他说。接听这样的电话，没有任何意义。

快到中午的时候，哈利驾驶着他的充气摩托艇来到海湾里。威尔感到无法抗拒的厄运向自己袭来，跟那天晚上遭人袭击之前令人煎熬的时刻一模一样。那时候，醉醺醺的威尔眼前模糊一片，时间好像停滞了。他现在依然可以清楚地想起当时的情景，好像自己正站在幕布外往里面偷窥：他试图躲开那三个耸肩弓背的身影时，脚步有些踉跄，靴子碰翻了一个酒瓶。那三个人看清他的状况后，眼睛里露出疯狂的神色。接着，场景突然转换，他们恍然大悟：原来他喝醉了，根本不堪一击——而且他只有一个人。就是这个时候，他把事情给搞砸了——说了些愚蠢的话——说了些什么来着？说了些什么来着？哦，天哪，没错，是《麦克白》里的几句台词。在他昏昏沉沉的脑子里，那三个耸肩弓背的身影跟剧中的三个巫婆像极了，他不禁脱口而出道：

140

"*美即丑恶，丑即美，翱翔毒雾妖云里。*"① 好吧，他想说的就是这个……他们到底会怎么理解他的话只有天知道。正在这个时候，那个长着一口烂牙的男子向他扑过来，抓住他的脚，把他拽倒在地。威尔喝得太醉了，根本无力反抗。他重重地摔倒在地，脑袋磕到了水泥路沿上，眼前顿时直冒金星。接下来，承受着巨大痛苦的他迷迷瞪瞪地看见了一把刀……

看见哈利把充气橡皮艇停到岸边，费力地走下来，威尔赶紧收起回忆，强忍着内心痛苦。

"我警告过你，"哈利说，"不许招惹麻烦，不许让公众知道。"他搔了搔自己的脑袋，等着亨特回到岸上来。他说："亨特，你爸爸已经开始找我麻烦了。"

威尔顿时感到高度紧张起来，亨特的脸则顿时变得煞白。

哈利从衬衣口袋里掏出便条簿，转过身看着威尔："我很抱歉，小子。现在，我不得不履行职责。"

---

① 唱词为莎士比亚的戏剧《麦克白》中巫婆的台词。

第十七章　我心戚戚

声音通过海浪传递到海水中。朋友们，有时候，它们是呼啸的风暴声，有时候则微弱细碎。可是，当心情糟糕的时候，它们总是势不可当。那天狂风大作，吼声尖利，呼啸不止，大风卷起的杂物哐啷哐啷地在空中四处翻转，被撕扯成很多瓣。

然后，那个长着海象胡子的人类偷偷溜进来，偷走了我的歌唱男孩；他从我们藏身的地方一把拽起男孩，塞进船里带走了。再一次，我的心被无形的恐惧充满了。

所以，当高个子男孩追着他们的航迹而去的时候，我也跟了上去。我不愿意孤零零地在那个封闭的海湾里等待。我哭叫着，呜咽着，担忧着，可当歌唱男孩试图用歌声和抚摸安慰我的时候，海象胡子立刻制止了他。我感知到这样的挫折伤透了他的心。我明白，正如我失去他会心碎一样，失去我的他也是同样心酸难过。

海港上全是贪婪之徒，尽管我远远地躲在潮汐线之外，依旧能够感觉到他们吃人的眼神，他们的贪欲越来越强。我看见我的歌唱男孩逃脱了，在到处寻找我的踪迹。虽然我很想做出应答——去感受他那双有治愈功能的手带来的安慰——可我实在是太害怕了，我不敢在那一大群人类面前露面。

我只能眼睁睁地看着一大群人冲向他，把他围在中间。就在他们大声争吵的时候，高个子男孩突然出现，站在他的背后。人群蜂拥而来，就像在不断变化的潮水中的一群沙丁鱼似的。我的歌唱男孩一动也不动地站在中间，被他们围着。那些人周身笼罩着死磕到底的决心和莫名其妙的恨意。他们向他挑衅，和他争吵，我能感觉到他的躁动，感知到他的挣扎，读懂他的愤怒。

海象胡子一副咄咄逼人的架势，话里充满了威胁的味道，带着让人讨厌的音调。最后，贪婪之徒们全都溜走了。战斗结束了，没有任何伤亡。可是，我的歌唱男孩也消失在他们离开时留下的航迹里。很快，海滩上便空空如也，我心里一片空落落的。

那天剩下来的时间和第二天一整天，我就一直待在海港外等待着。在那么长的时间里，没有一个人把目光投向我。那感觉就像是我变成了空气，跟潜藏在深海里的八爪鱼一样，透明得能隐形。这种视而不见，冷酷而让人不安。

那是一段非常难熬的时间。我被所有人抛弃，又替歌唱男孩担惊受怕。被孤立、被冷落，这让我记起了其他所有的伤痛和失落。

我在脑子里琢磨着自己跟歌唱男孩建立起来的关系：声音的共鸣把我们两个捆绑在一起，他带着关爱的善意治愈了我支离破碎的心。尽管我们之间有那么多差异，我们还是建立起了友谊，用各种方式来弥补我们之间的不同。

哦，关键是，我们俩都是生来就需要呼吸新鲜空气的温血动物，我们都能敞开胸怀。这就是上天赐予我们的禀赋。通过寻找我们之间的共同点，我们树立起了坚定的信念：两个不同的物种可以共同生存。

　　然而在那个时候，我的心里依然充满了悲伤。当一个人感觉自己既渺小又孤单的时候，坚守希望是如此困难。

第十八章　伪君子

威尔的心脏怦怦地剧烈跳动着，他甚至能听到那声音传递到胃部时所产生的回声。威尔说："你不是在开玩笑吧？"

"当然不是。"哈利·安德鲁斯叹了口气，搔了搔自己的光头，"有人正式投诉了，我必须得接手。"

"你是不是也打算处罚我？"亨特看上去马上就要爆炸了。

"不，这里要接受处罚的只有杰克逊先生一人——到目前为止。他是挑起事端的第一人。"

"真他妈的让人不敢相信！"亨特猛地踢出一脚，哈利的充气橡皮艇艇尾处顿时下起了一场沙子雨，发出犹如机枪发射子弹时的嗒嗒声。"你刚才也看见我跟他一起待在海水里了。"

哈利将了将自己的胡子："听好了，亨特，别掺和这事。我们都不希望事情变得让人难堪。"

"难堪？威尔正在试图挽救这头虎鲸的性命，你却要罚他一万澳元，你觉得还有比这更难堪的吗？"

"我的老天爷，孩子，你什么时候变得这么伶牙俐齿了？当心祸从口出。"

亨特挺起了胸脯："我无意冒犯你，哈利。可是，威尔做的都是对的，这你也知道。你赶紧走吧。"

威尔拍了拍亨特的后背："谢谢你，哥们儿。"他深吸了一口气。他一直都很想有个朋友，可以给自己支持，但每次又很快意识到只能孤军奋战——尤其是陷入绝境的时候。而此刻绝对算得上绝境。哈利双肩的姿态已经表明，此事没有商量的余地。当然，这件事跟米恩一点关系都没有，其实是一场权力游戏——而手握王牌的人是布鲁斯。

米恩正在浅水滩外浮窥着一切。一整天里，它从没像现在这样活跃。它心里知道肯定出事了。求您了，大人，我们感到非常后悔，我们要是有失礼数的话，对一个官阶如此高的人，我们应该马上悔过自新……①

亨特还在跟哈利争吵着，他们的吵闹声跟威尔脑袋的怦怦声搅和在一起。怦怦，怦怦怦，怦怦，怦怦怦。根本无解，你可能已经看出来了，陷入困境的人如果是你的话，我会赶紧开溜的。但是，请不要责怪我——如你所愿，我不得不做一个伪君子……②这些台词让威尔不禁露出笑容。在遭受大执行官阁下的威胁的时候，这些台词简直完美。

"……必须在二十一天之内支付。"哈利突然之间对自己的膝关节产生了兴趣。

"请再说一遍！"

"你必须在二十一天之内支付罚款，否则，你会被告上法庭。"他涨得满脸通红，晒脱皮的地方点缀着星星点点的深红色斑点。

---

①② 唱词来自歌剧《日本天皇》。

"我要是不支付呢？"不支付？他这是在开谁的玩笑？

"那就让法庭来做出裁决吧。不过，由于数额巨大，可能会意味着，呃，可能会意味着你需要服短期的缓刑，或做社区服务——说不准会被拘留。"

《日本天皇》的唱词在威尔的脑袋里嗡嗡地回荡着：**请对大执行官阁下放尊重点。他可是出身高贵、身居要职，是一位威严、强势的官员。他的职能尤为重要！**

这一切真是愚蠢透顶，实在是荒诞离奇，威尔根本不想把它当真。可是，亨特已经吓得脸色苍白、眼圈泛红、眼泪在眼眶里打转了。残酷的现实像一记重拳将威尔打醒。他突然跌倒在地，呻吟起来。

亨特庞大的身影罩住了他："你没事吧？"

威尔看得清亨特脸上的雀斑，看得清他那双长着琥珀色斑点的眼睛，但说不出话来。他不能让自己的声音听上去像一个被吓坏了的小孩子。他点了点头，但脑袋里有个声音尖声叫道：**我不太好！**

"我要把你带回布莱斯去。"哈利说，"现在，我代表官方宣布：任何人不得靠近那头虎鲸。"

任何反抗都是困兽之斗。威尔一心只想赶紧爬回床上。他已经没法再保护米恩了。更糟糕的是，他有可能会锒铛入狱。**哒哒！再给活死人威尔来点掌声吧。**一万澳元跟一亿澳元，根本没什么区别，他永远都支付不起。他要是张口问爸爸、妈妈或者迪恩要的话，那他死定了。他们会疯掉的。

威尔倒退着，眼冒金星。果然，偏头痛又犯了。

他转过身，看着亨特说："虽然不想麻烦你，但你能帮我收拾一下物品吗？"

亨特点了点头说："不必担心，我会跟上你们的。"他立马行动起来，把帐篷收好。与此同时，哈利监督着威尔往海湾外走去。之后，亨特赶了上来。米恩在两条船之间横冲直撞，一旦跟威尔的目光相遇，便发出悲鸣。

米恩悲戚的声调让威尔肝肠寸断。他伸出手，忍不住想去抚摸米恩，指尖划过米恩背鳍的末端。

"别管它了。"哈利用一只手紧紧地钳住威尔的肩膀，"连看都不要看。你把它变得越温顺，它的风险就越大。"

威尔哼唱起死亡金属①，来压制住即将脱口而出的愤怒质问。在他的脑海里，他冲着哈利吼叫。他想说布鲁斯才是米恩唯一的威胁，自己在 YouTube 上看过跟鲸鱼有关的视频，了解所有的症结所在，知道最好的结果就是送米恩回家。与此同时，米恩无休止的悲鸣好像是对他的严厉谴责，而他能传递的只有悲痛和悔恨。

大概五点半的时候，他们抵达布莱斯，看到码头上聚集着一大群人。威尔有些吃惊。靠近一些后，他在人群里看到了帕尼娅和维芙，还有一些在毛利人集会处见过的人，就连南妮·梅和帕尼娅的妈妈凯茜也在。看哈利把充气橡皮艇泊好后，他们呼啦一声全围堵过来。

"你他妈的什么意思，哈利？"维芙质问道。

"别着急，我早就警告过他了。"

"狗屁！亨特给我们打过电话了，你在替布鲁斯迫害他。"

哈利的脸红到了耳朵根："得了，法律又不是我制定的。再说了，证据非常充分。他上过新闻，你们都看到过的。"

---

① 死亡金属是一种曲风比重金属风更激烈的摇滚音乐。

盖比从人群后面走出来，身后跟着她忠实的哈巴狗西蒙娜。

帕尼娅质问她："你怎么可以这么干？你知道要罚多少钱吗？"

"不是我干的。"盖比瞪大了眼睛，装出一副无辜的淑女相，"我一个字也没跟他提过。"

威尔把手指交叉起来，不让自己攥起拳头："一派胡言，我看见你——"

"你把我的手机弄坏了，还记得吧？"盖比接着朝凯茜和南妮·梅瞥了一眼，"他攻击我，还抢走了我的手机，他是个神经病。"

亨特从人群中挤了过来："她把游客带到那里，让米恩跟他们一起游泳，然后收他们的钱。"

话题突然偏离了方向，人们吵嚷着问起谁是米恩来。偏头疼再次向威尔袭来。

哈利把手举起来。"够了！法律就是法律。"他像驱赶不听话的绵羊似的要赶那群人离开，"赶紧回家。免费表演已经结束了。从现在开始，谁也不许朝那头虎鲸再看一眼。你们听明白了吗？它如果忍受不了孤独的话，自然会回家的。"

"你说得不对。"维芙喊道，"没有证据表明他的善意会伤害到虎鲸。实际上，事实恰好相反。"

"听着，维芙，你那套嬉皮士理论跟我说不通。我的工作就是维护法律。"哈利提高嗓门，好让所有人都能听见，"我警告你们所有人，谁要是敢靠近它，跟它面对面的话，就等着像杰克逊先生那样缴纳罚款吧。不要废话了！"

威尔并没有像其他人那样继续跟哈利理论。他穿过人群，跟跟跄跄地走上通往迪恩家的路。路上遇到的人纷纷拍打他的肩膀，给他打气，这让他有点受宠若惊。不过，现在他需要马上吃药，不然偏头痛会持续好多天。

回到迪恩家以后，威尔发现里面一个人也没有。他吃下药，倒在床上，身体如同灌了铅似的，连蹬掉鞋子的力气都没有了。他很快便沉沉睡去，进入似真亦幻的梦境中：乐谱在繁忙的纽约大街上翻飞，他一边追，一边躲避黄色的出租车。它们在街角飘飞着，舞动着。每当他抓住一张，大风就会抢夺回去。他对其中一张乐谱紧追不舍，是《日本天皇》中的《年轻人，绝望》那个章节，追了好几个小时，好几天，好几年。最后，他在一阵让人惊恐的震动中清醒过来。

迪恩正俯身看着他，肩膀上搭着一条抹布："你没事吧，小子？半个小时前，我才从尼尔森那里回来，发现你睡得死沉死沉的。"

过了好一会儿，威尔才缓过劲来。他感到舌头僵硬。

"偏头疼。"

"你吃过药了吗？"

"嗯。"他支起胳膊肘撑住身体，眯缝起眼睛，来调整眼压。成千上万个小人儿正在用十字镐敲打他的脑壳，拼命想钻出来。"哈利有没有打过电话？"

"哈利·安德鲁斯吗？没有。为什么这么问？"迪恩眼中的光芒突然黯淡下去。

威尔慢吞吞地把脚挪到地板上，然后从口袋里掏出违法通知单，把它递给迪恩。

迪恩匆匆读了起来，脸色变得非常难看。他把那张纸搓成一团，扔到屋子外面。

"这都是布鲁斯的阴谋。"

150

"没错。"那张皱巴巴的违法通知单落到一堆脏衣服上，就像一坨纸折成的狗屎。"盖比怂恿他找我们麻烦，因为我们不让她把米恩变成她的赚钱机器。"

"我必须跟你明说，威尔，我可没那么多钱。很明显，你的父母也没有。"

"我知道。我没指望你，或者爸爸和妈妈。"威尔根本不知道自己到底该如何解决这一切，"我想，也许我可以抗争一下。"

迪恩摇了摇头："还是算了吧，渔业管理局请得起顶级律师——布鲁斯肯定会他妈的这么干的。"他挠了挠脖子，"你要是输掉官司的话，他们还会让你支付诉讼费。相信我，我上过这种当，糟心透了。"

"请不要告诉我爸妈，这事就让我自己来解决吧。"

"要是你从一开始就听我的话……"

威尔耸了耸肩。如果他从人们的说教中果真学到过什么东西的话，那就是人们总是喜欢马后炮。不过，考虑到事情的前因后果，谁又能责怪迪恩呢？"我知道了。"他说。

如果真的按照迪恩说的去做，这会儿米恩可能已经死掉了。所以，威尔又怎么会后悔自己的做法呢？他们之间的离奇缘分，真是世界上最奇妙的事情，跟某种心灵感应很相似。他真的感觉米恩能够理解自己，可是他如果把这件事告诉其他人的话，他们肯定会——

有人敲了几下前门。紧接着，兴奋的说话声沿着走廊传了过来。是亨特，绝对错不了，还有帕尼娅。威尔吃力地站起身，去迎接他们。

"你听说了吗？"亨特问迪恩。

"你他妈的为什么不给我打电话？"

"我给你打过，"亨特说，"直接进入留言状态。"

迪恩把手探进口袋，掏出手机："啊，该死，没电了。"

"我们带来了重大消息，"帕尼娅说，"可以进去吗？"

他们挤坐到餐桌旁。在此期间，威尔又服了一颗药。

"什么消息？"其实他并不是很想知道。事情全赶到一起了，还是以一种不妙的方式。

帕尼娅脸放红光："我们想出一个绝妙的计划！"

这种把戏威尔再熟悉不过了。不过她竟然也喜欢电影《黑爵士》，这倒是让他颇感意外。"我知道你的计划非常高明，高明到你给猪鼻子上插一根葱，然后管它叫大象——换句话说，叫布鲁斯。"威尔说。

帕尼娅咧嘴笑了："准确至极！"

亨特插话进来："是凯茜的主意，她和南妮·梅一起想的。"

迪恩用手指敲击着桌面，下巴异常活跃地抽动着："说来听听。"

亨特清了清嗓子："我们认为，如果能发起募捐，帮你请个律师的话，他们有可能就会放过你。"

迪恩嘴巴抿得紧紧的："这根本就是痴心妄想，请律师得花好几千澳元。"

"计划的具体内容是什么？"威尔只想到床上躺着去。

"开个音乐会！"帕尼娅大声说道，"本地所有的音乐家都来参加，妈妈已经给他们全都打过电话了。我们觉得你到时候也可以献唱……"

"绝无可能。"即使他到时候真的唱歌，他的歌声也只会令人反胃。

"你当然可以。"亨特用胳膊肘捅了捅他，"听着，最高明的地方是，你根本不用到现场献唱！我们会把你和米恩合唱的场景拍摄下来，然后拿到音乐会上现场播放。人们肯定会疯狂追捧的。"他转过身，两眼放光地看着迪恩，"你见过威尔和米恩合唱的场景吗？简直令人难以置信！"

迪恩摇了摇头，目不转睛地看着威尔，看得他都不好意思起来。

"这个计划的好处是，"帕尼娅说，"人们一旦观看了那段视频，也会愿意对米恩伸出援助之手！"她冲着大伙儿挨个笑了笑，浑身散发着乐观的气息，"如果整个镇子的人都站到我们这边，那布鲁斯就得让哈利放弃，不再处罚威尔。"

"不管你们的虎鲸多么可爱，总会有人跟布鲁斯沆瀣一气的。"迪恩说。

"妈妈说你肯定会这么说！"帕尼娅咧嘴笑道，"她还让我转告你，他们会搞定一切，不会把你牵扯进来。她说一定不会让你在布鲁斯那里落下把柄，怎么样？"

迪恩哼了一声："行吧，你妈妈简直就是我肚子里的蛔虫。不过，她忘了一件事：威尔是我的外甥。布鲁斯只用这个当把柄就够了。"

"那就让威尔到我们那里去吧，你假装把他赶出家门。"她看了亨特一眼，"你如果愿意的话，也可以来。"

接下来是一阵尴尬的沉默，所有人都克制着自己，不去看亨特淤青的眼圈。亨特耸了耸肩说："看情况吧。"

突然，威尔意识到他们的计划存在漏洞。他说："如果你们把我跟米恩在一起的画面拍下来的话——假如我同意的话，其实，我是不会同意的。不过，如果我同意的话，那你们就是把我跟米恩在一起的证据再次拍摄下来了。哈利以此为由，再罚我一笔款的可能性有多大呢？"

帕尼娅和亨特交换了一个眼神，明显泄了气。

"该死，"亨特说，"我们没有想到这一点。"

"狗屎……"帕尼娅赶紧用手捂住自己的嘴巴。

迪恩也捂住了自己的耳朵。"我可什么都没听见！"他放下手，语气变得严肃起来，"你们要是说这是早前拍摄的，就不会惹上麻烦，知道吗？"

"你真是个天才！"帕尼娅用胳膊搂住迪恩，"我就知道你不会扔下我们不管的。"

"打住！"迪恩挣脱了她的拥抱，"我才不会掺和这事，你难道忘了不成？我可是一个字都没有说。"他把椅子从桌子前撤开，站起身来。

"不好意思，我要去弄点吃的了。"他拿起一把刀，向菜园子走去。

"那，"帕尼娅把注意力转移到威尔身上，"你觉得怎么样？"

"我只有二十一天的时间筹集那笔罚款。"

"妈妈说下周五她就可以把事情搞定，只需要两个星期。爸爸会去找法庭登记员，看能不能不让你缴那笔罚款。我们也会向绿色和平组织的人求助。"

这一切真是疯狂。他们真的指望这样能募集到这么多钱吗？就算运气真的不错，顶多也就能募集到一两千澳元。不管怎么样，凭什么指望所有人都支持他？他不过是个外来者，一个该死的城市佬。更糟糕的是，他就是一个大笑话。绝大多数的本地人会觉得他这是罪有应得，这极有可能，尤其是布鲁斯和他那个大嘴巴、坏心眼的狗腿子侄女。让他们放过他，门儿都没有。他们两都是美国牛头犬。还有哈利，就算他出于作秀的考虑放过他，米恩的处境依然很危险。偏头疼病更是让威尔万念俱灰。

"维芙有没有跟那位虎鲸专家联系上？"

帕尼娅摇了摇头："还没有，她出国去了。"

没有一件事是顺利的。威尔打了个哈欠，结果害得自己的太阳穴就像被成千上万支箭射中了似的，疼得根本睁不开眼。"我真的真的很抱歉，朋友们，我的偏头疼又犯了。"他没有办法思考，也不敢睁开眼睛看东西。他从桌子前站起来："谢谢，明天上午我会去找你们的。"

"明天上午我得干活。"亨特说。

"明天上午我得去上学。"

"那就明天下午吧。"

在他们的注视中，威尔走开了。他们肯定会觉得自己是个疑病症患者，很有可能他就是。

子夜过后，威尔又醒了，饿得要命。但令他欣慰的是，偏头疼的症状已经好多了。他轻手轻脚地来到厨房，将冰箱里的东西扫荡一空：四根炸鸡腿、自制土豆沙拉、一碗绿叶蔬菜。他没有开灯，伴着迪恩震天响的鼾声吃了起来。

脑子里震天响的声音消失了，他又可以思考了，这让他舒服了很多。威尔有一种冲动，想去看看米恩。他知道米恩肯定不明白，为什么自己会再次抛下它。这一定令它很难过。现在，每当他想去看米恩的时候，就会想到那个混蛋肯定正在暗中监视着。尽管，那混蛋现在并没有监视着他。如果米恩还记得那天晚上发生的事，那它有可能正在码头等着他。

威尔拿上手电筒，偷偷地溜进车库去找迪恩送他的那件潜水服。潜水服有点大，不过抗寒效果很不错。他拉开拉链，将潜水服穿到身上，发现还可以用来伪装，这个意外的收获让他很是高兴。

威尔在空荡荡的公路上全速飞奔。当沿着船坞上狭长的小道往前跑时，他双脚隐隐作痛。来到尽头时，布鲁斯那艘华丽的双体船正停泊在最显眼的地方，它真是工程和技术的杰作（这是迪恩的说法）。确定这附近只有自己一个人后，威尔穿过双体船的甲板，模仿着米恩特有的音调吹起了口哨。

几乎是在一瞬间，水面震动起来。他听见米恩用喷水孔喷水的声音。"嘿，哥们儿。"威尔下到乌黑的水中，被冻得一个劲地抽冷气。米恩用身子碰他，用鼻子拱他，嘴巴里呜呜叫着，像一只过度兴奋的小狗。

"嘘，哥们儿，小点声。"威尔向码头外游去，游到探照灯照射范围之外的地方。他之前从未在晚上游过泳，更没有到过水如此深的地方。他有点心虚，不敢去想水底下到底潜伏着什么东西。**这是？** 有个东西正朝他游过来，诡异的光线在海中不断往前移动。到底是什么？

是米恩。它经过之处留下一道闪闪发光、彩虹色的水纹。磷光！威尔伸开胳膊，从左向右掠起一片水花。那水纹看上去犹如点燃的烟花，美丽极了。它还闪着蓝白色的光，泛着银色的泡沫，像被施了魔法一样。看上去米恩也喜欢这种魔法。它来了一个鲸跃，然后"哗啦"一声落到威尔身旁，小水珠像烟花似的四散开来。

他和米恩徜徉在闪闪的磷光中，争先恐后地展示自己的绝招。米恩占绝对优势。它一直游到大海深处黑黢黢的地方，然后消失了好久，久到威尔的心都提到嗓子眼儿了。接着，米恩突然出现，像一枚导弹似的朝威尔冲过来。它躲在水面下，只见水面上留下一道闪闪发光的尾流。最后，尾流突然一个急转弯。米恩身后留下一条银河般绚烂的光流，星光迸发，流星四散，耀眼夺目。

新鲜感退去后，米恩安静下来，依偎着威尔，眼睛里反射着残月的冷光。威尔把一只胳膊搭在米恩身上，他们一起随着浪涌轻轻起伏。

威尔刚要沉沉地滑进梦乡，潜意识就开始作怪。他听见微风中传来喁喁细语。可是支起耳朵仔细听的时候，只听见波浪拍打静止不动的船体时，发出的啪嗒声。他恍惚觉得自己还看见了其他东西——一条船、几条独木舟。有那么一会儿，他甚至还看见空中飘浮着一个人影。不过，当他擦擦眼睛再次看过去的时候，那里空无一物。有好几次，他都已经睡着了，差点沉下去，但每次都被米恩的尖叫声惊醒。那叫声很响，足以让他从睡梦中清醒过来。

天亮之前最寒冷、最黑暗的几个小时里，威尔为米恩唱起了自己小时候听的摇篮曲和童谣。"我看着月亮，月亮看着我……"恍惚中，他似乎又听到妈妈的歌声。她往高音爬升前微微吸气的声音，合着拍子轻轻拍打他后背的声音，直拍得他昏昏睡去方才停下。现在，他正漂浮在海上，依靠着一头活生生的、会呼吸的鲸鱼。回忆里，妈妈的声音此刻依然安慰着他，提醒着他，被人爱着是多么幸运。可怜的亨特跟他没法比，米恩也是。出生在一个歌声萦绕的世界里，想想都幸福，真是美妙极了。可是突然之间，你发现自己孤身一人，与原来的世界完全隔绝。这给一个人带来的精神打击，无异于醒来时发现自己正在火星上，或者说在布莱斯。

东方泛起鱼肚白的时候，威尔拍了拍米恩，跟它道别，任由那个调皮的小家伙朝他吐泡泡还击。他跟跟跄跄地从水里站起来的时候，脸上依然笑嘻嘻的。然后，他的心情重新变得沉重起来。

　　回到迪恩家以后，威尔先去车库脱掉潜水服，然后才溜进屋子里。时针马上就要指向早上五点钟。他的床像外星人的牵引光束一样吸引着他，可是获得迪恩的支持至关重要——而睡懒觉会惹恼他的。迪恩最受不了别人偷懒。来迪恩这里的第一个星期，威尔白天在床上睡觉，晚上泡在互联网上。那时，他便领教了迪恩的厉害。迪恩气得大发雷霆。"你要是不改掉你的懒毛病，正常作息的话，就给我滚蛋！"

　　威尔打开电脑，给爸爸妈妈写了一封电子邮件。需要做点什么来弥补了。

　　爸爸妈妈，你们好。很抱歉昨天晚上没有跟你们聊天。我在这里很好。日子过得很平静，你们猜猜发生了什么事？

　　告诉他们自己过得开心点了会不会是一个很好的烟幕弹？不知道。威尔太累了，懒得去想这些。

　　我结识了一些新朋友——关键是，妈妈，其中一个竟然是你表姐凯茜的女儿帕尼娅！我要帮他们组织一场音乐会。在接下来的几个星期里，我很有可能忙得抽不开身。你们要是听不到我的消息，也不必惊慌。不过，我会给你们写电子邮件的，好不好？我希望你们生活幸福，有足够的休息时间。我爱你们。

威尔·X

　　幸亏爸爸妈妈看不见他。每当他撒谎的时候，他们一眼就能识破。

我们非常了解他。想告诉我们不真实或者莫须有的话，他根本做不到——他倒是一直想对我们撒谎，可每次都被我们识破。他冷哼一声。该死的吉尔伯特和萨利文，对所有问题，他们都准备好了聪明的答案！

威尔听见迪恩趿拉着鞋向洗手间走去，放了个响屁，然后才开始小便。冲过马桶后，他来到厨房。威尔从房间里走出来时，他正在冲麦片。

"早上好，头还疼吗？"

"不疼了，现在已经好了，谢谢。"他必须承认迪恩的这个优点，总是真心实意地关心着他。"嘿，我，呃……听着，我知道我给你招来了麻烦，我还拖累了你，我真的很抱歉。没有你的帮助，我是不可能再次找到米恩的。"

"别哪壶不开提哪壶。要是没有再次跟它见面，情况可能还没这么糟。"

"呃，我非常领情。你知道吗？我会处理好这件事的，我向你保证，我会离布鲁斯远远的。"这些话并不是威尔之前计划好的，不过能把这些话说出来，他感到很高兴。他知道自己已经摸清了迪恩的所有底线。

"你最应该做的是离那头该死的虎鲸远远的，小子。当然躲着布鲁斯也不是一个愚蠢的选择。"迪恩端起粥锅，用动作示意威尔是不是也想喝。

威尔点了点头，然后坐下来，说："好的，谢谢。"他大着胆子问了个放肆的问题——试试水而已，目的就是想看看迪恩的反应："呃……帕尼娅跟我讲了海伦的事。"

迪恩愣了一下，叹了口气说："这就是小乡村的'美丽'之处，小子。这里根本没有私生活可言。在这里生活，有利也有弊。"

"我真的很抱歉。"

"那是很久以前的事了，陈年旧事。"

"你用了多长时间才走出来?"

迪恩把一只碗放到威尔面前，然后端着自己的碗坐了下来："不得不遗憾地告诉你，你永远都别想恢复到以前的样子，它会永远地改变你。跟发生在你身上的那件事情一样，我永远都不可能回去了。"

威尔感觉自己的嗓子发紧。他在粥里挖了个洞，看着牛奶渗上来。"永远?"

"是的，小子，永远。"迪恩往粥里撒了一勺白糖，"老话说得好，凡是不能毁灭你的，将让你更强大。"

这样的陈词滥调是用来糊弄普罗大众的，妈妈曾经这么说。他不相信生活真的会如这句老话所言。因为海伦没有变得更强大，爸爸也没有，他自己也没有。迪恩说的这句老话只存在于童话故事中，为的是把生活就是一团乱麻这个事实掩盖起来。

"你真的相信这句老话?"

"我知道它不是真的。"迪恩抬起头，他的眼神让威尔不得不仔细听，"过去的就让它过去吧，你必须这么做。"

威尔惊慌起来："像你这样? 海伦已经去世很多年了，你却依然为了她不愿意离开这里。"威尔看到迪恩的身子瑟缩了一下。天杀的，我为什么会这么混蛋?

可是，就在他打算开口道歉的时候，迪恩却笑了起来，他笑得太用力，眼泪都出来了，流到了眼睛下面的皱纹里。他俯身靠近，圈住威尔的胳膊说："你真是一个好警察。"

迪恩松开手后，他们卖力地吃了大概五分钟。之后，迪恩放下勺子说："听我说，我们来个约定吧。你参加那个音乐会，我则帮你招募人员，并请我多年以来一直打算邀请的人出山，你觉得怎么样？"

威尔直直地看着舅舅的眼睛，里面更多的是慌乱而不是讥讽，甚至还有点害怕。他看得出来那两种情绪兼而有之。可一想到要在大庭广众下唱歌，惊慌害怕便攫住了他。不过，毫无疑问，这样做可以帮米恩……

"该死的，"威尔说，"你会坑苦我的。"最后，他们诚恳地握手，达成一致。

迪恩擦了擦上嘴唇的汗珠子，然后笑了："我怎么觉得是你把我坑苦了呢？"

第十九章 夜间悲语

等了一夜，又等了一夜，我的歌唱男孩终于回来了。他依旧是在世界一片静谧的时刻到来的。在斑驳的夜色里，我们一起唱起属于我们两个人的私密歌曲。虽然我们都不太懂得对方唱词里的意思，但也没什么大不了的。美好的感觉充盈着我们的心，让我们俩更加亲密。我能感知到他的思绪，也很愿意相信，他也能听懂我脑海里的低语。

从他的声音里，我能感觉到他内心的情绪。我觉察到他的忧虑、疼痛、伤心、渴望和悲伤——所有这些，都能从他歌声的变幻里流露出来。

我也用歌声表达我的悲伤，让我的渴望跟他的渴望紧紧相随。可是，当夜色变得深沉如墨时，我便歌唱起了冰雪世界，歌唱起了风蚀的冰山、无边无际的碎浮冰、膘肥毛厚的海豹，以及至日时天空上闪耀的绿色光芒①。

我依偎在我的歌唱男孩身边，远离那些企图伤害我的人。我们两个还在夜间不停地低语，我从中获得了极大的安慰。可是，当清晨的

————————
① 绿色光芒在这里指冬至和夏至时，空中的极光。

第一束阳光驱散夜色，他便必须离开了，我也只能潜回到那个寂静的海湾里。恐惧如影随形，让我心神不宁。

一开始我独自待着，可是过了一会儿，新的一天开始了。一大群贪婪之徒开始纠缠我。自从背部受伤之后，我便不再信任他们，完全不信。我悄悄逃走了。尽管他们没有靠近我，却眼皮都不眨一下地盯着我，把我的每个动作都记录下来，还肆无忌惮地大声讨论着。不管我怎么努力躲藏都没有用，他们总能找到我的身影。时间在流逝，他们的队伍越来越壮大，自由的日子一去不复返了。

当我看到海象胡子一次又一次地要把他们赶走的时候，我真的非常诧异。他怒火中烧，驱赶人们离开。尽管人群激烈地反抗，情绪恶劣到极点，可是他终究还是占了上风，所有的看客都离开了。

经过很多次月升涨潮，一天早上，我的歌唱男孩回到了海湾里。他还带来了一个高个子男孩和一个善良的女孩。当月亮将银光洒在树木顶端的时候，我们开始唱歌。歌声在我们周围回旋往复，感情在空中飘荡，既清新又自由。当最后一个音符消失在空气中时，歌唱男孩便匆匆忙忙回到船上去了，善良女孩则出来跟我打招呼。

哦，善良的女孩，她散发出甜美的气息，是如此温和，如此开朗。我沉醉在她的魔力之下，而且能感觉到歌唱男孩跟我的感受是一样的。我们都沉醉在她令人心安的感觉里。

然而，不管我多么喜爱那些夜晚和那个光影斑驳的日子，从夜晚与歌唱男孩亲密地依偎在一起，又回到白天孤身一人的等待，依然让我难以忍受。在这一点上，我们和贪婪之徒是一样的。我们的族群，我们之间亲密的联系，把我们跟真理紧密地维系在一起。这些真理告诉我们，如何认清自己的本质：需要肌肤相亲，思想相通。我们需要触碰其他会呼吸的躯体，来确定我们是活着的。珍惜它吧。

尽管我是活着的，虽然我两度濒临死亡，但我还活着。歌唱男孩和他那颗谦卑的人类之心救了我两次。

第二十章
昔时有目如盲，
今日耳聪目明

日子在忙忙碌碌中一天天地流逝。每天晚上，威尔都会挨到午夜时分，然后赶到码头上去。夜里，他和米恩一起在海水里颠簸，直到天边出现第一道曙光，他才偷偷地溜回迪恩家，到厨房里吃早饭。等迪恩出门上班后，他就一头栽倒在床上补觉。他会一直睡到午饭时分才爬起来，然后开始做函授课程的作业，天天如此。

与此同时，跟米恩有关的各种传言在布莱斯疯狂地传播着。当听说米恩正在格莱尼登出没的时候，游客们带着相机蜂拥而至。哈利·安德鲁斯不得不放下手头的工作，紧张地跑来跑去，逢人便以开罚单相威胁。他当然不会真这么做。不过，他放出口风，不准任何人靠近米恩。结果第二周刚过去一半，游客的数量便下降了。

同时，凯茜在忙着张罗音乐会。门票是二十澳元，多支乐队（包括来自惠灵顿和基督城的乐队）都同意给他们站台演出。她甚至觉得这场音乐会会引起轰动——这可是威尔最大的噩梦。

音乐会开始前的那个周三，刚到中午时分，亨特就来敲威尔卧室的窗户。威尔摇摇晃晃地走出来，还没从睡梦中清醒。他打开门，让亨特进来。

"发生了什么事？"

亨特拿着一台数码摄像机对准威尔的脸："要不要一起去？我爸爸飞到北边开会去了，帕尼娅也翘课出来了——都安排好了，凯茜说可以让我们开麦克的船。"

一想到摄像机，威尔的心里就如翻江倒海一般难受。他已经尽力不去想它，但每次想到都会失去理智。往事和焦虑趁机一起袭来。可是，他和迪恩已经约定好了，尽管他非常不想承认这个约定，但他必须要有契约精神。必须。他对爸爸妈妈说的那些话半真半假，迪恩是支持他这么做的。迪恩自己还给他们发了几条确认信息。这么做究竟是为了让威尔的妈妈宽心，还是让威尔宽心，其实一点都不重要。重要的是，他没有向威尔的爸爸妈妈透露任何不好的信息。

不过，迪恩也过得并不太平，因为布鲁斯不会放过任何一个引他上钩的机会。每天晚上迪恩回家的时候，都是一副愁容，看上去犹如古希腊悲剧中使用的死亡面具。

亨特用脚踢着门槛，等待威尔的答复。

"我需要带什么？"威尔把眼角处的眼屎擦干净。

"那得看你到底想让你瘦小身体上的哪些部位出境喽！"亨特戳了戳威尔细长的胳膊，"帕尼娅说我们应该拍一段你跟米恩待在一起的视频，来证明米恩到底有多安全。"

威尔强忍住才没有发出抱怨声。"那就穿潜水服吧。"其实那跟什么都不穿没两样，他依然会觉得浑身光溜溜的，像个蠢货。"先等我一会儿，我去一下洗手间。"

去过洗手间后，他把两片奶酪三明治叠到一起，一边大口吃，一边找出那件潜水服，然后和亨特一起向正等在船上的帕尼娅走去。

帕尼娅开着船离开码头的时候，威尔开口问道："我们怎么才能避开哈利？"

"我妈妈已经搞定他了。"帕尼娅调转船头，驶到航标之间的安全航道上，"我妈妈的一位朋友给他打了一个投诉电话，当然是假的。"她大笑起来，"莫德告诉他，有游客正在布莱克霍尔湾一带捕捞尚未成年的鲍鱼。大概半小时前，他赶往那里去了，要好几个小时后才能赶回来。"

尽管威尔脸上依然阴云未散，还是勉强笑了一下，想讨帕尼娅欢心。他们将他团团围住，他没法退出了——不然的话，这会儿他很有可能已经听天由命。他不会装作付得起那笔罚款的样子，那样做没有任何意义。可是，有太多的人已经冒险跟他站到了同一条战线上，他觉得自己好像背负着千斤重的期望和不幸在踉跄前行。

三个人慢悠悠地穿过那个粗糙的拱形石门，进入格莱尼登。威尔朝新西兰圣诞树的方向指去。米恩正在那里流连，跟树荫融为一体。威尔吹了一声口哨，米恩的脑袋突然冒了出来。它来了个浮窥，咧开嘴笑了，露出满嘴的牙。

威尔慢吞吞地穿好潜水衣。然后转过身背对着帕尼娅，费力地跳了几下才穿上了泳裤。昨晚半夜的时候，他曾穿着这件橡胶潜水服溜出来过。这会儿衣服依然湿答答的，穿在身上简直像是一场噩梦。他挣扎着穿潜水服的时候，亨特把一个救生圈扔到旁边，然后把上面的绳子系到船上。

"抓着它，你就可以浮起来。我们会到一边去，只让你和米恩出镜。"

威尔呆住了，直到理性把脑子里嘲讽的声音赶走。**别这么多疑。**这不是为了自己，而是向别人展示米恩的好机会。

他慢慢下到水里，米恩兴奋地迎接他。他迫不及待地想在白天看看米恩的伤势。现在，它的伤口看上去没有那么红肿了，也更干净了。亨特打开了摄像机，没有给威尔留时间做准备。帕尼娅将船掉了个头后，熄灭了发动机。他们都满怀期待。可麻烦的是，他还不知道自己到底该唱什么歌。唱点歌剧风格的歌曲吗？不行，他们会笑话他的。唱《日本天皇》里的片段？也不行。他想不出来，感觉糟透了。没错，他想说的就是这个。他必须马上唱歌，但不知从何唱起。

威尔潜到水下，米恩也在那里，正用它那双无所不知的眼睛看着他，冲着他微笑。**奇妙，可怜。没错！**那些老古董会喜欢这首歌的，米恩也会。

他钻出水面，抓住救生圈，用手抚摸着米恩的侧身，然后清了清嗓子。他闭上眼睛，深吸几口气，再缓缓呼气，但依然不想睁开眼睛。他得闭着眼唱，不然的话根本撑不下去。"奇妙的恩典，这歌声多么甜美，将我这样的可怜虫拯救。我曾误入歧途，但现在回归正道，我曾有目如盲，但现在目光如炬……"①

威尔缓缓地唱着，注意力都放在呼吸上，好让自己不跑调。这首歌的唱词让他直想哭。米恩发出它那有异域色彩的和声，围着他打转，威尔努力控制着自己的情绪。

在他紧闭的双眼里，不同的颜色变幻着，红色、蓝色、绿色。他

---

① 唱词来自美国脍炙人口的乡村福音歌曲《奇异恩典》，它被奉为基督教圣歌。

试着唱高音的时候，眼前出现了银色。"我克服各种困难，历尽艰辛，识破各种陷阱，终于来到了这里。护佑我安全抵达这里的是那份恩典，那份恩典也会引领我回家。"① 他的胸膛里有股热流涌起，眼泪也沿着脸颊蜿蜒而下。

威尔唱完歌后，亨特高声欢呼起来。威尔很不情愿地睁开了眼睛。

"我的老天！如果这不能引起轰动，那别的东西也休想做到！"亨特像小丑似的咧嘴笑道。

帕尼娅搓了搓自己的鼻子说："太难以置信了。"

威尔浑身颤抖着，精疲力竭地向小船游去。他拖着身子，爬到甲板上。米恩慢慢向船舷外的马达靠拢，开始吹泡泡，惟妙惟肖地模仿螺旋桨转动的声音。威尔忍不住笑了。"你下去吧，"他对帕尼娅说，"它看上去玩得正高兴。"

帕尼娅的眼睛睁得老大："你的意思是，让我到水里去跟它一起玩？"

"去吧，我们会看着周围的。"

"可是，我没有带泳衣。"

威尔转身看着亨特。"这个问题我们有办法解决，是吧？"亨特点了点头，脸颊微微发红。威尔转过身，背对着帕尼娅。亨特也是如此。

一阵脱衣服的窸窣声之后，响起了扑通声。威尔立刻转过身，看见帕尼娅正跟米恩大眼瞪小眼地对视着。米恩一边嗅着她身上的气味，一边发出咔嗒声。

"你好，宝贝。"帕尼娅的声音就像热蜂蜜水一般让人舒服。她伸

① 见 P167 注释①。

出胳膊，用手掌绕着米恩的喷水孔抚摸。"没事的，我不会伤害你的。"米恩含着水，发出咕噜声来回应她。很显然，它已经迷上她了。

威尔躺到塑料座椅上伸直身体，将挡住视线的头发撩开，用橡皮筋绑好。他瞥了瞥亨特说："嘿，你最近怎么样，哥们儿？过得还好吗？"亨特眼睛周围的淤青已经消失得差不多了。

亨特耸了耸肩："我爸爸是个神经病。他的一个匿名股东威胁着要撤资，他去找惠灵顿的银行了。"

"安全……吗？我的意思是，你来这里？"老天爷啊，他可不想让亨特的日子变得更糟糕，"星期六的时候，你如果想待在家里的话，我也没意见。"

亨特用拇指和食指拧了拧鼻子："我没事，他一直都是这个样子。"他转过身，认认真真地检查起手里的摄像机来。

威尔把头靠回到椅背上，晒起了太阳。他真心希望亨特不会因为帮自己而遭受任何惩罚。关于这一点，他必须跟迪恩核实一下。在他身后，帕尼娅正在低声吟唱着一首他从未听过的 *waiata*①。这是一首用小调谱写的轻快歌曲——实际上，就是一首小调，配乐是清脆的打击乐器。他闭上眼睛倾听着，小鸟们的叫声与她甜美的女低音形成对比。然后，他听到米恩加入进来了！有那么一瞬间，他甚至起了嫉妒之心。不过，新奇感很快便攫住了他。米恩的声音跟一种双弦的亚洲乐器很像，他曾在老家的古巴购物中心听一位街头老艺人演奏过。

亨特又开始鼓捣他的摄像机："太远了！"

看到帕尼娅和米恩配合得如此好，威尔感到很兴奋——那感觉很

---

① 此处为毛利语，意为悼歌。

奇妙，就跟他和米恩一起唱歌的时候一样。帕尼娅脸上的神情只能用极度兴奋来形容，或者那些他能想得到的形容词：柔和、润洁、发自内心的炽热。他唱歌的时候，是不是也这样呢？威尔畏缩了一下。**很快就会知道的**。不过，帕尼娅唱起歌来的感觉美妙极了。他完全被吸引住了。

那天晚上，威尔一直等着迪恩。他用从菜园子里采摘来的小土豆和豆子炖了一锅鸡肉，两个人一起吃了晚饭。

"你觉得亨特安全吗？"

迪恩艰难地咽了口饭说："很让人担忧。终有一天，这个孩子不得不对布鲁斯以暴制暴。不然的话，他永远都逃不出布鲁斯的手掌心。"

"他为什么不反抗呢？他已经长大了啊。"

"我觉得都是我的错。"迪恩把吃剩下的豆子排成一行，在威尔看来，它们就像长着坏疽的手指。"他十三岁的时候，荷尔蒙分泌旺盛、血气方刚，我怕他万一出手过重，会把布鲁斯打死或者被布鲁斯打死，于是我告诉他要学会隐忍。他每次有出手的冲动时，就赶紧走开。现在，每次被布鲁斯殴打的时候，这个高个子男孩都是逆来顺受——但是，他内心其实一直很痛苦，他在走海伦的老路。"

"他为什么不离开呢？"

"已经太晚了，他现在只能留在这儿。尽管在我看来，离开那个家后他可能会过得更好。我曾主动邀请他跟我一起生活，但被他拒绝了。那会让布鲁斯感到颜面无光——布鲁斯不喜欢那样，一点都不喜欢。"

不满的情绪在威尔的胸中翻腾，他扬手将在空中飞舞的苍蝇赶走："你为什么没有坚持下去？"

"你以为我没有试过吗？布鲁斯把他打垮了，他已经失去了信心。再说了，看似强大的商业帝国正在走向崩溃。布鲁斯可能觉得亨特是一个大傻子，但那个孩子其实很聪明，他知道翻身的日子马上就要到了。"迪恩叹了一口气。他放下刀叉，伸开手指抓住餐桌的边缘，又收紧手指，说："这些年以来，我一直密切监视着布鲁斯。相信我，他干过很多见不得人的勾当。我一直在暗中收集他的证据。他要是让人忍无可忍的话——好吧，那时我会发起反击。"

"老天爷啊，要是被他逮着的话，那该怎么办？他非常危险，是个疯子！"

"我答应过海伦会照看好亨特。还有，不管怎么说，我喜欢他。在很多方面，他已经变得越来越有胆量。"

"我要退出音乐会，我不想——"

"你敢！我一直都在自我反思，觉得你是对的。那个混蛋对我发号施令的时间太久了，他已经把我惹毛了。"迪恩重新拿起刀叉说，"不用担心，小子，我对付得了布鲁斯。"他张口从鸡腿上咬下一块肉，狼吞虎咽地吞下肚。"话说回来，你确定可以顶得住吧？"

"不敢确定。"威尔真希望自己从未向他们求助过，"我的意思是，是的，我觉得还好。"

"呃，要是实在不行，我也能理解。你看上去脸色很差。"

"谢谢。"威尔说，但这话说得极不情愿。威尔向自己保证，音乐会一结束，他就会把每天半夜的所作所为交代清楚。

星期六终究还是到了，天气阴冷，乌云密布。中午时分，威尔醒了过来，他感到头痛欲裂，依然没有从熬夜的疲惫中恢复过来。音乐会将在本地的大礼堂举行，时间是晚上七点。但是人们要他早早地去帮忙绑气球，好让大厅更有"节日气氛"。真是多此一举。

威尔洗了个澡，然后打开冰箱，找起吃的来。迪恩进来的时候，他正在煎鸡蛋。迪恩看上去跟威尔一样，有些紧张不安。

威尔尽量保持语调的平静："事情搞定了？"

"怎么？"

"今天晚上，你要带谁一起去？"

迪恩皱了皱眉头："你为什么想知道这个？"

"你不告诉我，我也会知道的。"

"那将是一个大惊喜！"

"也就是说那位神秘的女士答应了？"

迪恩冷哼一声："那位该死的女士不但答应了，还得先给我来一场精彩的演讲。"他摇了摇头，"我为你做的那些事，小子……"他拍了拍威尔的后背，"下午我得去上班，混蛋布鲁斯逼着我做盘点，今天一整天。不过，我向你保证，晚上六点我一定会回来的。"

等迪恩吃完饭后，威尔把他送出家门。他心中乱糟糟的，在家里根本待不住。他来到菜地里，开始除草。为了不让自己疯掉，总得做点什么。尽管亨特说那段视频拍得很不错，威尔的脑子里响起的却是嘘声和咒骂声。他试着让自己平静下来，然后把音乐老师教的发声练习悉数试过一遍，来对抗演出前的紧张感。可是，他的声音听上去很糟糕，头脑中依然是一团乱麻。

下午三点的时候，威尔实在是心烦意乱，再也没心情去拔最后那几棵杂草。他一遍遍地细数米恩需要得到保护的理由，而这些理由反而成为他遭受处罚的罪证——现在，这些理由看上去都很愚蠢。他重新回到电脑旁，再次观看起和皮吉特湾那头虎鲸有关的视频。它跟米恩太像了。它甚至也会玩那个该死的把戏——模仿舷外马达的声音！简直令人难以置信。他不能让米恩像卢娜那样死于非命。那将是巨大的遗憾。

心慌的前兆袭来时，威尔拼尽全力想抑制住，但没有成功。他的心脏突突突地狂跳着，汗流浃背。昔日的羞辱涌起，扼住了他的喉咙。他急忙用手捂住嘴巴，狂奔起来。刚跑到洗手间的门口，呕吐的冲动便向他袭来。他冲到马桶前不停呕吐，臭极了。好像那些污物在他的肚子里已经发酵了好几个月。

呕吐过后，威尔顺着墙壁缓缓滑坐到地上，舌头上沾满污物。他做不到，他没有勇气面对一礼堂像盖比·泰勒那样吹毛求疵的乡下人，没法再在大庭广众下表演，说什么都做不到。如果必须要坐牢的话，那当然很糟糕，但他不在乎。在牢房里，他至少可以一个人安安静静地待着。

只是爸爸妈妈会内疚不已，迪恩也会如此。*要控制住自己的情绪。我已经十七岁了，不是七岁。加油，加油，哥们儿，替米恩想想吧。*如果临阵脱逃，米恩最终殒命的话，他会恨死自己的。这是最好的机会，可以说服别人相信哈利的做法是疯狂的——当然了，布鲁斯比哈利还要疯狂。

威尔强迫自己从地板上站起身，将刚才吐的那些东西用水冲掉。他打开热水器的冷水开关，好让自己昏昏沉沉的脑袋清醒一下。

五点十分的时候，威尔慢吞吞地来到布莱斯的大礼堂，发现这里的人们正热火朝天地忙碌着。凯茜正在指挥一群兴奋过头的孩子搬椅子，帕尼娅正在打扫他们身旁的地板。舞台上，四个人高马人的家伙正在调试吉他和扩音器。帕尼娅向威尔挥了挥手，示意他到厨房里去。南妮·梅正在给气球充气。

"我来了，"威尔说，"让我来吧。"

"啊，是威尔，来听听这个！"南妮·梅把充气管放进嘴巴里，然后张嘴说话，那声音跟米恩发出的唐老鸭叫声一模一样，"你肯定想不到南妮这个老家伙还会鼓捣这个吧，小伙子？"她用刺耳的假声笑了起来，直到笑得咳嗽起来。

等她不咳了，威尔赶紧过去把活儿从她手里接过来。她用一根干瘪的手指抚摩着威尔的脸："你的脸色太苍白了，小伙子。你是生病了吗？"

威尔耸了耸肩："怯场算不算？"

"帕尼娅说她听过你唱歌，她说听得直想哭。"

"有那么差？"

她用胳膊肘捣了捣威尔："保持平静，小伙子，要学会接受别人的赞美。"

威尔点了点头，这会儿他紧张得要命，已经没法再闲聊。而她也没再说其他的，似乎威尔能在她身边坐着，她就已经感到很满意了。

最后，威尔终于学会了如何给气球充气，却没办法给气球扎口。他的手上全是汗，抖得厉害，像得了帕金森病似的。不过，厨房的天花板上还是飞满了黑黑白白的气球，气球底下坠着绳子，看上去就像是毫无生气的虎鲸精子尾巴。

帮忙调试好数字投影仪后，威尔赶在活动开始之前，回了一趟迪

恩家去找吃的。迪恩已经回家了。他刚洗过澡，身上穿着新熨过的细
条纹衬衫和一条崭新的定制牛仔裤——威尔还从没有见他穿得这么精
神过。做奶酪鸡蛋蘑菇三明治的时候，迪恩甚至还拿了一块抹布塞进
腰带里当围裙用。

"你还好吧？"

"嗯。"威尔接过迪恩递过来的盘子，然后弯下腰，捏着鼻子也要
把食物咽下去，好把哽在喉咙里的那团东西压下去。

他们刚吃完饭，后门便响起敲门声。维芙走了进来。

"你好，"她说，"一切还顺利吧？"她穿着一件露背长礼服，上面
是翠绿色和铁青色的螺旋形图案。她的骇人长发盘在头顶，露出粗壮
的脖子和有力的肩膀。

"你来得很早嘛。"迪恩说。

维芙翻了个白眼："见到你，我很高兴。"

威尔清了清嗓子："你看上去漂亮极了。"

维芙用热情洋溢的微笑回报威尔。"哦，谢谢，好心的先生。"她
转过身，看着迪恩，"看见了吧，麦克唐纳先生。这叫'赞美'。"

"没错。"迪恩咧嘴笑道，"他说的也对！"

"混蛋。"

"畜生。"

气氛真是奇怪，他们笑眯眯地互骂着，却满怀期待地站在那里。
两个人之间的火花在空气中嘶嘶作响。突然，所有事情在威尔脑子里
清晰起来。他转过身，看着迪恩："你的女伴是维芙？"

迪恩点了点头。这时，维芙突然插进话来："与其说是女伴，不
如说是我发善心！"她扭了扭屁股，然后开怀大笑起来。

迪恩瞥了一眼厨房里的钟表："你最好动作快点，小子。我们必须在十分钟之内赶去大礼堂。"

威尔把盘子拿到洗碗池用水洗干净，擦干。等再也无法拖延下去的时候，他才去换上干净的 T 恤和牛仔裤。他梳了梳头发，把它绾到后面。是的，南妮·梅说得没错，他的脸色的确很苍白，犹如一个铁杆的哥特摇滚乐爱好者，连化妆都省了。他捏了捏自己的脸，想让脸颊看上去有点血色——电影里的人们都是这么做的，结果他看上去满脸通红。

厨房里的气氛已经不再那么火花四溅了。威尔走进去的时候，迪恩立刻弹跳起来。

"我们最好马上走。"

他们沿着马路中央往前走。不知为什么，威尔竟然走到了他俩中间。

维芙把他拉到自己身边："英格里德已经给我回过电子邮件了。我把米恩身上的斑点照片发给了她，她认为它应该属于南半球鲸类，是从南极迁徙过来的。夏季的那几个月里，这些鲸会在凯库拉一带的海底峡谷游荡。她说，米恩的编号是 AS23。她在去年这个时候第一次看见它，那时它刚出生。"

"你不会是在逗我吧？你的意思是说，米恩的家族有可能正在那里？"

维芙点了点头说："英格里德说她们有收到报告，有人在南大洋发现了那些流氓捕鲸船。米恩的妈妈很可能是在向北方迁徙的时候被猎杀了。这些日子以来，他们遇到什么就杀什么。血腥的过度捕捞！"

威尔咒骂了一声。如果这一切都是真的，那么可怜的小家伙很有可能目睹了自己的妈妈是如何丧命的。"可是，它的家族为什么会抛弃它呢？"

维芙耸了耸肩："谁知道呢？可能是走散了，也有可能是掉队了。一看到捕鲸船的身影，那些年长的虎鲸就会四散奔逃。"

虽然威尔很想了解更多信息，但他们已经到了大礼堂。到处都是人，比他在毛利人集会地见到的要多得多。

维芙抬起头，看了看迪恩。他正挨着她的胳膊站着。"别傻站着，伙计，去把凯茜藏起来的那些酒找出来。"迪恩气冲冲地朝厨房走去，身后是维芙爽朗的笑声。她朝威尔眨了一下眼睛："开眼了吧，小子。除了对布鲁斯，你很难见到中规中矩先生会这么听话。"

"他很紧张，你也看得出来，也许你应该对他宽容一点。"威尔说。

维芙气到鼻孔大张起来。不过，谢天谢地，她终于转怒为笑。"抱歉，"她说，"本性难移。迪恩和我兜了这么多年的圈子——为了引起他的关注，我会故意激怒他。我已经习惯这么做了。"她叹了口气，"跟一位去世的女人竞争，实在是太难了。"

"他跟我说他一直想约你出去，但始终没有勇气。"

维芙拍了拍他的肩膀："那把这当作一个教训吧，孩子。你如果喜欢某个人，就大胆表白。人生苦短，没有时间躲躲藏藏。"

凯茜跑了过来："你看上去很漂亮，姑娘。"她说完，还朝维芙眨了眨眼睛。然后她转过身，看着威尔："呃，我们觉得最好还是把正事先干完。麦克会先向所有人致欢迎词，接着会叫你上台给大家讲讲米恩，好吗？你讲完后，亨特会播放他拍摄的视频。"她转过身看着维芙，"简直令人难以置信，美女，等你看到那头虎鲸跟威尔、帕丝一起唱歌的时候，你肯定会大吃一惊的。"

她们叽叽喳喳地交谈着。与此同时，威尔的脑子却罢工了。他能看见所有在他身边来来去去的人，看见迪恩给维芙递饮料，看见乐队调试乐器，看见大礼堂里热闹到了顶点，可是他能听到的却只有嗡嗡声。他的胸口非常憋闷，只能有意识地使劲吸气，结果反而让他感觉轻飘飘的。该死的，怎么回事？这时，有人碰了碰他的胳膊，他吓得跳出去足足一英里远。维芙把一个东西塞进他汗津津的手掌里。

"往嘴里喷一喷，这是急救宁。"

迪恩不屑地哼了一声："又把你那些嬉皮士玩意儿拿出来了？"

"是女巫药水。"她咧着嘴朝威尔笑了一下，"可以让你的精神镇定下来——也有可能会把你变成一只青蛙。到底是哪种功效，我记不得了！"

随他吧，威尔可不想拌嘴。如果真的有效的话，哪怕只有一点点他也求之不得。他摁下喷嘴，往嘴里喷了一些。是掺了水的白酒吗？不算是个坏东西。

麦克·休里瓦伊领着帕尼娅穿过人群。她穿着牛仔裤和花边白色上衣，还画着和她的眼睛一般颜色的碧蓝眼影。她冲着威尔笑了笑，有点羞涩，一点都不像那个开船的直率女孩，威尔简直想把她拉过来。他们是两条离开水的鱼。

"你还好吧？"帕尼娅用口型默问道。

他点了点头，举起了维芙的药瓶。正想问她亨特在哪里的时候，麦克拍了拍他的后背。

"好了，小子。我们该上台了！"麦克拉着他穿过正在找座位的人们。

　　威尔不敢站到舞台上去，只是躲在舞台的侧面。在舞台前方，人们像一只只饥肠辘辘的雏鸟注视着他。他又往嘴里喷了点药水，巴不得它能有点用。他要是呕吐的话，会永远被人记住的！这时，他看见亨特正坐在投影仪旁边，全身邋里邋遢的：头发乱得像鸡窝，穿的衣服也不合身。威尔看见他朝舞台上扫了一眼。当他们的目光相遇的时候，亨特冲着他点了点头，然后竖起了大拇指。威尔没有回应，他都想逃跑了。但是，已经太晚了。麦克高声吹了下口哨，示意大家保持安静。

　　"大家好，大家好，很高兴在这里跟大家见面。我们为大家精挑细选了一批高品质的音乐作品——我要向不辞辛苦、远道而来的乐队表示感谢——不过，首先，请容许我向大家介绍我们毛利大家族里的一位新成员——威尔·杰克逊。他是我远在惠灵顿的表妹萨莉的儿子，他一直在帮我们照看那头幼鲸。今天，我们齐聚一堂，是为了向他表示支持，因为我们的好伙伴哈利对他处以一万澳元的罚款。"观众们发出了嘘声。在威尔听来，他们的吵嚷声犹如货运火车的轰隆声。"接下来，威尔将给大家讲讲那头被他称为'米恩'的虎鲸的情况，大家欢迎！"麦克转过身，示意威尔上台。

　　威尔的额头像被一个冰冷的头箍紧紧地箍着，他的肠胃叫嚣着要罢工。可是，观众们正在鼓掌，除了登台，他别无选择。他快步向台上走去，知道他们正等着乐队开场。他从口袋里掏出纸条，打算读出来，可是手抖得实在太厉害了，只好把纸条重新揣回口袋里。他感到口干舌燥，脉搏咚咚跳着，如敲响的丧钟。

　　"呃，你们很可能听说过几个星期前出现在我们这一带的那头幼鲸……"哦，天哪。盖比·泰勒和西蒙娜打扮得像两位贵妇，正坐在倒数第二排。盖比正举着手机在拍视频。

威尔扫了一眼其他人，一大群陌生人正注视着自己，他顿时慌了。往事一股脑儿地涌现出来：攻击、试唱失败、咒语般的污言秽语。他大汗淋漓，犹如被打开了的水龙头，汗水顺着他的肩胛往下流淌，他难以呼吸。就在这个时候，他看到了帕尼娅。她跟他目光相遇，没有移开。她用口型向他示意道："继续。"

威尔把堵在嗓子眼上的恐惧赶走，将目光锁定在帕尼娅脸上，开始回忆她唱过的那首歌。歌曲在脑子里一遍遍地回放着，直到把恐惧驱散，然后他深深地吸了一口气，再次说了起来："听着，我真的巴不得快点把我了解到的必须照管米恩的原因告诉你们，还有为什么对它不管不顾会非常危险……"

他结结巴巴地把事先打好的腹稿背了出来。当他替米恩请求大家帮助的时候，看到有些观众冲着他点了点头。他感到很是欣慰。有那么一会儿，他竟感受到了以前登台表演时那种席卷全身的兴奋感，就是他说的每个字观众都会凝神细听的感觉。可是，内心深处响起的批判声把他送回现实：你以为你是谁？你就是一个城市佬，一个无名之辈，一个一无所知的失败者。他再次停了下来。这一次他已经词穷了，一句话也说不出来。

麦克肯定意识到了，说："谢谢你，威尔，非常棒的演讲。朋友们，如果威尔没有说服你们掏钱把他保释出来的话——还有，当然了，说服你们保护我们的那个小朋友——那就请你们耐心地等等，看看这个!"他向亨特挥了挥手。亨特打开投影仪的开关，同时，凯茜把屏幕调好，让它对准舞台中央。

威尔没有站在舞台上等下去，而是跌跌撞撞地走下舞台。等他挤过拥挤的过道时，他的歌声恰好响起。他跑到厕所的隔间里坐下，浑身发抖，忍不住想哭。尽管外面有橐橐的靴子声，是那些迟到的人。他依然听得到他们的二重唱。

威尔和米恩的合唱视频播放完以后，大礼堂里沸腾了。跺脚声、掌声、欢呼声夹杂着说话声。*说话声？*威尔把隔间的门打开一条缝。他很确定吵嚷声里混杂着令人不快的低音。不，肯定没有。一定是他的妄想症在作怪。他匆匆忙忙从厕所里走出来，向大礼堂的入口处走去。

"……把那个卑鄙的小混蛋抓起来，看谁敢帮他！"*该死*。布鲁斯横冲直撞地闯上舞台。他身边还有四个彪形大汉，正怒气冲冲地看着舞台的一侧。他像一头愤怒的公牛一样怒视着观众。"他这是把自己当成杜利德医生①了吧。可是，我还有张渔网等着这个小混蛋赔呢。"

空气中弥漫着仇恨的气息，威尔壮着胆子朝争论的方向走去。

"那证明给我们看！"坐在前排的一位男士大声叫道。

布鲁斯气得脸都红了。他挺直腰："别冲我大喊大叫，吉姆。那些三文鱼没了，你的工作也会跟着完蛋。别忘了养活你的人究竟是谁，小子……"

"什么时候的事？"威尔站在大礼堂后面还击道。这个恶棍实在是太狂妄了，跟歌剧中那些恶棍的做派一模一样。*服从，服从，服从大执行官阁下*。"米恩什么时候有机会干这事了？上一次，它刚靠近你的养鱼场，你的狗腿子就用枪把它打伤了。"

布鲁斯眯着眼睛，在茫茫人海中寻找着威尔的身影。观众们冲着

---

① 杜利德医生是美国作家罗弗庭所著《杜利德医生》一书的主人公。他可以跟各种动物说话，非常喜爱动物，并且愿意为它们奉献自己所有的力量。

182

他发出阵阵嘘声，犹如蒸汽火车发出的嘶嘶声。"昨天晚上，"布鲁斯得意扬扬地说，脸上挂着奸诈的笑，"昨晚半夜的时候，鲍勃查看了一遍渔网。今天早上五点钟的时候，他发现渔网上破了一个大洞。不用猜也知道是哪个小恐怖分子砸了你们的饭碗……"

"你个大骗子!"在鼎沸的人声中，威尔高声叫道，嗓音坚定又洪亮。他觉察到有一只手按在自己的后背上。他转过身，紧握拳头挥了过去。迪恩急忙往后躲闪。

"呵! 放松点，小子，冷静。"

"可是，他在撒谎!"威尔转过身，看着布鲁斯，使出自己练唱时的力气，冲着舞台大声喊起来，"我一直陪着米恩——从昨天半夜一直到今天早上五点十分。过去的两个星期里，每天晚上都是我陪米恩的。"

站在威尔身后的迪恩刚说了声"真他妈该死"，大礼堂便彻底失控了。人们纷纷起身，大声咒骂着，你推我搡。迪恩拎起威尔的衣领，拉着他往门口走去。布鲁斯像北极破冰船似的冲破混乱的人群，闯了过来。

他们同时来到大礼堂外。布鲁斯扑过来的时候，迪恩还拎着威尔的衣领。"你别走，你这个疯疯癫癫的小怪物。现在，我代表官方宣布，你完蛋了。哈利对你太心慈手软了。不过，他要是知道你干的那些好事的话——"布鲁斯突然转过身去。他的走狗们把亨特和盖比也带了过来，他像一只大鬣狗似的龇开了牙。"你手机里拍到了，甜心?"布鲁斯问盖比。

盖比点了点头，不敢直视威尔的眼睛。

"乖女孩，我确定我的朋友哈利会非常高兴的。"布鲁斯举起一只手，用两根手指比画出一个手枪的形状瞄准威尔。"砰!"接着，他又朝迪恩开了一枪，然后冲着自己的同伴点了点头。

他们紧紧围住亨特，反拧着他的双臂，将他强行押走。一行人一起消失在夜色之中。

第二十一章　命运作弄

　　我在那个海港边潜伏着，只等歌唱男孩过来陪我。可是，他并没有出现。焦虑席卷了我——我不是担心自己的安全，不是。我的心思全都放在了男孩身上，那感觉很奇怪。在那么多月亮升起的夜晚，他在我睡着之时，拥抱着我……现在，什么都没有了。我很担心他。我非常确定，只要有机会，他一定会回来的。

　　在那些混乱不安的日子里，我不得不思考信任的真正含义——尽管历世已久，我现在对何为信任领悟得更加深刻。信任不是要相信他人，不是的，而是要相信这个世界的运行规律。让整个星球充满活力的神秘力量，会在正确的时间把我们推到正确的位置上，在途中给我们提供来自其他人的帮助。我们被命运牵引，还被赐予活络的头脑来接收大大小小的信息，既有好的也有坏的。然后再把这些信息转变成可以引导我们前行的通道。我跟朋友们的相遇就是命运使然，这让我永远心满意足，并持续一生。歌唱男孩的心从来都是英勇果敢的。

　　这种英勇，并不仅仅是指面对敌人、失败和打击的时候毫无惧怕，也让我们面对死亡时，敢于不停抗争，只为了活下去。就算是长在泥土里的植物，也要克服很多困难才能生存：或长刺，或依附，还有一些会长出有黏附性的种子。世间万物都竭尽全力想要获得一个安全的港湾，一个可以休养生息的地方。个头小的鱼密密麻麻聚在一起，伪装成草丛来迷惑捕食者；盲鳗鱼会喷射油质黏液；海参会扭曲着身体，从里往外拧，把毒液挤出来；深海乌贼伸展触角，抖动会发光的尖端，用来迷惑敌人。

真正的勇士是敢于直面恐惧的人。他们想方设法咽下自己的恐惧，为正义而战。他们不会趁机表现自己，反而会避免冲突，暗自坚持。他们会坚持到底，直到胜利，学会享受这伴随一生的馈赠。

这样的勇气会用不同的方式来彰显。交战的海象们依旧对那些失去父母的小海象倾注真心；企鹅们诱惑海狮来保护自己的后代；我们亲爱的表亲海豚们则会冒死帮助贪婪之徒，它们吓退鲨鱼，带领迷路的船只安全返回海港，把溺水之人拖到水面上去。

可是要知道，亲爱的朋友们，帮助是相互的，贪婪之徒也帮助过我们。在那些血腥的时代里，有些人类为我们而战，他们都很瘦弱，驾驶着小船，硬生生地挡在杀手和我们那些被围困的朋友之间。心怀仇恨是件再容易不过的事情，可并不是所有人都热衷于杀戮。有些人为了满足我们的需要劳心劳力，还有很多人是善良的。

这种你来我往、手足一般的鼓励支持，就像大海一样。大海的性情主要由月亮主宰——我们也是，贪婪之徒也一样。我们享有同一片水域，一起经历潮涨潮落。而且我们都明白，离开这片水域，谁也活不了。

亲爱的朋友们，时间之浪翻滚……每翻转一次，我的生命力就减弱一分，死亡就逼近一步。可是，我并不会害怕，绝不。我的生命就是为了这些时刻而存在的：为了我们思想的碰撞，为了让我习得的教训流传后世。请拿出你们的力量，给我一点支持，依偎得近一些。因为我的歌很快就要转调了，潮水将再一次涌起。

第二十二章
君子报仇，十年不晚

布鲁斯带着那四个肌肉发达的狗腿子押着亨特消失在黑夜之中，惊慌失措的威尔急忙行动起来。亨特已经落入这些恶棍之手，对此他不能置之不理。他们到底会如何对待亨特他无从得知，但肯定不会让他好受。

威尔朝亨特追去，心脏突突地狂跳着，隐隐作痛。"等等！"他追上他们，气喘吁吁地喊道。他们转过身来，惊讶地看着他。两个人高马大的人严严实实地挡在亨特面前。

该跟他们说什么呢？威尔必须赶紧找出一些话来；他能感觉到，随着最初的惊讶感消失，气氛紧张起来。赶紧想想。他认出了布鲁斯的身影。布鲁斯正怒气冲冲地瞪着自己，吓得威尔往后退，直退到路灯底下。他的影子在灯光下扭曲变形，犹如一张吓人的面具。威尔的脑海里又蹦出了那三个瘾君子的样子：同样的不屑，同样的冷漠无情。恐惧紧紧攫住了他。

威尔清了清嗓子，站稳脚跟。稳住至关重要。这一点是他在舞台上学到的。"我需要把亨特带回大礼堂去。"

"他得跟我走。"布鲁斯的语气清楚地表明，没有任何商量余地。

威尔绞尽脑汁，寻找更具说服力的理由。这时，迪恩和维芙突然出现在他身旁。他差点欢呼起来。

迪恩伸出胳膊，搂住威尔的肩膀。"大家都等着亨特呢，老板。我们请他代表你，当这次音乐会的主持人。"

迪恩和威尔的目光不期而遇，又迅速调开。迪恩反应迅速，他的及时支援让威尔倍感欣慰。威尔挺起胸膛，跟迪恩肩并着肩，以此对他表示谢意。

这个时候，维芙开口说话了："你如果想让村里人保持镇定的话，布鲁斯，我建议你，最好让亨特跟我们走。"她从迪恩和威尔面前走过，径直来到布鲁斯身旁，她真的很勇敢。"我们邀请他在毛利人集会地一起过夜。你要是不让他留下来，后果有多严重，你是很清楚的。"把毛利部落搬出来。完美的一招！借个胆子给布鲁斯，他也不敢招惹他们，尤其是在大礼堂里有那么多毛利大家族在的情况下。

布鲁斯昂首挺胸，摆出一副让人望而生畏的架势，盛气凌人地俯视着维芙。站在旁边的盖比赶紧退到了暗处。"我建议你还是小心行事为好，薇薇安，不要插手别人的家务事。"这些话里充满愤怒，他的嘴唇僵硬，毫无血色。

维芙笑了，这让威尔大吃一惊。她是怎么做到这么从容的呢？"别，伙计，南妮·梅认定的事，谁也阻止不了她，这你是知道的。让亨特留下来的人是她。要想跟众人搞好关系，她可不能得罪。"

布鲁斯的一个狗腿子看了他一眼："我们接下来该怎么办？"

"该死！让他走吧——马上。"威尔从未听到过如此冷冰冰的话，连被打的那天晚上也没有。接着，布鲁斯继续说了起来。话中透出的威胁将他们团团围住："君子报仇，十年不晚。"

维芙再次大笑起来，尽量不露出怯意："你说得没错，小子，你就等着吧。"

布鲁斯冷哼一声，朝自己的喽啰们点了点头，示意他们放开亨特。亨特赶紧朝迪恩跑过去，差点摔了一跤。与此同时，布鲁斯带着喽啰们以及可恶的盖比·泰勒抬起脚跟都走了。他们像托尔金①笔下的精灵一样，倏忽消失在黑夜之中。

维芙弯下腰扶着膝盖，说道："他——妈——的。"她看上去疲乏得很，脸色有些发青。

迪恩用胳膊搂住她的腰："你这个该死的神经病，他很可能会打你的，非常有可能。"

"滚开！我可是很了不起的！"她冲着威尔和亨特眨了眨眼睛，"当然了，关键时刻还得女人出马。"

"哼，问题根本没有解决。"迪恩的话犹如莎士比亚笔下的预言，一个非常不详的预言。他朝亨特的胳膊上打了一拳，但没用力。"实在太惊险了，小子。今天晚上，你去我家睡，明天等布鲁斯出门后，你再偷偷溜回家，把你的家当收拾一下。你再也不能在家里过夜了，那样不安全。"

亨特的身体摇晃起来。迪恩抓住他的胳膊肘，把他扶稳。"谢谢你，哥们儿。我以为……我以为……"他的声音哽住了，就好像声带被扎住了，嗓子有些嘶哑。"我还以为我死定了。"

维芙把自己的脸贴在亨特的脸上："别害怕，孩子，我们跟你在

---

① 托尔金全名约翰·罗纳德·鲁埃尔·托尔金，英国作家、语言学家，代表作有《魔戒》《霍比特人》，获国际幻想作品奖。

一起。"

这个可怜的家伙强忍着，不让泪水落下来。威尔转过身，好给亨特留点面子。这时候，他注意到音乐声正从大礼堂往外飘。自从他们从礼堂里出来后，他是第一次注意到。也就是说，音乐会还在继续。很显然，这都得感谢凯茜。可是，他不敢回去。他感觉自己受到太多关注了。他为什么要同意拍摄那段视频啊？

"我得回去睡觉了，"威尔说，"我需要睡一会儿。"

"你还好吧，小子？"迪恩问道。

"嗯。"你好，头痛，有段时间没有见你了。

"那找个时间我们再好好聊聊你的那些夜间探险。"迪恩仔细打量着威尔，"不过，今晚谅你也不敢再出去——布鲁斯肯定在附近活动。要是在黑夜里碰上他，他会怎么对付你，你想都不敢想。"

维芙用胳膊肘捅了捅迪恩。"算了。"她眉开眼笑地看着威尔，"那首歌，实在是太震撼了！我都被感动得哭了。"她用手掌托住威尔的下巴，用自己的鼻子抵住威尔的鼻子。他们两人的呼吸混合到了一起。"你真的很特别，小子。"

"谢谢。"维芙的话让他也很想哭。威尔用袖子擦了擦鼻子，觉察到亨特正盯着自己看。

"你还好吧，哥们儿？"

亨特点了点头："嗯，谢谢你。"

"不客气。"

威尔目送他们朝大礼堂走去。迪恩一边搂住维芙，另一边搂住亨特。迪恩本来可以成为一位很棒的爸爸。在他那副粗鲁的布莱斯人外表下，有一副宽广到装得下整个国家的心胸，那是一片广袤温暖的大陆，是澳大利亚。威尔的思绪飞到了爸爸妈妈的身边。谢天谢地，他们对这里发生的一切一无所知。他唯一的期望就是，在他们知道这一切之前，自己能找到问题的解决办法。可是，他渴望跟妈妈说话。只要听到她说话的声音，就足以让他平静下来。

威尔飞快地朝迪恩家跑去，他的精神高度紧张，任何突如其来的动静都会让他吓得跳起脚来。回到家后，他立马拨通了妈妈的手机。他真的需要跟她打个电话。电话响完第一声后，便转入留言模式。

"我是萨莉·杰克逊，抱歉不能接听你的电话，请留言。"

"妈妈，是我。我就是想问个安。"*你去哪里了？* "我想说，我爱你，也爱爸爸。"*不，不，太像人质的留言了。* 威尔的脑海里浮现出维芙的身影，既轻松又活泼。"我在这里一切都好，音乐会非常成功，我稍后会再给你打电话。"

挂断电话的时候，威尔的脑海里突然闪现出一个场景，是他第一次登台表演时的情景。那是五年级的圣诞音乐会，他被选作独唱。他往舞台上迈了几步，然后僵住了，就跟今晚一样。自从詹克斯夫人让他登台以来，他一直度秒如年。就在这个时候，他看到了妈妈的脸，她一边用口型示意他开始，一边满脸笑容地看着他——跟今晚的帕尼娅一样。他深吸了一口气，直视着她。"*不是在一个风雪飘飞的夜晚，而是借着月光或者烛光……*" 其他同学跟着他一起唱起来，虽不太和谐，但热情洋溢，"*极大的喜乐，极大的喜乐……*"那个时候，生活总是充满希望。

疲惫感向他袭来。威尔服下两片必理痛，爬到床上，心里一直惦念着米恩是不是正在等着自己，满怀期待，又孑然一身。

威尔醒来的时候，阳光明媚，窗外的小鸟叽叽喳喳地唱着悦耳的歌。有只图伊鸟的歌声要比其他鸟的歌声悠扬得多。他很想找到它，教它唱咏叹调。在老家那里，人们唤猫回家时，会模仿猫的叫声。"回家喽，喵喵——喵喵——喵喵——"用的就是这样的声调。就跟新闻里那个教八哥说话的幼儿园老师一样："我们必须学会关爱彼此，不论我们的肤色如何不同。"从一只小鸟的嘴里听到这种话，实在是非常离奇的事情。最诡异的是，这种话听上去还挺像那么回事儿。

威尔躺在床上，一束束阳光透过窗帘照射进来，撒在他身上。要是整个动物界都会说话会怎么样呢？要是它们在过去的几个世纪里一直隐藏着这个技能会怎么样？人类把这个世界搞得一团糟，它们早就厌倦了人类的做派，于是决定大声表达出来。米恩有可能就是它们计划的一部分，它是大海深处派来的信使！威尔大声笑了起来，很离奇的念头。他的思绪跳回到维芙身上。她实在是太棒了，就算内心极度害怕，但表面上还能保持镇静，犹如他在视频中的歌声一样，一点都听不出颤抖，虽然他都快紧张死了。观众们鼓掌、欢呼，有些人甚至哭了。"*我乃一介吟游诗人——衣衫褴褛，民谣、歌曲和唱段乃我所长……*"

厨房里传来叮叮当当的声音，他听得出这是迪恩在收拾碗碟。他走进厨房的时候，迪恩正坐在桌旁，面前摆着粥碗和茶杯。威尔自己倒了一杯茶，然后像往常一样坐到迪恩的对面。

"谢谢你昨晚帮我，希望不会给维芙添乱。"

迪恩嘴里含着茶水说道："争吵最能炒热晚会的气氛！"

"她真的喜欢你，你知道吗？"威尔说。

"这是你的专家意见吧，菲尔博士①!"

"不是，是她告诉我的。"该死，他为什么不信呢？迪恩需要知道这事。"她说跟过世的人竞争很难取胜。"

迪恩晃荡着自己的茶杯说："她只说了这些?"他叹了口气，把茶杯放下，"我敢说她说得没错。"

"听着，跟米恩有关的——"

"要是出了什么岔子，而我又不知道你在哪里，那会发生什么事？威尔，你可能会被淹死的，更别提布鲁斯或者哈利会逮着你。"

"我不想让它自己待着。网上的资料说，当虎鲸受伤的时候，陪伴会对它们有帮助，也可以让它们远离麻烦。"

"它要是不再去破坏渔网，就不会有麻烦。"

"布鲁斯在说谎，不然就是他自己割坏的渔网。天知道是为什么。"

"说实在的，我倒是可以想出一些理由来。我打算出去亲自找找，尽管这并不是布鲁斯第一次自己破坏东西然后向别人索赔。"迪恩沉默了一会儿，然后用拳头捶了捶桌子，"我猜这就是昨天我一整天都得忙着盘点的原因——他就是想让我忙得不可开交，好别去碍他的事。"

"我可以跟你一起去吗？我想看看米恩是不是安然无恙。"

"当然可以。嘿，它会唱歌，那不是什么鬼把戏吧?"

威尔摇了摇头："你开什么玩笑？不信你去问问帕尼娅——米恩也跟她一起唱过歌，亨特全都录下来了。"

———————————
① 菲尔博士是美国著名电视心理学咨询专家菲尔·麦格劳。

"我无意冒犯，好吗？只是之前从没有见过或者听过这种事情。"

威尔咧嘴笑了："没错，相当疯狂。"

后门被人敲了敲，维芙的脑袋出现在墙角处："我可以进来吗？"

迪恩站了起来说："要不要来杯茶？"

"不劳你大驾，我自己来。"维芙倒了一杯茶，然后坐到桌子前。她和迪恩看上去都羞羞答答的。他们匆匆地瞄了彼此一眼，腼腆地笑着。维芙说："哦，整体情况是这样的。除去所有的费用后，总共募集到两千八百四十澳元！头开得还不错。"

威尔的心突然一沉，差不多还差七千。在缴纳期限到来之前，他根本没有办法凑齐剩下的数目。"棒极了，非常感谢。"他努力让自己的语气显得热情一些。

"所有人都被你的歌征服了。凯茜觉得我们应该把视频上传到YouTube 上，发起募……"维芙说。

威尔噌地站了起来："不行！"熟悉的紧张感再次紧紧地钳住他的胸膛，"你必须向我保证，你们不会那么做。"

"嘿，冷静，只是个提议而已。"迪恩冲着维芙挑了挑眉毛，"抱歉，她总是这样。谢谢凯茜，但是不用了。"他用手指在桌子上打着4/4 拍子，接着拍子声慢慢弱了下去，"如果需要的话，我就卖掉一些股份。"

威尔摇了摇头，顿时感到一阵头晕眼花："绝对不可以！"

"不可以什么？"亨特从迪恩充当办公室用的小卧室里走出来。他看上去好像彻夜未眠，眼睛下方现出深紫色的黑眼圈。

"没什么。"威尔说道，"你睡得还好吧？"

亨特耸了耸肩："各种各样的梦。梦见我变成了一条三文鱼，你们相信吗？非常恐怖，快被多氯联苯和二噁英熏死了。四点钟的时候我就醒了，再也没有睡着。"

"那些可怜的鱼啊，"维芙说，"随你怎么说吧，想用可持续的方式来养殖它们，几乎不可能。"

"当然有办法，"迪恩说，"只是钱的问题。除了一大笔钱，还要有决心。"

"我爸爸把钱花错了地方。"亨特说，"我一直劝他把钱花在密封箱和新型鱼饲料上，但他就是不听。"

迪恩站起来，对亨特说道："带上一些吃的，小子，我想赶在布鲁斯去之前检查一下渔网。我需要你给我放哨。"他把碗拿到洗碗池，中途停下来，帮维芙把衣服上的标签塞回 T 恤里，然后手指停留在她的脖颈处。"今天晚上，你想不想来我家跟我们一起吃晚饭？我的朋友，也就是那位虎鲸细语者，对自己的厨艺很有信心——我们让他说到做到，如何？"他冲着威尔假笑着说。

维芙转过身，看着威尔。迪恩刚才开的玩笑，让她眉开眼笑。"你擅长做什么菜，音乐大师？"

他擅长做菜吗？电视烹饪节目如火如荼的时候，他确实曾实验过一段时间。本来觉得用它来应付女孩应该不成问题，没想到大错特错，给他带来的只有更多谣言。网上有人说他是一个脾气暴躁的同性恋。唱歌、演出、烹饪——该死，他竟然连一项所谓男人应该掌握的技能都没有学会。实际上，他现在已经学会开船了，还会照顾鲸鱼。

"很好，"迪恩说，"那就说定了。上午我们先去看看养鱼场，然后去把亨特的家当收拾一下。晚上六点一起吃晚饭，如何？"

维芙咧嘴笑了："听上去不错。"

196

"那好，这可是一次约……"迪恩刚说出"约"字，脸就"唰"地一下红了，"哦，闭嘴。"

他咚咚咚地朝后门走去，身后响起一片戏谑的笑声。

他们到富兰克林湾的时候，恰好是上午十点，到处都找不到米恩的身影，但好消息是，这里也没有布鲁斯的身影。迪恩把小汽艇在浮筒码头上停好后，他们一起下船，来到人行道上。鲍勃·戴维斯从工棚里走出来，向他们问好。

迪恩迎上前去问："渔网是怎么回事?"

"你还是自己看看吧，"鲍勃说，"被那个小混蛋给咬坏了。"

威尔紧紧地盯着他："你亲眼所见?"

"不用亲眼看见就知道都发生了什么，没有比这更清楚的事实了。"

他们跟在鲍勃身后，来到东边的那些网箱前。里面还有一些三文鱼在游来游去，但跟其他网箱里挤挤挨挨的三文鱼相比，简直是空无一物。

"那里。"鲍勃指了指转角处。渔网已经收到了一起，上面的金属丝被弄断了，撕开一条一米左右长的口子。

"这个跟上次的一点都不像——上次那个裂口是参差不齐的，还被拉变形了。"亨特说。

鲍勃咕哝了一句："也许它学聪明了吧。"

"胡说八道。"迪恩说，"昨天谁值班?"

"没有人上班。布鲁斯说他来喂鱼，叫我们休息一天。"

迪恩的脸色变得阴沉起来。他张开嘴，正要说话，却被加速开进海湾的"大猫号"的轰鸣声打断了，是布鲁斯来了。"该死，"迪恩转过身看着威尔和亨特，"你们俩赶紧到工棚里去，马上。这是布鲁斯和我之间的事。"

威尔有些害怕："可是……"

"没有什么可是。马上给我进去，不许出来。"

这真是一个糟糕透顶的主意，可是他如果不藏起来的话，亨特也不会走。"走吧，哥们儿，我们藏起来吧。"

亨特还在犹豫，威尔只好拽着他的胳膊拉他走。亨特愤愤不平地嘟囔了几声。

他们刚钻进工棚，布鲁斯就到了。他们挤在门后面，看着布鲁斯走上人行道，想听清楚他到底在说些什么。布鲁斯的语气很愤怒，但是压低着音量，威尔根本听不清楚他到底说了些什么。

威尔瞥了亨特一眼："你是怎么想的？你觉得是米恩干的吗？"

亨特冷哼一声："我很疑惑。我见过被米恩破坏的渔网——跟这个根本不一样。迪恩的推断是对的，肯定是我爸爸自己干的。"

此时此刻，工棚外面的说话声大了起来。迪恩火冒三丈："狗屁不通的理由，你以为他们不会仔细看那个……"

"你他妈的少管闲事。养鱼场是我的，我说了算！"

"是吗？我把自己二十年的青春都献给了它，而且……"

"那你可以滚了。我受够了你多管闲事，还有你那个女里女气的……"

外面响起了闷哼声，接着又是一阵不太一样的声音，好像是谁在用力吸气。看到迪恩踉踉跄跄地朝后退，威尔一个箭步窜出门口。布鲁斯怒气冲冲，双拳紧握。

"你待在这里。"威尔对亨特说，又把他往工棚里推了推。他沿着人行道，拼命地往前跑。"不许碰他！"跑到迪恩身旁后，他停住了脚步。

鲍勃·戴维斯和一个名叫里克的家伙正在附近。鲍勃把一只手搭到威尔的肩膀上，想要制止他。威尔抖抖肩膀甩掉了。

布鲁斯转而攻击威尔："都是你的错，你这个娘娘腔。赶紧从我的养鱼场滚开！你，还有你那该死的舅舅！要是让我再看见你们中的任何一个……"

迪恩再次加入对战，拳头紧握："不许把威尔卷进来，这跟他一点关系都没有。你要是胆敢让保险公司向他索赔，我就揭穿你。你这个满嘴谎言的混蛋！"

迪恩还没把话说完，布鲁斯就挥起他硕大的拳头打了迪恩一拳。迪恩的身体摇晃起来，腿脚根本不听使唤，身体慢慢倒了下去，脑袋"砰"的一声砸到甲板上。威尔飞奔到他身旁，摇晃着他的身体，吓得魂飞魄散。可是，迪恩已经昏迷过去了。威尔不知道自己到底应该用水将他浇醒，还是等他自己苏醒过来。哦，天哪，他低头看着迪恩——面色苍白，不省人事，双眼开始肿胀起来——好像是一个出了窍的灵魂。只是这次躺在地上的那个可怜虫是迪恩，而不是他自己。

威尔听到身后传来一声咆哮，走道跟着晃动起来，亨特怒气冲冲地跑了过来。

"你个混蛋！"亨特向自己的爸爸冲去，用脑袋撞向布鲁斯的胸膛。

布鲁斯打了个趔趄，但没有跌倒。他飞扑到亨特身上，拳打脚踢。亨特无所顾忌地还击着，空气中回荡着闷哼声、肉搏声，还有膝关节撞击骨头的声音。威尔想把他们拉开，但是里克抓住他的衣领，把他拎了起来。他拼命挣脱，但脖子被卡住了。

此时，亨特已经倒在地上。他依然在挣扎，嘴巴一边流血，一边咒骂着那个老混蛋。布鲁斯没有停手，用脚使劲地踢着亨特，亨特的身体缩成一团。他不停地踢，不停地踢，还用钢盔砸亨特的肚子。

"让他停手！"威尔拼命挣扎，但被里克紧紧地抓住。他们怎么可以这么无动于衷地看着？他呼吸急促，往日恐怖的记忆和眼前活生生的噩梦共同折磨着他。

把亨特打得一动不动之后，布鲁斯朝他吐了口唾沫："跟你妈一样，都是废物。"布鲁斯的鼻子往外流着血，他用手擦了擦，结果抹得满脸都是。他瞧都没瞧迪恩一眼，就气冲冲地回到自己的船上解开缆绳，开着"大猫号"疾速地离开了。船激起的尾流让养鱼场里的设施都颠簸起来。

威尔转身看着挤在身边的鲍勃和里克。他们只是站在那里，根本没有想帮忙的意思。"你们两个混蛋，赶紧过来搭把手！"迪恩苏醒过来了。谢天谢地。可是现在威尔不得不做出选择：是救看上去可以活过来的迪恩，还是去救够呛能活过来的亨特。

威尔蹲到一动不动的亨特身旁，伸出手臂枕在亨特正在流血的脑袋下。"没事了，哥们儿，他已经走了！"他把亨特眼睛上的血擦掉，然后把他眉骨上开裂的伤口捏合到一起，不让伤口继续流血。布鲁斯的攻击让威尔心有余悸。此时，他不禁瑟瑟发抖。

迪恩痛苦地呻吟着。他用手和膝盖支撑着身体想站起来，却没有成功。他闭上眼睛，晃了晃脑袋，然后爬到亨特的身旁。他面色灰白，一只眼睛肿得老高，问道："发生了什么事？"

"他跟布鲁斯打起来了。"威尔回答道。亨特的呼吸非常微弱，这让他很担心。他摸了摸亨特的脉搏——又快又弱。"我觉得应该马上把他送到医院去。"

迪恩摸出手机，笨拙地摆弄着，却怎么也搞不定。他把手机扔给威尔："拨111。"

威尔把亨特的脑袋放在膝盖上，然后拿起手机拨了出去。他用打结的舌头笨拙地描述着亨特的伤势。

"你可以把他送回布莱斯吗？"接线员问道。

"我不确定是否可以挪动他。"他朝正在检查亨特四肢伤情的迪恩看了一眼。

"问题是直升机出去执行任务了，要是派急救人员到布莱斯的话，大概也需要半个小时，而且还得给他们找一条船——如果你们能把他送到布莱斯的话，可以大大缩短时间。"

"好，我会尽力的。"

"需不需要我一直保持通话，对你进行指导？"

她认为威尔是有几只手啊？"不用。如果需要的话，我可以再给你打电话吗？"

"当然可以，我们会时时关注你的电话号码。到了之后，请给我打电话——如果急救车还没有到的话，我可以随时向你报告进展。"

威尔挂断电话，然后转过身看着迪恩："我们得把他送到布莱斯去。医护人员会在那里跟我们会合。"他往周围看了看，发现鲍勃和里克已经回到工棚旁边。"把他抬到小汽艇上去！"他大声叫道，语气强硬到自己都感到吃惊。那两个混蛋怎么可以站在一旁，什么忙都不帮呢？简直让人难以置信。

　　鲍勃和里克竟然没有争辩，真是出乎意料。他们匆匆跑过来，小心翼翼地抬起亨特庞大的身躯，威尔则托着他的脑袋和脖子。迪恩深一脚浅一脚地跟在他们身边，走起路来依然摇摇晃晃的。他们把一动不动的亨特抬到船上，让他靠到迪恩的胸前。

　　威尔启动发动机，着急忙慌地想要离开，连停泊在浮筒码头上的船都给撞坏了。即便舷外发动机的响声震耳欲聋，他依然能听见亨特的呻吟声。*求求你了，老天，别让他死掉。*

　　回布莱斯的路特别漫长。威尔全速驾驶着小汽艇，迪恩扶着亨特血流不止的脑袋，罕见地一言不发。感觉过了很长时间之后，海湾的标志终于映入他们的眼帘。看见在码头上等待的救护车闪烁的车灯，威尔的眼里蓄满了泪水。

　　他还没关掉发动机，医护人员就来到了小汽艇上。他们用护脖将亨特的脖子固定好后，把他抬到了平板担架上，然后手法娴熟地将担架轻轻地平放到地面上。检查完生命体征之后，他们又把亨特抬到轮床上，给他插上氧气瓶，挂上生理盐水。亨特的眉骨还在流血，他们用医用胶带将伤口包扎好，最后把他抬上了救护车。

　　"把迪恩也带上。"救护车打算开走的时候，威尔说道，"他也受伤了。"

　　"不用，我没事。"迪恩说。

　　一位医护人员来到他面前，掀开他那只肿成高尔夫球一般大小的眼睛，用手电筒照了照。"你最好跟我们一起走，不必跟我争论。"他转过身，看着威尔，"那你呢，小伙子？你怎么样？"

　　"还好。"反正他那突突狂跳的心脏和砰砰乱响的脑袋都是老毛病了。

那位医护人员的脸上露出怀疑的神色："也许你也得跟我们走，呃？"

威尔瞥了迪恩一眼："我没事，先生。我还得去把船停好，不然的话，他会杀了我。"

"你确定不用跟我们走？"

"嗯，你们赶紧走吧，我不会有事的。"

"脑震荡可不是小事，小伙子，先缓一缓再去做其他事情。我们会把他们送到怀劳医院去的。"

威尔耸了耸肩，就好像他不知道什么是脑震荡似的。实际上，他都快成这方面的专家了。

他注视着医护人员把迪恩和亨特抬到救护车的后部，然后拉响警报器疾速离去。

停好小汽艇，把钥匙还回去后，威尔就弯下了腰。他抱住砰砰作响的脑袋，呕吐感一阵阵袭来。他吐了一次又一次，难受得不行，双腿都站不住了。他重重地跌坐在地上。**这一切都是自己的错。**

威尔真希望此刻自己也待在救护车里。他根本不知道自己怎么了，这让他很恼怒。他得去医院，不能像一个哭鼻子的小孩子似的坐在这里。

他站起身来，刚把混合着眼泪的鼻涕擤掉，帕尼娅就急火火地向码头跑来。

"发生了什么事？我们听见有辆救护车打这里驶过。"

"布鲁斯发疯了，把亨特打了个半死，还有迪恩。"

"哦，我的天哪！"她伸出手，抓住威尔的胳膊。"你没事吧？"

"嗯，嗯，我没事。"

"你在流血。"

威尔直直地盯着她，一脸困惑的表情。不可能，他就是个窝囊废，连把里克打趴下的力气都没有。他低头看了看自己的衣服，上面沾满了亨特的血。"不是我的血。"

"那就好，但也是个坏消息。哦，天哪，可怜的亨特！"帕尼娅伸开胳膊，抱了抱他。她身上闻起来有混合水果的香味。威尔忍不住想把脸埋进她那浓密的秀发里，闭上眼睛，永远不走开。

可他没有那么做，而是断断续续地叹着气说道："我得走了。"

"你打算怎么去？"

"开迪恩的车去。"

"你有驾照吗？"

"我有一张限制性驾照。"

"我也走。"帕尼娅说，"我来开车，你看上去并不适合开车。"

"可是，你要是载客被抓住的话……"

她耸了耸肩："那又怎样？这可是紧急情况。"

威尔知道不应该把她牵扯进来。要是被迪恩知道了，他肯定会发疯的。不过，她说得对，他状态不佳，甚至没法思考，只要闭上眼睛，就会听到布鲁斯抡拳头的声音，看见亨特开裂的眉骨往外喷涌鲜血的画面。

"好，我们走。"

第二十三章 残暴行径

那天，我看见歌唱男孩了。我是躲在水下看到他的，他正在推搡抓他的那个贪婪之徒。他扬起拳头，满脸愤怒，虽浑身充满恐惧，但还是在反抗。我能感觉到他的怒火，还有他对高个子男孩被打时的感同身受。我也见识了那个男人对高个子男孩的疯狂攻击。那个男人眼神癫狂，声音粗粝，语调冰冷。

他的攻击没有任何理性可言——甩耳光、嘶吼怒骂、撕扯拉拽——跟其他变坏的人一样，既卑劣又盲目。就连鲨鱼都只会为了满足需要，而不会为了泄愤而大开杀戒；我从来没有见过谁流露出如此强烈的野性气息。人类对人类，竟用如此暴行！

我一直没有弄明白贪婪之徒们为什么这样做。我们所有人都有欲望，好的或者坏的，必须在善良和冷血杀戮之间做出选择——否则就要永远在这两者之间摇摆，做不到坚守其中任何一方。我们必须选择一条道路，想清楚到底是用一生来追求正义的目标，还是追逐邪恶又卑鄙的浪潮。当我们可以拥抱智慧、善意和甜美深情的歌声时，为什么却选择乌糟糟的命运？

今天，那个肆意妄为的人类只想要高个子男孩的命。男孩被打得不成人样，他却驾船急速离开了。我朝前靠近，歌唱男孩并没注意到我。他把高个子男孩扶起来，抬着他朝码头快步走去，根本没有看到我，也没听到我的歌声。

意识到被男孩抛弃后，我心如刀割。当那个伤害过我的人用邪恶的眼神盯着我的时候，恐惧的感觉又回来了。我知道再待下去会很危险。因为此时歌唱男孩的心思，都放在高个子男孩身上，我得不到任何援助，只感到烦恼、折磨和痛苦。

从这里可以得到什么样的教训呢，我忠诚的游客朋友们？就是，哦，就是：我们要尽力从族人那里寻求安慰——孤独不能带给你爱——当然，为了思考得更深入，我们也需要有时间独处。往深处游去，在人迹罕至处寻找到自由，带着我们最隐秘的那一面巡游。

哦，高个子男孩，我的心为了你何其伤痛——也为了我那位忧心忡忡、脸色惨白的朋友伤痛。我们都还太年轻，不懂得这个道理：只有直面脑海里的恐惧，才能让我们得到自由。

第二十四章
说曹操曹操到

帕尼娅拿出开船时的架势，自信十足地开着车。她行驶在炎热的乡间公路上，平稳快速地朝怀劳医院开去。威尔瘫坐在副驾驶座上，轻声哼着歌，好让自己镇定下来，努力把亨特挨打时的声音从脑海中驱赶出去。这些声音跟他的记忆搅和在一起；每一声重击他都能感受到，好像挨打的那个人是他。

"警察现在肯定会指控布鲁斯吧？"

帕尼娅快速朝他看了一眼："你太想当然了。爸爸说布鲁斯之所以能逃脱指控，就是因为亨特被他捏住了。"

"亨特到底为什么不去控告布鲁斯？我实在是想不明白。"

帕尼娅耸了耸肩："不知道。不过，布鲁斯是个货真价实的控制狂。迪恩说，亨特的情况跟那些遭受家暴的妇女差不多，她们离不开自己的丈夫，被吓怕了，也在一定程度上被洗脑了。"

"嗯，亨特跟我也是这么说的。可是，这也不代表别人就不能替他说话啊。"

"得了，你以为大家没试过吗？本地的警察都跟布鲁斯称兄道弟。

虽然也有人向更高层反映过，但总是石沉大海。我妈妈甚至给儿童青少年家庭服务中心打过电话，可他们只是把亨特列入了名单而已。询问他问题的时候，他一个字也不肯说。实在太糟糕了。"此时，前方有一辆开得慢吞吞的拖拉机。司机看他们接近，赶紧让开道好让他们过去。帕尼娅摁了摁喇叭，表示感谢。"这次运气还不错，你和迪恩可以当目击证人，警察们肯定会有所行动的。"

"都是我的错。要是我没把事情挑出来，没有鼓动大家帮米恩的话，这种事永远都不会发生。"

帕尼娅拍了拍威尔的后背说："别犯傻了，冰冻三尺，非一日之寒。即使没有米恩，也会发生其他事情。"

"你真的是这么认为的吗？"

"我知道肯定会有这一天。这是布鲁斯的行事风格。"

他们穿过一片片精心打理的葡萄园，离布伦海姆郊区越来越近。一只老鹰在他们头顶滑翔，威尔的脑海里浮现出从空中俯瞰这片土地的样子：干裂的地表上梳出一条条黑色的麻花辫。他努力克制着不让双脚发抖，这是他高度紧张的精神跟他耍的新花招。要是亨特挺不过去的话，那该怎么办？要是布鲁斯再次盯上米恩，又该怎么办？

他们找到了怀劳医院，转了两圈之后，终于找到一个停车位把车停下，然后向急诊室跑去。护士抬头看到他们，先是愣了一下，然后才反应过来。

"哦，你们好，我见过你！昨天晚上，我也去参加音乐会了。你跟那头幼鲸一起唱歌的情景真是太令人难以置信了。"

威尔感到浑身燥热："谢谢。"

"你需要我帮你做什么？"

"他们刚刚把我舅舅和我朋友从布莱斯转送到这里。我们可以看看他们吗？"

护士瞥了一眼屏幕说："迪恩·麦克唐纳，对吗？"

"是的，还有亨特·戈德西尔。"

"哦，没错。"她的眼神落在威尔牛仔裤和T恤的血迹上，"你舅舅正在接受检查——不过，如果你想探视他的话，可以去。"

"也可以去看看亨特吗？"

"医生们还在会诊。"她站起来，指了指一扇安全门，"到那里去，我给你们开门。"

他们进去后，在护士的带领下，来到用帘子隔开的床位旁。迪恩正躺在床上，身上盖着一条薄棉毯。这会儿，他的那只眼睛肿得非常厉害，已经睁不开了。

"嘿。"威尔在床尾处站住，帕尼娅则小心翼翼地抱了抱迪恩。

"真他妈吓人，舅舅，你看上去就像是从恐怖电影中走出来的僵尸。"

迪恩扬了扬眉毛："我记得你不能说脏话啊。"

"该死的。"帕尼娅飞快地用手捂住自己的嘴巴，"哦，他妈的，我又他妈说脏话了。哦，他妈的。"

威尔大笑起来，看到迪恩的嘴巴也抽动了几下，他顿时感到十分欣慰。"连骂五次，棒极了！"他咧开嘴朝迪恩笑了笑，"我们可以收到一大笔封口费了！"

帕尼娅翻了个白眼。威尔往前挪了挪，坐到病床的一角，然后把病房里唯一的凳子让给帕尼娅坐："你感觉如何？"

"蠢货。我说了我没事，但他们坚持让我住院。"

"亨特呢？"

"我不太确定，他还没有清醒过来。我觉得他们是担心他受了内伤，正在给他做扫描呢。"

"我感到很抱歉，真的非常抱歉。我给你们添了这么多麻烦。"

"不是你的错，事情迟早会发生的。"

帕尼娅咧着嘴笑起来："早就告诉过你了。"

威尔的口袋振动起来。他竟然忘了迪恩的手机还在他这里。他把手机递给迪恩。

"喂？"迪恩接通电话，把眼睛闭起来，用手指抚弄着肿胀的眼圈，"那太好了，我会告诉他的。"他看了威尔一眼，朝他翘了个大拇指，"嘿，今天晚上一起吃饭的事，我只能取消，临时有事。"他点了点头，皱紧了眉头。"别犯傻了，女士，我们在怀劳医院。布鲁斯把亨特暴打了一顿，打得非常厉害……嗯，好，好的。不过，嘿，好消息是警察已经插手了……好，我会的，谢谢。"挂断电话后，他捏了捏额头。

"一切都还好吧？"威尔问道。迪恩脸上的红色擦伤和深紫色淤青在苍白肤色的衬托下格外显眼。他看上去老了很多，疲倦极了。

"维芙说，凯库拉鲸鱼观察组织的小子们在离海岸十公里左右的海域发现了米恩家族的踪影。"

威尔的心跳像铙钹一样一阵急响："你没开玩笑吧？它的族人真在那里？"

"她正在联系英格里德，想看看她会给些什么建议。"

"太棒了！"

一名护士掀开帘子，走了进来："抱歉打扰了，警察来了。他们想跟你谈谈——不过，前提是你愿意。"

"叫他们进来吧。"迪恩挣扎着想要从床上坐起来。

那名护士急忙伸手制止他："现在你好好地平躺着，好吗？动得越少越好。"她看着威尔和帕尼娅说："你们最好到外面去。"

"不，威尔，你留下来。他当时也在现场。"迪恩告诉那名护士。

"反正我得给妈妈打个电话，"帕尼娅说，"她肯定在到处找我。"

帕尼娅刚转身离开，两名警察便走了进来。其中一名头发已经花白，另一名长了一脸痤疮。他们直奔主题，先是问布鲁斯都干了些什么。威尔有些不自在，他可没有迪恩说的那么勇敢。轮到他做笔录的时候，他直接向警察们坦白承认，自己一点用也没有，极度无能，什么忙也没帮上。他的心中满是羞愧。

"你们会控告布鲁斯吗？"所有问题都问过一遍后，迪恩问道。

"我想会的。"年长一些的吉尔罗伊侦缉警司回答道，"这是一起严重的暴力袭击事件。"

"而且不是第一次。那个可怜的孩子一直活在布鲁斯的拳头下。你们应该去布莱斯跟罗恩·图古德了解一下。这么多年以来，他一直对我们的投诉置若罔闻。"

"这是一项非常严重的指控，麦克唐纳先生，你真的确定吗？"

迪恩使劲点了点头，结果用力过猛，他抱住脑袋，强忍着痛才没有发出呻吟声。过了好一会儿，他才继续说道："既然你们负责调查这起案件，最好也去查查哈利·安德鲁斯。鲍勃·戴维斯用枪射伤了那头虎鲸，但他视而不见。我这里还有一份布鲁斯业务往来的资料，里面涉嫌保险诈骗，应有尽有，也要找人仔细研究研究。"

那名进进出出的护士把迪恩的枕头整理了一番说："时间到了，

先生们。"

"我们会随时跟你联系的。"吉尔罗伊侦缉警司说。

发生了那么多事，收场竟然如此草率，真是有点莫名其妙。威尔直想哭，可怜的亨特。"我真的很高兴，终于把事情交代清楚了。你还好吧？"威尔说。

"我很好，小子。吃完止痛药一点都不疼了。你怎么样？"

"我想还好，我去找一下帕尼娅。"

帕尼娅坐在候诊室的角落里，正翻阅着一本破旧的女性杂志，杂志封面上印着一行醒目的字：如何在两周内减掉二十公斤。

"进展如何？他们接下来打算怎么办？"

"看上去还可以。"威尔蹲到帕尼娅身旁的地板上，身体靠在墙上，"跟你妈妈通过电话了吗？"

"她会叫人来接我——那样的话，你可以开车把迪恩送回家。"

"很好。"他站起身来，趁自己还没打退堂鼓之前，在帕尼娅的脸颊上快速地亲了一下，"非常感谢。顺便说一下，你说得对，我那会儿确实不便开车。"

威尔敢发誓，被他亲过之后，帕尼娅的脸颊变成了绯红色。"知道亨特的情况后，给我打个电话，可以吗？"

"当然可以。不过，我没有手机。前一段时间，我烦死这个东西了，便把它扔进了饮料里。"他耸了耸肩，"迪恩有你的号码吗？"

"我的手机号码他很可能没有，不过，他应该有我们家的座机号码。"

"好的，我翻翻他的通讯录。"威尔冲着她笑了笑，想弄清楚她那双眼睛属于哪种蓝色。天蓝色，还是海蓝色？也许两种蓝色兼而有之，略带斑点。他的身体晃了晃。"我得回去了。走之前，你想不想再见迪恩一面？"

"不了，请帮我给他带个好，他需要休息。"帕尼娅把一绺鬈发撩到耳朵后面。那绺头发很长，发梢处有点尖，让她看上去就跟个小精灵似的。他喜欢她这个样子，这让他想起《指环王》里的亚玟。"如果你愿意的话，我可以去帮你看看米恩的情况，让你知道他是否安全。"

"谢谢，那太好了。"威尔站了起来，打心眼里不想走。跟帕尼娅在一起，有一种说不上来的舒适感；唱歌的时候，他也会感到有股暖意在体内流动，还会有一种轻飘飘的感觉，跟此时的感觉一样。

回到病房时，迪恩正在打鼾。威尔蹑手蹑脚地走出去，找到那个和气的护士。

"他总是睡觉不会有问题吧？会不会不好？"

"没问题的，医生们说多睡觉对他有好处——只要有人仔细看住他就好。让他住院，就是因为这个。"她拍了拍威尔的胳膊，"看上去，你也需要休息一下。"

"嗯，今天实在是太累了。亨特有消息吗？"

"他们把他转移到手术室里了。他的一个肾和脾脏可能有些问题。"

"他不会有事的，是不是？"恐惧感卷土重来，紧紧地压住威尔的心窝。

护士点了点头："只要其他地方都好，他就不会有事。不过，我们需要先等一等才能知道确切的结果。"她仔细地看着威尔的脸，"穿过那边的几扇门后，有一个员工餐厅，去那里喝杯咖啡，吃点饼干吧。

这会儿吃点糖，对你不会有什么害处的。"

她说得没错。威尔坐在迪恩病床旁的凳子上，一杯加糖速溶咖啡和四块巧克力曲奇饼干下肚后，他肚子里顿时不那么难受了。他闭上眼睛，到底应不应该给爸爸妈妈打个电话呢？可是，他们能帮得上什么忙呢？什么忙也帮不上，只能着急上火，而且给他们找的麻烦已经够多了。

威尔的思绪又转回到帕尼娅身上。跟她待在一起感觉很好，犹如喝冷饮一般，既舒服又安宁。他多想好好亲吻她呀。可是，他又没有那个勇气。他不确定吻自己的远房表妹是否合适。老天，这算不算乱伦？那迪恩和维芙又该怎么办？**请让我明明白白地告诉你，我永远不会这么做！这个，哦，这个，[吻对方] 哦，这个，[吻对方] 哦，这个，[吻对方] 我永远、永远不会这么做！** 当时演出的时候，他要一边唱这首歌，一边亲吻可怜的卡梅拉·里奇。带妆彩排的时候，八九年级的孩子可乐意干这事了。一开始的时候，他也很喜欢这么做，打着艺术的幌子亲吻她。但后来她那个傻头傻脑的男朋友紧张起来，每次彩排、每场演出，都会亲自到场，怒气冲冲地看着他。有这么一个人在旁边监视着自己，谁也不会有心情去享受。

威尔瞥了一眼病床，发现迪恩已经醒过来正盯着自己看。他吓了一跳。

"你有心事，小子。你没事吧？"

威尔突然感觉臊得慌。他用手指甲使劲掐着手掌："我在想你和维芙的事。她是你的远房表妹，是吗？"

"是啊，怎么了？"

"那样子没问题，是吧？你知道的，比如说谈恋爱？"

"你是谁啊，基因警察吗?"

"闭嘴！我只是好奇而已！"

"嗯，嗯，没什么，小子。第一代表兄妹结婚会有风险，人们都这么说。"迪恩稍稍动了动身体，疼得龇牙咧嘴，"不管怎样，还是谢谢你的关心！"他盯着威尔，那眼神好像能将威尔脆弱的借口一击而穿，看出他其实是一个好色的蠢货。迪恩咧开嘴笑了："打听别人的事情会让你付出代价的！"帘子被人掀开了，维芙的脑袋探了进来。"哟，哟，说曹操曹操到。"迪恩叫道。

"你指的是布鲁斯吧?"维芙走到病床边，仔细地检查迪恩那只肿胀的眼睛，"哎呀，看上去挺严重。你感觉如何，帅小伙?"

"准备要回家了。你怎么来了?"

"过来看看到底发生了什么事情。"她飞快地在迪恩额头上吻了一下，"另外，替凯茜把帕尼娅接回家。"

"那个消息是真的吗?"威尔问道，"跟米恩家族有关的消息?"

维芙挨着迪恩坐下。"那些人应该不会错。他们在帮英格里德追踪虎鲸。"

"他们知道如何把它引到那里去吗?"

"抱歉，我没顾得上问。不过，如果可能的话，我今天晚上就会联系上英格里德。"她低头看了迪恩一眼，"科拉说，如果你愿意的话，也可以坐我的车回家，只要在接下来的十二个小时里我好好看着你就行。"

"科拉?"迪恩问。

"就是那个护士，笨瓜。你没有认出她吗？她是我们的同学。"

"女人们的记性都超级厉害，小子。"迪恩说，"要提高警惕！"

维芙冷哼一声："你到底想不想回家，笨蛋？"

"你开我的车回去，没问题吧？"迪恩问威尔。

"嗯——不过，也可以让帕尼娅开回去，对吗？我想留下来，等等亨特的消息。到时候，如果可以的话，我想陪陪他。"

"很好，"维芙说，"这个安排很好。"她看了迪恩一眼，似乎在说："你敢不同意试试！"迪恩没有争辩，依然一副精疲力竭的样子。

护士给维芙讲完各种注意事项（她早就知道得一清二楚了）后，就签字允许迪恩出院了。威尔跟他们挥手告别后，顿时感到如释重负。他的神经几近崩溃，身体累得不行，完全没有力气再强撑着说话，装出欢喜的样子。他的脑袋里砰砰直响，犹如在演奏哀乐。

威尔依然没等到亨特的消息。他掏出维芙悄悄塞进他兜里的四十澳元，去外面找了家咖啡馆。吃了两个不太新鲜的火腿鸡蛋三明治以后，他又点了一杯双倍特浓意大利咖啡，好给自己提神。

尽管东西不太可口，好歹他把肚子填饱了。之后，威尔就窝在候诊室里看着进进出出的病人，猜测着他们来医院的缘由。有些很容易猜，比如，有个小孩的胳膊往外折得厉害，还有个笨蛋把钉子扎进了脚里。有些人哭哭啼啼，有些人弯腰驼背让人生厌，还有一些人因为晒伤和醉酒来医院，看上去凄惨极了。

威尔在候诊室里蹲守了三个半小时，打着瞌睡，脑袋里不断回放着打斗的场面，绞尽脑汁地思考着该如何阻止布鲁斯继续施暴。他深知自己当时没有做到。

最后，叫科拉的那名护士终于来找他了。"现在，他已经做完手术，大半个肾都被切除了。除此之外，脾脏严重受损，还断了五根肋骨，不过好消息是，脑子看上去没什么大问题。可怜的孩子，幸好他

216

身体强壮。"

"我可以探视他吗?"

"还得好几个小时麻药才会失效,到时他一定会醒过来的。"

"他不会有事的,是吗?"

"应该不会有事。不过,他还得在医院里待上几个星期——直到我们确定他的脾脏已经康复,剩下的小半个肾的功能恢复正常为止——接下来,他还得几个月才能完全康复。"

这么糟糕的事却得当成好消息来听,实在是让人感觉很难受。"谢谢。"威尔说。

他找到一个付费电话,想把亨特的情况告诉迪恩。是维芙接的电话。她安慰他说,一切都会好起来的。他把亨特好转的情况告诉了她,然后打给帕尼娅,可惜无人接听。为了消磨时间,他在医院外面散了散步,想让大脑清醒一下。走过两个街区后,他看到一家出售炸鱼和薯条的小店,决定用油腻的炸薯条来舒缓一下紧绷的神经。

一直等到外面一片漆黑,威尔才在护士的引领下,来到亨特的病房。亨特身上插着医疗器械的各种管子,还打着点滴,脸色白得吓人,上面的雀斑犹如相片底板上的斑点。威尔把扶手椅拉到床边坐下。这时亨特的眼皮眨了一下,然后睁开了眼。威尔咧嘴笑了起来,心里如释重负。

"嘿。"亨特试着笑了笑,但不怎么能笑得出来,但他至少尝试了,这已经很不错了。

"感觉如何?"威尔凑近他。

"很好。"亨特说,听起来他的舌头是平时的两倍大,"麻药的药效真好。"

"放屁，小子，如果这就是你想要的结果，那还有其他更容易的办法。"

"嗯，"亨特的呼吸还很虚弱，"迪恩怎么样？"

"他还好。他的脑壳硬得很——很显然，跟你的一样。倒是维芙有点奇怪——她觉得迪恩没有力气跟她争辩，这反倒是件好事。"

"精辟。"

"别说话浪费体力了，好不好？我会一直待在这里，打个小盹儿。"

"谢谢。"亨特闭上眼睛。

对亨特来说，知道自己并不是孤身一人已经足够了。就像米恩一样，威尔行动上的支持给了它精神上的动力。参加试唱失败，威尔灰头土脸地逃回家后，爸爸妈妈也是这么做的。

米恩的家人有可能就在这一带，也许离这里最多只有几百公里远。这让威尔非常恼火，甚至极度沮丧。在他看过的那些国外网络视频中，大多数情况下，虎鲸会被放进网箱里，然后从陆路运走。不过，要在短时间内筹集到那么多运送费有些不太可能，太难了。最可行的办法就是让米恩跟在船后，游出佩洛勒斯湾，绕过海岛，穿过库克海峡，再沿着海岸，游到对面的凯库拉。嗯，没错，在皮吉特湾，人们曾将一个游泳圈拴在船尾，用游戏的方式引导卢娜往前游。这不算太难。不过，那个小家伙跟米恩一样，注意力集中不了多久，跟刚会走路的孩子差不多。一看到伐木船和独木舟，甚至是根木棍，它就会跟上去。还有，自己该开哪种船去航行呢？不管他的信心有多足，"泽迪号"肯定撑不住。库克海峡的情况太复杂了，简直无法预料。开"泽迪"去绝对是疯了，那跟自杀没有两样。就算"泽迪号"应付得了那边的

218

海浪，那也要花上好几天时间。

当然了，他还得缴纳罚金。下周就是最后期限了，威尔还是不知道该如何解决这个问题。不过，他不得不承认，音乐会募集到的资金已经相当可观。事实上，他越想这件事，就越是感到吃惊：村民们竟会如此支持他。这个地方，他曾经都不乐意正眼瞧一下，觉得自己永远也融不进去。可是，这里的人把他当成自己人，慷慨地帮助他。奇妙、怪异，却犹如一缕阳光，就像亨特努力微笑时的样子。该死，他们最好把布鲁斯也抓起来。

> 且看看命运如何作弄人们，路人甲很高兴，路人乙不高兴。可是，路人乙，我敢说，比路人甲更有前途。然而，路人甲很高兴！哦，非常非常高兴！在大笑，哈哈！哈哈！打趣，哈哈！哈哈！痛饮玉液琼浆，哈哈！哈哈！哈哈！无比快乐，无比喜悦，狂喜，路人甲真心不配！①

在描述命运如何无常方面，威廉·苏利文爵士的生花妙笔描写得最是传神。由喜转悲只在一瞬之间，如此逼真。

> 我如果是命运之神的话——其实，我并不是——路人乙应该跟路人甲对换一下。路人甲应该凄惨地死去——也就是说，假如我是路人乙的话。可是，路人甲是不是该死呢？当然应该——当然了，假如我是路人乙的话！因此，路人乙应该活得高兴！哦，

---

① 唱词出自歌剧《日本天皇》。

非常非常高兴！哈哈！哈哈！打趣，哈哈！哈哈！痛饮玉液琼浆，
哈哈！哈哈！哈哈！他命中注定要死，值得称赞的命途多舛的路
人乙！①

这并不是说他明白值得称赞是什么意思。威尔觉得应该是跟优点
相关的品质。不过，他非常明白这段唱词讲的是权衡。就像此时，他
所面临的问题从理论上来讲，是米恩的族人就在附近，亨特也被救过
来了，他本应该感到高兴才对。可是，亨特的一大半肾脏被切掉了，
自己也极有可能因为付不起那笔恼人的罚金而锒铛入狱。还有，米恩
孤身待在大海里，没有任何人保护。

威尔被压低的说话声吵醒了。他睡眼惺忪地抬起头，看见盖比·
泰勒和她的闺蜜西蒙娜正挤在门廊处。

"你们来这里干什么？"

"帕尼娅把一切都告诉我了。"盖比盯着正在沉睡的亨特说，"他
怎么样？"

"切了大半个肾，脾脏受损——哦，还有，断了五根肋骨——除
了这些之外，他都还好。都拜你那混蛋舅舅所赐！"

"哦，天哪！"盖比拖着脚走了进来，眼睛已经哭得红肿起来，
"我不知道他会干这些，好吗？我是说，我知道他有时候会打亨
特——我爸爸有时候也打我——但是，从没有打得这么严重过。哦，
我的老天爷！"

---

① 见 P218 注释①。

"他会好起来的，是吧？"西蒙娜问。

西蒙娜来到病床边。这个时候，亨特睁开了眼睛。看到西蒙娜也在场后，他的脸上笑开了花："你来了。"

"你好，"西蒙娜把手伸进背包里，掏出一根巧克力棒，"给你。抱歉，只有这么多了。"她把巧克力棒放在床头柜上。

盖比从威尔身边挤过去，挨着亨特坐下。她在亨特的耳朵上亲了一下。"老天爷啊，亨特，我真的非常抱歉。"眼泪顺着她的脸颊流了下来，"警察把布鲁斯舅舅抓去问话了。他是在来看你的路上被抓走的。"

"真他妈的干得漂亮！"威尔说。

盖比吓了一跳，说："他一直对我非常好。我没想到他会下这么重的手。"

"是吗？可整个镇子的人都知道，这是再明显不过的事，你是不是就忙着拿他给你的好处——"

"别这样说，"亨特说，"请别这样。"他冲着西蒙娜笑了笑："音乐会，你喜欢吗？"

"我很抱歉，我没跟你打招呼。我——它——"

"没关系的。"亨特的目光自始至终就没有离开过西蒙娜的脸。

西蒙娜转过脸，看着威尔："你做的那一切简直太棒了。那头虎鲸，叫米恩，是吧？——哥们儿，实在是太棒了。"

"嗯，它还算走运，没有被布鲁斯的狗腿子杀死。"

"我想跟你谈的正是这个，"盖比说，"还有一些其他的事情。"她冲门口的方向甩了一下脑袋。

要不是看见躺在病床上的亨特那么痴迷地看着西蒙娜，威尔肯定会拒绝盖比的。不过，让这个可怜的家伙跟西蒙娜单独待一会儿也没什么坏处，可能比吃药还管用呢。

威尔跟着盖比走到走廊里："你想说什么？"

盖比穿着凉鞋的脚在地毯上胡乱踩着："听着，我很抱歉，好吧，所以，别用那么凶巴巴的眼神瞪我。请给我几分钟，听我说。"

"我为什么要相信你说的话？你要是想替那个混蛋传什么话，我会——"

"他准备杀死米恩！"她眼睛里噙满泪水，"当我听见你们的二重唱时，我简直不敢相信自己的耳朵。我不知道它竟然如此聪明，如此可爱。可是，跟你和亨特不欢而散之后，布鲁斯舅舅跟他的手下说，他准备亲自射杀米恩。他会选一个有暴风雨的日子下手，这样，要好几天之后尸体才会被别人发现。"

听上去非常可信。威尔问："你为什么告诉我这些？这对你有什么好处？"

盖比重重地跺了跺脚："滚蛋！我还以为你想知道这件事呢。"

"为什么现在告诉我？自从我来到这里后，你一直对我横挑鼻子竖挑眼。可现在，你突然跑来帮我？"

"我他妈的到底该说多少遍对不起才行啊？亨特是我的表兄，好吗？布鲁斯舅舅干得太出格，简直太过分了。我没想到事情会发展到这种地步。帕尼娅告诉我，他把迪恩也暴打了一顿。真他妈的糟透了！"盖比努力克制着自己的情绪，"真他妈的糟透了。"

"好吧，至少在这一点上，我们的看法是一致的。"威尔感觉到自己心中的怒火在慢慢地消退，她看上去真的非常不安。"听着，你确定他是认真的吗？"

盖比郑重地点点头："这个周三前后，南边会来一场大风暴，他说会在那个时候动手。他说一定要'仔细些'。他的做法让我感到恶心。米恩实在是太棒了，尤其是它唱歌的时候。"

棒？天哪，他讨厌这个词，已经被用滥了。"布鲁斯做不成了，他已经被抓起来了。"

"可是，你不了解他。就算他不能亲自动手，也会让别人替他去做。再说了，我妈妈说他会被保释出来的。"她用手背抹了抹鼻子，"赶紧想想办法。不过，别跟别人说是我告诉你的。我爸爸跟布鲁斯舅舅非常铁——而且我爸爸，呃，他们俩真的很像。"

"他也打你？"

她耸了耸肩："他们真的是一类人。"

天哪！妈妈总是跟他说，要好好观察那些欺负别人的人，看看他们是不是也被别人欺负。他以前从来都没有把这些话当回事。"听着，"威尔说，"要是亨特早一点说出来的话，这一切本来不会发生。你也应该这么做。现在刚好是个机会，你可以把事情都说出来。"

盖比摇了摇头："你不明白，我妈妈会站在他那边，她总是这样。不管怎么样，我一毕业就会立马离开这个鬼地方，我会撑到毕业的。"

"你确定吗？我觉得这里的人，比如凯茜、迪恩还有维芙，都会支持你的，还有我，如果你愿意的话。"这是讽刺，还是伪善？他不太确定。

又有一行眼泪顺着盖比的脸颊流下来。"不用了，我还好。不过，还是要谢谢你。"她擦掉眼泪，"亨特会好起来的，是吗？"

"希望如此。听着，谢谢你告诉我米恩的事。"

"你唱得真的非常好——跟 YouTube 上的那段视频简直有天壤

之别。"

威尔差点大笑起来，竟能从盖比嘴里听到夸他的话。自从他来到这里以后，盖比可是他的头号敌人。"谢谢。"威尔说。

他们刚走进病房，西蒙娜立刻从亨特身边跳开了。她刚才是不是在亲亨特？从他肿胀的脸上傻呵呵的笑容来判断，她肯定是亲了。呃，天知道呢！能在那张血肉模糊的脸上下得去嘴亲，得多有爱心才行啊。

一名面孔陌生的护士从门口探进头来："探视时间到了，家属们。"

"我们明天还可以再来吗？"西蒙娜问。

"可以，探视时间是上午十一点半到晚上七点半。现在已经九点十分了。"

盖比没好气地耸了耸肩："抱歉。"

"那我们明天见。"西蒙娜对亨特说。

"爱你，亨茨。"盖比说。

"明天见。"亨特的目光始终追随着西蒙娜。

送她们进电梯后，威尔找到那名护士："我可以留下来陪护亨特吗？求您了。我可以睡在椅子上。"

"原则上来说，不可以。"

"求您了。他没有人陪，他妈妈已经去世了，他爸爸把他打成这个样子。我不想让他醒来后一个人都看不到。"

她拿着钢笔敲打着嘴唇，思考了一会儿，然后点了点头："好，可以。不过，得让他好好睡觉。他需要多睡觉才有助于康复。"

她塞给他一个枕头和两床毯子。威尔回到病房时，亨特已经再次睡着了。他把扶手椅上的脚踏板拉出来，躺了上去，但他知道自己肯

224

定睡不着。该怎么保护米恩呢？天气好的时候，他可以到海里去，跟它待在一起，可是暴风雨一来，他就不得不回家。盖比说得没错，布鲁斯那个狡诈的计划的确用心险恶。

威尔突然被亨特的大声哭嚎惊醒。声音听起来非常绝望，难以用语言表达。他摸索着走过去，小脚趾撞到了床腿上。

"怎么了？"威尔拧开亨特头顶上方的床头灯，小脚趾钻心地疼。

亨特还在做梦，眼珠子在眼皮底下骨碌碌地转着。威尔轻轻地摇晃他，生怕吓到他。

亨特慢慢地清醒过来，睁开了眼睛："这是在哪儿？"

"在医院里，你做了一个噩梦。"

"威尔？该死，我还以为是我爸爸在这里呢。"

"不是的，你很安全，哥们儿。在这里，他不敢对你怎么样。"

"他来看过我吗？"

"他来不了了，警察把他抓走了。"

"该死，他们不能那么做。"

"他们当然可以，他差点杀了你。"

"他不是故意的。有时候，我会惹他生气。"亨特说这话的时候，似乎完全不过脑子，好像这些话都是布鲁斯提前塞进他脑子里的。

"狗屁，小子，他是一只疯狗。不，是恶棍。说他是疯狗，都便宜他了！"威尔告诉自己要努力控制好情绪，"你必须维护自己的权利。警察询问你的时候，把一切都告诉他们。"

"你不懂。"

"那你倒是说来听听。"

"我不能。"亨特使劲眨了眨眼睛,好把眼泪挤掉,"西蒙娜真的来过这里吗?"好吧,现在他还是什么都不能说,必须继续保密。

"当然来过!她送你的巧克力棒还在桌子上呢。"

"她亲我了。等我出院回家后,记得提醒我约她出去。"

"你得手了!也许她对病人有特殊的感觉,有护士情结!"

亨特咧开嘴笑了:"正合我意。"他想坐起来,但一动就疼得龇牙咧嘴的,只好老老实实地躺着。"你能帮我把灯关了吗?"

威尔关上开关,摸索着躺回扶手椅上:"你还需要什么东西吗?"

"不需要,盖比说什么了?"

"别操心了,哥们儿,你不用知道那些烦心事。"

"告诉我,求你了。我需要分散一下注意力——不想回想刚才那个噩梦。"

"说得在理。"威尔当然知道做噩梦的感受,"她无意中听到布鲁斯的计划,说要趁着即将到来的暴风雨天杀死米恩。"

"绝对不行!"

"没错。可糟糕的是,维芙觉得米恩的家人此刻远在凯库拉附近的海沟处。我要是能把它引到那里去的话……"

两个人都思考起这个问题。威尔又想起了船的事情。他不想认输,可是那样做实在是太危险了,尤其是在恶劣天气即将来临的时候。也许他可以试试让哈利帮自己?可是,哈利很可能会给布鲁斯通风报信。请警察们帮忙?也许可以。可是,警察真的会认真对待这件事吗?或者说,他们真的会在意这件事吗?他真的不知道。那维芙呢?她认识的绿色和平组织里的人可能会愿意帮忙,但问题是,他们得先找条船送到这里来,然后吧啦吧啦吧啦——米恩最终有可能会像卢娜一样,大家互相推诿，直到那可怜的小东西命丧黄泉。

"开'大猫'去。"

"什么？"

"开我爸爸的那艘'大猫号'，只需要九个或者十个小时就可以到那里。让米恩跟在你后面……"

"你是疯了吗？让我去跟布鲁斯借船。再说了，我也不知道怎么开啊。还有，这一路上，我怎么才能让米恩一直跟着我呢？它是什么性格，你又不是不知道。只要看到更好玩的东西，它一眨眼的工夫就会跑得无影无踪。"

"不用跟他借，直接开走。我知道钥匙在哪里，帕尼娅会开那艘船——小菜一碟。船上有 GPS，可以给你们导航。你只要一直唱歌，米恩就会跟着你们走。"

"什么，连续唱十个小时的歌吗？"

"你到底还想不想救它？"

"我当然想。但是，你的意思是让我去偷一艘价值数十万澳元的船，然后开着这艘船在该死的暴风雨天气里，穿过这个星球上最危险的海域！你的脑子被打坏了吧？"

"嗯，也许吧。"亨特闭上了眼睛。

该死，他怎么能说这种话？只有布鲁斯那样的人才会说这种话。"对不住，哥们儿，我不是这个意思。"

亨特倏地睁开眼睛说："我知道，没事。"

威尔想，亨特说的很有可能是对的——他如果唱歌的话，米恩会跟着他走。尽管在引擎声那么嘈杂的情况下，米恩能否听得见他的声音是另一回事。至于说要去偷布鲁斯的船，呃……尽管，实际上，该死的，反正他已经是个破罐子了。要是能圆满地完成这个任务——把米恩送回到它家人的身边——不论他会得到什么样的惩罚，都值了。再说了，他已经没什么可失去的了。可是，如果盖比没有听错的话，明天晚上他就得行动。她的话值得信任吗？很有可能是真的。除非迫不得已，她是不会向别人道歉的，她看上去就是这种人。

威尔的心怦怦怦地狂跳不止，难以抑制激动的心情。"狮吼美妙动听，虎尾掀起狂风，它们威严无比，当狮子咆哮时，当老虎甩尾巴时！"哦，天哪，该死的《日本天皇》。现在，这些唱词不但萦绕在他的脑海里，还在指导他该如何行事！

亨特的声音在黑暗中响起来："告诉你吧，如果你有胆量去偷我爸爸的船，我就敢去控告他。别犹豫了，威尔，你得去救米恩的命。"

该死，这简直像在跟魔鬼做交易。不过，亨特提出的交换条件对他自己来说也不安全——身体层面和精神层面都是——跟非法救援虎鲸的行动一样危险，甚至更危险。威尔要是成功完成了这个任务，至少是一件值得庆贺的事。可亨特能得到什么呢？毫无意义的胜利。他会失去父亲，得到一个坐牢的混蛋神经病……这还是运气好的情况。不过，把一切都说出来绝对是正确的选择，也是唯一该做的事。如果他注定要做一些疯狂的事情才能激励亨特的话，那也是值得的。

威尔伸出手，小心翼翼地握了握亨特的手："好吧，你这个疯狂的混蛋。我知道我肯定会后悔的，不过，你赢了。"

第二十五章
波涛汹涌的大海

你们可能会好奇，为什么我们这些老家伙总是围成一个圆圈唱歌。为了铭记，是为了铭记，也是为了把我们的歌声散播出去，好让所有人都能够听到。我们年轻的时候，总是把老人们的善意当成真理：生命是公平的。可是，亲爱的朋友们，我们知道事实不尽如此。公平与否在于我们是否愿意敞开心扉——公平也会衍生出自由。我很确定，我的歌唱男孩与我拥有同样的感受。当我们全心全意地信任和触摸彼此的时候，我们也能听到彼此的心声。记住我的话，朋友们：一旦听到这样的心声，傻瓜才会忘记。

午夜时分，月亮轻轻牵引着海浪。这时，他来看我了。他呼唤我，让我到海港边上去见他。两天两夜的漫长等待之后，我再次听到他高亢嘹亮的歌声。歌声中充满希望与幸福，我不再担心他会迷路。尽管好心的女孩也会来看我，给我安慰，可我还是想念歌唱男孩的陪伴，因为他是我的唯一。

那天晚上，夜风低语，呜呜有声，预示着糟糕的天气正在冰雪世界的天空里形成。他发现了我，吸引我靠近，让我能感受到他身上流动的友爱。他虽然站在一艘轰轰作响的大船上，但眼神一直都没有从我身上离开过。然后，他开始唱歌，声音很轻柔。他鼓励我朝大海里游的时候，那歌声透过海面，一直延伸到水下。

夜色越来越深，在他令人心安的歌声引导下，我跟在他后面游着。我们经过惊慌失措的三文鱼，路过那个舒适的小海湾，然后到达两片宽阔陆地之间的荒凉水域。他依旧在唱歌，变换着音调，尽管我非常希望他可以停一下，因为我想玩一会儿，可我没有办法对他的歌声听而不闻。那歌声跟随我，攫住我，吸引我，激励着我继续朝前游。

歌唱男孩带领我一路向前，直到第二天的拂晓。当阳光驱散黑暗，我感知到内心深处的紧张、激动和重新觉醒。我懂得了，真真正正地懂得了：我的很多族人、同类都曾走过这条路。就像脉冲和那些流传久远的歌曲一样，这些路径早就清清楚楚地存在于我们的心底。在第一批海洋生物的灵魂被孕育出来的时候，我们就已经知道这些道路了。

轻柔的风拍打着海浪，海鸟朝高空飞去。在南方来的冰冷空气的吹拂下，云层快速移动。可是，男孩依旧在唱着，他嘶哑的嗓音和破裂的音符被海浪声抬得更高，渐渐消失。那么，就去帮帮他吧，我加入歌唱的行列——我简直无法控制自己——我努力压制着内心的希望：我亲爱的族人们正好路过，它们能听见我的呼唤，来寻找我、拯救我、带我回家。

命运是一个变幻莫测的朋友：此刻给予，下一刻便把一切都夺走。赢一次，输九次。那个时候，我认为自己没有任何用处，没有办法改变命运，只能在命运的潮汐里随波逐流。可现在，我的想法大为不同了。我们每个人都可以按照自己的意愿来生活。真希望告别命运的捉弄，找到内心的勇气，找出烦恼之源，努力去相信和感恩。

第二十六章
歌声送鲸鱼回家

　　威尔给迪恩留了张字条，放在他凌乱的床头上。在迪恩呼噜呼噜的鼾声里，他蹑手蹑脚地走了出去。他抱着食物、潜水服和换洗衣物，飞快地朝码头跑去。此刻是晚上十一点二十分，外面冷飕飕的，暴风的前哨已经到来，在他耳旁飞舞。气象预报已经确认了那个坏消息：一场暴风雨正自南向北袭来，预计明天中午前后到达这里。他只有十二个小时左右的时间，但已经足够了。亨特很肯定地告诉他，时间够用了，如果一切顺利的话。威尔的计划是，把米恩安全地送到亲人身边后，就在凯库拉找个安全的地方，把布鲁斯的船停泊在那里。

　　威尔穿上潜水服，朝米恩藏身的码头附近游去。看到威尔的到来，米恩尖声叫起来，像一只饥饿的猫咪在他身上蹭来蹭去。看到米恩，威尔很高兴，这说明布鲁斯的奸计还没得逞。现在，今天晚上，一切都正常，布鲁斯不会再有任何机会了，这非常重要。尽管他的脑海里响起了爸爸妈妈严厉的声音，说他这么做就算没有送掉小命，也会被关起来。他又何尝不知道会有什么样的后果，心里其实也怕得要命。他必须紧紧抱着米恩，不然会打退堂鼓的。

　　威尔一边游，一边回想着过去二十四小时内发生的事情。除了帕尼娅，尽是一堆破事。他在医院里陪护亨特的时候，帕尼娅一直陪着米恩，直到凌晨一点，凯茜可是从不允许她这么晚回家的。上午十点左右，威尔从医院里出来，搭维芙的顺风车回家，他很想把计划说出来，可是维芙的压力很大，而且实在是太累了。跟亨特告别的时候，还大哭了一场。他不能冒着跟她吵架的风险。整个下午，他都烦躁不安，担心帕尼娅会认为这是一个疯狂的计划。终于，在她放学回家的路上，威尔堵住了她。

　　他们在迪恩家的门廊处坐着，抬头看着天上的云彩。威尔把自己的计划和盘托出。帕尼娅先是沉默，出神地盯着灰蒙蒙的天空。终于，就在威尔急得快要爆发的时候，她开口说话了。

　　"有点疯狂，不过我觉得你是对的。我倒是很乐意把爸爸的船借给你用，但是它实在没法胜任——会花掉你太多的时间，尤其是在那么大的暴风雨中。"她停下来，陷入沉思。威尔努力克制着，不去催促她。任何援助必须出于自愿，否则就是不公平。"好吧，我愿意，我会教你如何开船，但有一个条件：要是天气变得更糟糕了，你就必须停手。"

　　"说得在理。"威尔没有说自己已是箭在弦上，不得不发。她什么都不知道是最好不过的。

　　此刻，他在米恩身旁静静地唱了十分钟，然后听到了帕尼娅的口哨声。他朝斜坡游去，然后爬上了岸。

　　"你好，"帕尼娅穿了一件黑色长外套，跟漆黑的夜色融为一体，"还按原计划进行，是吗？"

　　"是的。"威尔用毛巾擦干头发，但并没有把潜水衣脱下来。一则是为了御寒，再则是为了能浮起来，他可不想被淹死。他看起来是打算偷这艘跟非洲大陆差不多大的船，不过要是毫无准备就仓促行事，那就是另外一回事了。迪恩会杀了他……该死，不管怎样，迪恩肯定会杀了他的，而且不止迪恩一个人想杀了他。还是别想这个了吧。

"好了，"帕尼娅说，"我们动手吧。"她从口袋里掏出一个手电筒，接着和威尔上了船，朝引擎旁边的储物柜径直奔去。威尔打开柜门，找到一串挂在钉子上的钥匙，首战告捷。

"听着，"帕尼娅说，"你确定要一个人去吗？也许我应该跟你一起去，给你搭把手？"

"不行，我不能再连累你了，这已经够疯狂的了。"

她皱紧眉头："你确定？如果你……我永远都不会原谅我自己的。"

"不必担心，我已经没有什么可失去的了，但你有。"帕尼娅张开嘴，刚想争辩，威尔就用手指堵住了她的嘴——多么柔软的嘴唇。"讨论到此为止。"

威尔放下手，他们四目相对。他读懂了帕尼娅，她很有胆识，知道他要独自完成这一切，这让她很受折磨，很沮丧。她真的是一个非常不错的女孩子。

帕尼娅叹了一口气，伸出手，向威尔要钥匙。她打开驾驶室的舱门，带着威尔走了进去。她直接就给威尔介绍起各种设备以及它们的功能，一步接着一步，就像在参加临时增设的记忆测试。他知道自己肯定是通不过的。

"你怎么全都懂？"

"我一出生便以船为家——每年圣诞节，布鲁斯都会开着这艘船，带我们去参加霍派运动节。我想开船的时候，他就会让我开。这就是他的怪异之处，有的时候，他真的很友善。"

"我可从没见过这样的他。"

"嗯，好吧。生意不景气以后，他的脾气就变得越来越差。所有人都说他正处于破产的边缘。"

"活该。"威尔指着仪表板后面的一个屏幕问，"那是什么?"

"是 GPS——你别犯傻了！我会帮你设定好，你只要跟着它走就好了。它会引领你抵达目的地的，一点问题也没有，只要不乱动它就好了。"她把手电筒递给威尔，"帮我照着。"

威尔给她打着光，她开始设置经纬度、航点以及罗盘方位。真是奇妙！全神贯注地操作了十五分钟后，她自顾自地点了点头。

"好了，这些都是你的航点。这里，看到了吗? 它会显示你离下一个航点还有多长的距离，航速是多少。还有那个，看见了吗? 它会告诉你，按照现在的航速，还需要多久才能抵达目的地。你如果偏离航道的话，它还会提醒你——你会听到刺耳的警报声——会告诉你如何回到正确的航道上，并且在什么时候抵达下一个航点。"

"是通过卫星吗?"

"是的，非常酷，对吧?"

"肯定比航海地图或者依靠星星来定位强多了。"

帕尼娅大笑起来："千万不要用手砸。如果这些娇贵的仪器罢工了，而你又不会捣鼓它们，那你就真的完蛋了。"

"我是真的不会鼓捣它们！那我该怎么办?"

她朝一台收音机指了指："用'甚高频'。看到那边的话筒了吗? 拿起来，呼叫 16 频道——那张贴纸上写着操作流程，还有该说些什么。就是把你说的每句话都重复三遍，所有的话都说完后，记得说'完毕'。实际上，这个还挺有意思的。"

"真的吗？真到了要用这个的时候，就不会有意思了。"

"确实如此，抱歉……不过，一定会有人接听的，所以那是你最好的选择。"帕尼娅俯下身，拧开收音机的旋钮，"不要关掉。它会实时提供天气信息。"她要回手电筒，朝驾驶舱的窗玻璃外照去；前甲板上一个体积庞大的货柜箱被照亮了。"很好，看见那个了吗？那是救生筏。如果所有办法都行不通了，就把那条红色的粗绳索拽下来，箱子就会打开。"她转过身，看着威尔，双眼在手电筒灯光的反射下，熠熠生辉。"你要向我保证，一旦出现意外，你一定要发求救信号。海上的情况真的瞬息万变，难以预料。"

"这些话千万别跟天气预报员说，他们会丢掉饭碗的。"

"闭嘴！你知道我是认真的。"帕尼娅伸出手作势要打他，被他趁势抓住，放到自己的胸前，并把她拽到了自己跟前。

"你难道不觉得应该给我这个命运多舛的水手一个离别之吻吗？"威尔觉得自己肯定是疯了。

帕尼娅笑了："我觉得可以。"她熄灭手电筒，借着码头上路灯发出的黄色灯光靠了过来。她扬起脑袋，他低下头，跟她亲吻起来。

他真想忘掉那些糟糕透顶的事情，跟她一直吻下去。威尔忍不住唱了起来："你能轻声细语地对我说，'爱一个人，就要全身心地爱，像爱自己一样爱对方。'"

帕尼娅哼了一声："疯小子！"她重新打开手电筒，灯光亮起的时候，他们忍不住直眨巴眼睛。她把钥匙插进点火开关，轻轻转动，直到让控制台亮起来。她指着油箱的仪表盘说："状态良好。"里面的柴油几乎是满的。多亏了亨特，他说自己的工作就是让这艘船处于满油的状态。难道亨特无意间早就做好了有朝一日离家出走的准备？且先不管亨特的动机是什么，他说过开这艘船到凯库拉去，一箱柴油足够了，但返程的时候，柴油就不够用了。"在库克拉海峡弹尽粮绝，还被困在暴风雨中，这可不怎么好。"如此轻描淡写，真是典型的布莱斯人。威尔真希望自己能活得久一些，好找个不合时宜的时机恰当地把这句话说出来。

"好了。"帕尼娅说，"你还有想知道的事情吗？"

"有，你为什么会这么聪明？"

她低下头盯着自己的双脚："别说了。"

"别这样，我说的是真心话。谢谢你，正如西蒙娜所说的，你很棒。"

她笑起来，腼腆地垂着头，刘海把眼睛都遮住了："你也是。"

听到这句话，威尔本应该感到高兴才对。但是，末日之钟的指针已经在他的脑海里嘀嘀嗒嗒地走了起来。要不是有她在，他知道自己肯定没有勇气坚持下去："上战场之前，请再给我一个吻好吗，小姐？"

"一点都不好笑。"她语气强硬地说。

愚蠢，真是愚蠢。"哦，天哪，抱歉，是我思虑不周。"他怎么把她哥哥的事忘了呢？

帕尼娅扭动钥匙，摁了一下点火按钮，启动引擎。船启动起来，声音非常响，他不禁吓了一跳。他们紧张地等了好几分钟，担心会跑出来一个保安或者吵吵闹闹的邻居，但什么人都没有出现。这会儿，帕尼娅把那些基本操作又给威尔讲了一遍：如何加速，如何减速，如何掉头，如何起锚。然后，她把最后一个开关指给他看。

"从航标旁边驶过后，你才能打开这个大探照灯。否则，某些人可能会发现你。但也不必担心其他船看不到你，因为天线上也有导航灯。不过，还是要开着探照灯，这样你可以看清楚米恩，明白了吗？"

"懂了，谢谢你。"帕尼娅一直记挂着米恩，这让他很高兴。不过，话说回来，发动机轰隆隆的响声也让他很担忧。"发动机的声音这么大，你觉得米恩能听见我的歌声吗？"

"嗯，这声音真的挺大的。不过，我倒是有个不错的办法！"

"又有一个办法？"

她吐了吐舌头。走进下面的舱室，带回一盘管子，就是他在养鱼场看见迪恩用过的那种管子。"你运气不错。"她说。

"我不明白。"

她把管子的一头放到嘴巴上，然后冲着管子大声喊起来，声音从管子的另一头传了出来。

"我的天，你实在是太聪明了。"

她咧开嘴笑了："正如维芙所说的，这是女人的力量。"

"向如此优秀卓越的阁下鞠上深深的一躬。"他是怎么了，又开这种玩笑？谢天谢地，幸亏她笑了。

他们把管子固定到栏杆上，然后从窗口通到驾驶室里，这样就不耽误他开船了。威尔用上帝般洪亮的嗓音唱了几句《今夜无人入睡》的台词，帕尼娅则在一旁观察米恩的反应。

"它正靠在管子旁，样子看起来有些迷惑。"

威尔把身体从驾驶室的门口探出去，又唱了几句，这一次是直接对着米恩唱的。米恩抬起头，发现他在上面。威尔咧开嘴笑了："太酷了。好主意，猫女郎！"他笑起来，想再拖延一会儿，但还是克制住了。"好了……就这样吧。"

"祝你好运，还有，小心点，好吗？"帕尼娅伸出胳膊。威尔抱住她亲吻了一下。时间很短，但甜美无比。

"回见，"他说，"给我写信，帮我留心林姆塔卡监狱的消息。"

"非常好笑。"帕尼娅跳下船，解开缆绳，扔到甲板上。威尔笨拙地开着"大猫号"驶离码头。帕尼娅向他挥手道别。那个叫加速器还是推进器，或者其他什么名字的东西，有点难弄。威尔花了好久才摸清楚它是如何运作的。他开着船离开码头的时候，稍微剐蹭了几下，他不敢去想自己应该赔多少钱。他觉得对着管子唱歌有点傻，好在旁边的水里不时浮现出米恩的肚皮。至少到目前为止，他的计划进展得很顺利。

威尔开着船在航标之间行驶，速度不是很快。出了镇子后，海面被月光照得很亮，但他还是把探照灯打开了——保险起见——还可以看清在船头激起的浪花里冲浪的米恩。跟庞大的"大猫号"比起来，米恩的个头那么娇小。这艘船异常牢固，跟布鲁斯一样壮。

威尔在这一带水域行过船，对这里非常熟悉；尽管他不太习惯驾驶"大猫号"，但一切都好——因为他很清楚哪个地方有礁石，哪个地方是陆岬。经历了前面几天的跌宕起伏，此时的平静显得尤为珍贵，他开着"大猫号"轰隆隆地驶过第一座闪烁着航标的养鱼场，欣赏着泛起涟漪的海面上反射的点点灯光。

威尔不喜欢那根管子，于是把它丢在一边。然后，他把舱门和窗户都打开，扯着嗓子唱了起来。在夜色的掩盖下，他无拘无束，也没有身份的困扰。他唱的是妈妈最爱的那首歌，是吉尔伯特和萨利文创作的另一部歌剧，非常好听。他挺起胸膛，做足排场，将所有唱段都唱了一遍，连管弦乐编曲都没遗漏。

"我乃比纳佛之头领！一个品行端正的头领！……"① 在黑夜里的大海上唱这幕喜剧，感觉实在是太好了。尽管威尔喜欢严肃歌剧，但是能让他喜笑颜开的，还是那些幽默歌剧。这都是托了他妈妈的福。那些拿英国贵族们开涮的桥段，总是让他们乐不可支。笑声，真是一件有力的武器——他早该知道的，可惜自己白白当了那么多次笑柄。

迪恩和亨特之所以能在布鲁斯的手下过活，靠的正是这种心态。枪打出头鸟，这是人之常情。有几个攻击他的评论实在有些恶毒，他本该一笑置之的，但真到这会儿才明白过来。那时，所有事情都搅和到一起了：被人攻击、父母远走、自己被送来此地。遇到米恩之前，连着好几个星期、好几个月，他都没有什么笑容。现在，看看他干的好事吧：说了个冷笑话，惹到了帕尼娅。真是愚蠢。

"我不曾多想，他们委任我为皇家海军大臣，以作奖赏……"② 对于幽默歌剧来说，节奏感至关重要。米恩跳跃着跟随威尔，与"大猫号"并肩前进。它仰望着威尔，眼睛里反射着月光。它是威尔渴求的自由化身：两个疯子在夜色笼罩的大海上航行，去寻找比他们更庞大的生物。

威尔加快了船速，他很想知道"大猫号"到底能跑多快。"大猫号"颠簸着向前冲，一直提速到十六节③。这速度快得有些离谱，不

---

① ② 唱词出自吉尔伯特与萨利文的歌剧《皮纳福号军舰》。该剧是19世纪末英格兰维多利亚时期获得全球成功的幽默喜剧歌剧，如今在英语国家依旧经常演出。

③ 节：航速和流速单位，1节＝1海里/时。

过他必须把浪费掉的时间补回来，赶在暴风雨来袭之前赶到凯库拉。提速后的"大猫号"迫使在船头附近游着的米恩连着做了好几个鲸跃。船速太快了，威尔很怕会失控，只好专心驾船，在黑暗的海面上全速疾驰，根本没有时间去想自己在哪儿，船底下和两侧有什么，也不去想前方有什么在等待着他。

现在，开发过的海湾已经快走完了，其他地方没有一丝亮光，显然没有人类活动的迹象。陆岬总是突如其来地出现，巨大的黑影在黑暗中潜伏着——像身份不明的怪物——威尔唯恐一不留神就撞上岩石，这种恐惧就像莫尔斯电码一样，不停地传送到他的心脏。他一边在海面上飞驰，一边机械地唱着歌，满脑子都是残杀、故意伤害和监狱。航速太快，夜色太黑，他又自信过头，太可怕了。唯一能让威尔稍感安心的就是船载 GPS。他频繁又怀疑地盯着它，期待着它发出警报声。他们飞快地将佩洛勒斯湾甩在身后，驶进库克海峡。

眼前的海景立马变了。汹涌的海浪拍打着"大猫号"，使得航行变得愈加困难起来。威尔朝灯光之外的那片茫茫水域瞥了一眼，想看看有没有其他船只。除了往前疾驰的米恩，没有任何动静。威尔真心敬佩先人们，他们驾着木筏，后来换成低矮的独木舟，只靠星星的指引，就敢在波涛汹涌的大海上航行。此刻，他感到自己无比脆弱，完全迷失在时空之中。除此之外，他只能相信那个随时都可能罢工的小玩意儿，并且觉得自己将被困在这片世上最凶险的海域中——已经有无数人葬身于此。威尔换了瓦格纳①的歌剧，它们更适合在这片汹涌的海域上唱。希望那些拗口的德语词汇可以让他转移自己的注意力，

---

① 瓦格纳全名威尔海姆·理查德·瓦格纳，19 世纪德国作曲家，德国歌剧史上承前启后的重要人物。

不去担心会不会出事，但并没有用。他浑身冒汗，好像在参加马拉松比赛，脑袋咚咚咚地响，喉咙发紧。

从布莱斯出发到现在，威尔已经行驶了四个小时，早已精疲力竭；他减小油门，让船在海水中颠簸着前行，然后走出驾驶舱来到甲板上。他抓着扶手往前走，想察看米恩的情况。看到米恩的小身影浮出水面后，威尔伸出手，挠了挠它的嘴巴，努力不把自己的紧张情绪传染给它。

"你怎么样，哥们儿？"米恩一边吹着泡泡发出咕噜噜的声响，一边轻轻地拱着威尔的手掌，"别乱跑，好吗？我们还有很长的一段路要走。"米恩喷出细细的水雾将他笼罩住。"谢谢你，哥们儿，我正需要这个呢！"

威尔抓起几个三明治，一边重新提速一边狼吞虎咽地吃下去。GPS 显示，他们的路程已经过半。应该没错，惠灵顿的灯光在东北方向若隐若现，有点不真实。现在，夜黑似漆，月亮已经不见踪影，星星躲在云层后，发出暗淡微弱的光。他的眼睛又开始捣乱了，黑影总是突然冒出来，然后渐渐隐去。他感到困惑不已，方向感全无。

刺耳的尖叫声突然响起，威尔吓了一大跳。我的老天！是 GPS 发出的警报！他紧盯着它，努力想搞明白这到底是什么意思。快点，快点。随后他意识到是船偏离了航向。他猛打方向盘，加大油门，船尾向一旁倾斜过去。该死！他的脑子里顿时一片空白。按错按钮了，又拉错操作杆了。必须冷静下来，告诉自己应付得了。威尔深吸几口气，想让一切回到正轨。笨蛋，笨蛋，笨蛋，集中注意力。多亏了帕尼娅那冷静的声音适时在他的脑袋里响起来，威尔才终于把"大猫号"带回到正确的航道上。

　　凌晨五点的时候，威尔浑身如灌了铅一般。他用尽全力唱歌，可是当东方泛起鱼肚白的时候，声带已经发不出声音了。这时候，银白色的天边燃起了熊熊的烈火。天空顷刻之间就从昏暗变得亮堂起来——他松了一大口气，终于找回了方向感：他的左侧是北岛山脉形成的崎岖海岸线，右边是凯库拉半岛狭长的山岭和南阿尔卑斯山脉拱成的高耸山脊。没错，迎接他的还有南阿尔卑斯山脉上空生成的云堤，阴沉沉的。暴风雨就要来了。风越来越大，卷起巨大的海浪，海鸥们犹如离弦之箭从船身旁边掠过。不过，还有一艘货船正沿着海岸行驶，几艘渔船正驶离北岛的海湾……目前来看，这片水域依然是安全的。

　　航行接近第六个钟头的时候，威尔已经累到快失去知觉。他停了好几次船，嗓子甚至发不出声音，他很担心米恩会因此失踪。不过，每次威尔停下来的时候，那个任劳任怨的小家伙都会像长着花斑的软木塞一样，突然从水里冒出头来朝他叫，催促他继续赶路，就像它知道他们要赶往哪里，迫不及待想要抵达似的。威尔太累了，极力压制下去的忧惧又重新活跃起来。要是当局追上来的话，会发生什么事呢？要是找不到米恩的族人的话，又该怎么办？他说什么也不能冒险再把米恩带回去了；只能让米恩待在凯库拉一带的海域，寄希望于鲸鱼观察组织的人给予帮助。这真是一个让人肝肠寸断的念头。

　　跟帕尼娅在码头上挥手告别七个小时以后，威尔的体力已经完全透支。船身随着汹涌的海浪上下颠簸，这种一刻不停的颠簸让他如同受刑。他浑身酸痛，就像是骑着自行车从布莱斯赶来这里的。此刻，狂风夹杂着雨点砰砰地敲打着挡风玻璃。他打开收音机上的"甚高频"，收听最新的天气预报。天气状况当然不会让他改变主意，他已经接近成功，不可能放弃。威尔已经拐过坎贝尔角，顺着另一边走去，前方就是凯库拉了。这里的海面变得更为宽阔，海浪从南极涌来，让人头晕目眩。他努力让"大猫号"保持正确的航向，但没法集中精神，身上忽冷忽热，眼睛里犹如进了沙子，直流眼泪，胃部也一阵阵地发紧。

"现在播报库克海峡二十四小时内的天气情况。南极风暴的风速将在星期一早些时候增强到四十五节……"威尔一边收听天气预报，一边盯着正前方看。风暴像恶魔一般将南阿尔卑斯山脉吞噬，他甚至能听到它发出的嘶吼声：我会抓到你的，小子，把你吞掉……

五分钟后，当威尔还在为四十五节的风速感到心惊肉跳时，收音机突然又响了起来："这里是墨尔本海洋广播电台。我们要播报一条消息，一艘巨轮失窃了——应该是昨晚某时从布莱斯码头被偷走的。那是一艘船身长十二米的铝合金船，两侧和船尾上有佩洛勒斯三文鱼标志。请大家保持警惕。如有人发现它的踪影，请拨打任一频道电话跟我们联系，我们将把相关信息告知警察。播报完毕。"

真他妈该死。威尔看了看 GPS，很快就可以到了——最多还需要一个小时。尽管海浪变得更汹涌后，"大猫号"的航速变慢了，但它依然在乘风破浪地前行。他检查了一下发动机的转速，然后调整到最大。管他呢，就算现在后悔，也已经晚了。他希望米恩能跟得上：坚持住啊，哥们儿。

GPS 嘟嘟地响了起来，又吓了威尔一大跳。他扫了屏幕一眼，发现 GPS 是在告知他已经抵达最后一个航点。他忍不住哈哈笑出声来。在他的正下方一千米处，有一个海底峡谷。那里是板块运动的活跃处，海流汹涌，生活着抹香鲸、海豚、虎鲸……正是米恩家族成员的聚集处。威尔熄灭发动机，让"大猫号"在海面上漂浮着，然后鼓足勇气来到甲板上。海浪像牛仔身下弓背跃起的野马一般，拍打着甲板。他抓起一根缆绳，系到自己的腰上，小心翼翼地向船尾挪去。他跪下身，用手拍着水面，召唤米恩现身。

"米恩？"它没有出现。"米恩？"威尔吹响了口哨，依然没有任何回应。老天爷啊，赶了这么老远的路，结果在这会儿把它弄丢了，这他妈的到底算怎么回事？"米恩，你到底在哪里？马上给我回来！"吼完，他的嗓子火辣辣地疼。

威尔的鼻子直发酸。别哭，真该死。他实在是太累了，精疲力竭，头晕目眩，胆战心惊。"米恩，求你了，你到底在哪里？"他着急得像热锅上的蚂蚁，声音比青蛙叫大不了多少。

他挣扎着站起来，把那跟管子取回来，一头扔进汹涌的海水里，再次唱了起来。好不容易唱完一首歌。那是甜言蜜语，是苦苦哀求，也是绝望至极。在发动机的抖动声和大风的呼啸声中，他听不到其他任何声音。海浪实在太大了，他根本看不清海面上是否有米恩背鳍的踪影。他瘫坐在甲板上，把管子放到嘴唇边，使劲把另一头摁在海水里，再次唱了起来。他把自己会唱的所有歌曲都唱了一遍，依然什么都看不见。实在是太过分，太不公平了。他真是太蠢了，本该密切注意米恩的动向的。他把头靠在甲板上，任由大雨浇在身上，硕大的雨滴很快汇成细小的水流。他闭上眼睛，胸中恨意汹涌。竹篮打水一场空。可悲，无用，废物，不愧是活死人威尔。

突然，他感到有奇怪的回音在嘲笑他，那声音如此真切。威尔急忙四顾环视。难道是他疯了不成？他的的确确听到了某种声音。在那里！是从管子的另一端传过来的。他把管子放到耳畔，屏住呼吸，全神贯注地倾听着。

244

老天，他听到它们的叫声了——一首鲸鱼大合唱。就在那里，正下方！喧嚣的迎宾大合唱——他听到米恩也在其中，每个部分将唱完之时，米恩总会发出一个小颤音，独一无二。威尔内心激动，哽咽出声。颤颤巍巍地深吸了三口气之后，他再次唱了起来，唱的是他刚才辨认出来的米恩的和声。早该如此做的。

海底下，大合唱再次响起。突然间，它们冒出了水面，像导弹似的从波涛汹涌的大海里冒出来。一大群虎鲸，七头，十头，不，至少十二头。它们在海浪之上做着浮窥，看着他。它们强壮光滑的身体、白色的颈部和肚子在雨中闪着白光。当然了，没错，米恩也在其中。它蹿上蹿下做着鲸跃，欢快至极。

威尔挣扎着站起来。他真想举起手臂，跟它们一起舞动，但他不敢松开扶手。那些海洋动物在他面前，在汹涌的大海里，欢快地扭动着身体，摇摆着尾巴，用胸鳍拍着海面，跳着欢快的舞蹈。

此刻，尽管雨水冰冷刺骨，威尔根本不在乎。他拍着扶手，用粗哑的嗓音唱着《日本天皇》第一幕终曲的唱段，那是他最喜欢的部分："……大海之中有很多善良的鱼类，大海之中，大海之中，大海之中，大海之中！"真是这部轻歌剧完美的终曲。

接下来的一幕犹如做梦一般：它们一个接着一个地靠近，身体侧翻过来，用强有力的尾巴拍打着海浪，好固定身形，眼睛则直视着他。它们的眼中充满爱意和感激，威尔能感觉得出来，真的可以感觉得出来。尽管天气恶劣，他依然感到温暖无比。这些体形庞大的虎鲸，有的甚至跟"大猫号"差不多大小，全都注视着他。最后一头从他面前翻滚过后，水面上只剩下米恩。它尖声叫着，向威尔身边游过来。威尔向前探出身体，心中暗暗祷告，希望缆绳可以紧紧地拴住自己。他用双手抱住米恩的脑袋，任泡沫拍打在身上。他们越过汹涌的波涛，摇摇晃晃地抱在一起，威尔在米恩的眉间亲吻了一下。有股气味直钻他的鼻子，是淡淡的鱼腥味。最后再碰一下鼻子吧，永别了。

"现在，你不会再有事了，哥们儿。看在老天爷的分上，别再走丢了。"

米恩咔嗒咔嗒地叫着，发出哭泣一般的声音。它看了威尔最后一眼，然后沉入波涛汹涌的海面之下。就这样，它走了，它们全都走了，留下威尔一个人呆呆地看着风浪翻滚的海面。

威尔站起身来，再次意识到此时的天气到底有多恶劣。他扫视着海面，期望再看它们最后一眼。然而，他透过雨幕看到的却是一艘船，船身上还写着"警察"两个大字。

第二十七章
闹哄哄的幸福

　　我应该如何跟你们讲述那段过去的时光呢？当时我心生厌倦，希望渺茫，而歌唱男孩那本来就低落的情绪变得更加低沉。我们两个一起穿过那片荒凉的水域，逃离了他的家园，可是在这片波涛汹涌的大海里，我们依旧无家可归。

　　就在那天的天气糟糕到极点的时候，我的求救声终于得到了回应！求救声通过我不认识的各种生物传给我认识的各种生物，一直传到了我的家人那里。当我听到姨妈发自肺腑的开心叫声之后，立刻就意识到了他们的存在。她从被风卷起的海浪下加速游来——号叫，呜咽，充满好奇——大声呼叫着我和妈妈的名字，内心充满希望。

　　可是，他们发现妈妈已经不在了，只有我一个人孤零零的。我把那件可怕的事情告诉了他们。听到妈妈去世时的情形，他们跟我一样痛苦万分。我了解姨妈，作为妈妈最好的朋友，她肯定是最伤心难过的那个，跟我一样伤痛至极。我依偎着她，听着她起伏不平的心跳声，给她讲述了妈妈的害怕、无畏、反抗。

　　哀痛汹涌而出，那是煎熬心灵的悲伤，可是歌唱男孩关爱的歌声，穿过亲人们的巨大悲伤，从上方传来，把慰藉带给我。那声音深深下潜，似乎想要看看我是否安全。一开始，家人们都很害怕，直到我把他如何帮助我、善待我、带领我到这里的过程告诉他们。我要用一生来感激他为我做的这些事情。

　　家人们立刻从汹涌的海水里露出头去看他，用他们饱经沧桑、谨慎小心的眼睛审视他。他们也能感受到男孩周身洋溢着的善意，看出他的好心，听出他不成曲调的歌声里传出的关爱之情。那歌声让我异常感动：依旧有足够的力量，让我稚嫩的骨头战栗起来。我如此快乐。鲸跃、擦肩而过的身体、融合的思想以及来自歌唱男孩和族人们的关爱慰藉紧紧包围着我，把我从痛苦的深渊里解救出来。我开心地拍打着尾鳍，真是闹哄哄的幸福！

　　在波涛汹涌的海面上，家人们一个挨一个停靠在男孩身边，向他传递感激之情，我知道他一定能感觉得到。当所有家人都离去后，我靠了上去。当我跟他依依惜别的时候，悲伤席卷了我。一面是来自心爱的家人的牵绊，另一面是跟这个勇敢迷人的男孩之间的友谊。我的心在这两者之间拉锯，快被撕裂了。当然，最后是我那些水底下的家人们赢了。可是，亲爱的朋友们，不要怀疑，在我伤痕累累的心里，歌唱男孩依旧占有非常重的分量。

248

第二十八章
完蛋了，深陷泥潭

威尔站在颠簸的甲板上，不得不振作精神，看着那两个警察驾着船冒着狂风暴雨向他靠近，他知道逃跑没有任何意义。他已经完成了任务，也该为自己耍的小诡计付出代价了。第一个摇摇晃晃走上"大猫号"的警察不是别人，正是吉尔罗伊侦缉警司。

"你他妈的以为自己在干什么？"

威尔的目光绕过吉尔罗伊侦缉警司，努力想在翻起的波浪里寻找那群虎鲸的身影。他看到了。谢天谢地，现在米恩已经安全，回到了家人身边，没有比这个更重要的事情了。"拯救行动，"他说，"关乎生死。"他朝鲸群指了指，手却一直抖个不停。潜水服根本不管用，冰冷的雨水渗了进去，威尔的脊背透心凉。

"我的老天爷，小子，你会被冻坏的。"吉尔罗伊侦缉警司转过身看向自己的同伴，"我们分头行动。"他不得不提高声音说话，"你把这艘巨无霸开回凯库拉停好，我把这个小子带到我们的船上去。"

让两艘野马一般难驯服的大船保持统一步调，真是极具挑战性的工作。终于协调好之后，威尔俯下身，将吉尔罗伊侦缉警司扔过来的银色保暖毛毯裹到了身上。他们乘船顶着风浪前行，浪花溅落到船舱里，让人根本没法儿说话。威尔也说不出话来，他的嗓子就像是塞了一团带刺铁丝般的难受。

回到陆地上后，吉尔罗伊侦缉警司直接把威尔带到了凯库拉警察局。他塞给威尔一条毛巾，然后让他换了连体工作服和羊毛衫，接着给他戴上手铐，带上巡逻警车，准备开车回布伦海姆。警车上当然没有取暖系统。在主干道上行驶了一段之后，吉尔罗伊侦缉警司停车加了一些汽油，顺便买了两杯咖啡，还给威尔带了一包热乎乎的炸土豆片。这跟他想象的可不太一样，威尔只想到会有警车和手铐。他小口地喝着，热乎乎的咖啡流入胃中。慢慢地，他的身体从内到外暖和了起来。

吉尔罗伊侦缉警司没有催促他。等威尔吃饱喝足后，他才开始问话。"好了，你现在已经热乎起来了，从头讲给我听。我不是在做笔录，只是跟你聊聊，所以请不要隐瞒。我希望你心里明白这个问题的严重性。"

威尔点了点头。他从偶遇米恩开始，将发生的所有事情都讲了一遍，一直讲到布鲁斯如何计划要杀死米恩。现在想来，他真应该从一开始就看明白布鲁斯施暴的方式——迪恩曾经警告过他的。

"你为什么不告诉其他人？"

"你听见迪恩说的了：哈利跟布鲁斯是一伙儿的——当地的那些警察也是。再说了，已经没有时间了。"

"那就去偷船？你应该想得到会被抓起来，可能还会把自己害死吧。"

他怎么可能不懂这些呢？威尔的嘴唇动了动，像是在嘲讽。"米恩已经遭受过一次枪击，可是每个人都只是说来说去，没有采取任何实质性的行动。现在，它已经安全了。你真该看看它跟家人团聚时的样子。"一想到这里，威尔就激动不已，没法继续讲下去了。他把烦人的眼泪强忍了回去。老天爷啊，他的体力完全透支了。

吉尔罗伊依然滔滔不绝地讲着大道理，但威尔早已失去搭腔的兴趣。他只是坐在座位上，盯着来回摆动的雨刮器，呼吸着羊毛衫上的霉味。他想象着米恩被家人围绕的情景。它妈妈也在其中吗？它好像特意绕着其中一头大个虎鲸在转圈，也许那便是它的妈妈。老天爷，他希望真的如此。

现在，风变得更加狂暴，不停地拍打着警车。一个多小时后，他们终于抵达布伦海姆，朝警察局直奔而去。威尔被带进一间屋子接受进一步审问。最后，他在笔录上签了字。罪名是盗窃罪。拍完照，按了手印，然后他被关进一间牢房。牢房里很冷，没有自然光，床不过是一张窄窄的长凳，上面铺着一条破旧的垫子。他盖着两床毛毯，在床上蜷缩着，努力让自己忘掉眼前的一切。但没有用，他抖个不停，好像正在遭受电击一般，浑身没有知觉。

警察允许他给家人打个电话，但威尔没有勇气跟迪恩说话。绝对不可以，迪恩肯定会把所有责任揽下来的。跟他的爸爸妈妈一样，他知道自己在做什么，他必须独自承担责任，坚持到底。他甚至把付不起罚款的事也跟警察说了，所以他必须得对这笔债务负责。这些罪名他无论如何也逃不掉。

威尔睡着了，在梦境中沉浮挣扎。惊醒后，他感到晕头转向，寒冷刺骨。他不知道现在是什么时候，不知道现在是白天还是黑夜。他唯一清楚记得的就是米恩跟家人重聚时的欢欣喜乐，还有和帕尼娅的吻。做笔录的时候，他没有提及帕尼娅，也没有提及亨特。他自己可以独自承担的，没有必要拉他们下水。他已经拖累他们太多了。

开锁的声音响了起来，他迅速爬起来。之前审问他的那名警察把身子探进牢房。"有人来探视你了。老大说你可以出去，跟他们见见面。"

"谢谢。"威尔把毛毯像披肩一样裹到身上。他们？他料想迪恩会来——警察肯定会给他打电话的——可是，另一个人是谁呢？也许是律师？

走进另一个小房间后，威尔看见迪恩和维芙正手牵着手坐在那里。看见他进门，他们脸上露出焦虑的神情。

迪恩站起来，拥抱威尔，然后轻轻地拍了拍他的后背："天哪，小子，你看上去太憔悴了。"

维芙把迪恩挤到一旁，张开双臂抱住威尔。她在威尔的脸颊上亲了亲："你看上去就像生了一场大病。"

威尔拖着步子，走到桌子前，坐在他们对面。警察离开后，他才开口说话。"我很抱歉，"他用沙哑的嗓音对迪恩说，那声音听上去像是有九十岁了，"我知道这么做很疯狂，可我找到它们了！你真应该去看看当时的情景。那些小山似的虎鲸——看到米恩回来后，它们兴奋极了。"一想到那情景，他就禁不住喉头哽咽，眼泪涌了出来。

"你是个大英雄，小子。"维芙一边说，一边气呼呼地看着迪恩，"别理会这位坏脾气先生。所有人都为你感到自豪——哦，知道你还活着，这就够了。"

迪恩气得抿紧了嘴唇。"看在老天爷的分上，女士，别再夸他了。你这是在表扬他犯下的盗窃罪，我该怎么跟他爸爸妈妈交代？我本该保证他的安全的。"他怒气冲冲地瞪着威尔:"你闯下这么大的祸,你觉得他们会是什么感想!看在老天爷的分上,威尔,你为什么不动动你那该死的——"

"别怨我说话不好听。"维芙插话道,"我觉得你这么说不像个男人。"

"呃,很抱歉,我有的是男子汉气概。"

"别吹牛了,你说的是这个孩子吧?他才真的有男子汉气概。"

"该死,你真是一个难缠的女——"

"伙计们!"威尔摇了摇头。他已经够烦的了,不想再让他们烦自己。"我承认这么做很愚蠢,好吗?不管他们怎么对待我,我都会勇敢面对的。不过,休想让我后悔这么做,因为我一点都不后悔。"他努力顶住迪恩愤怒的目光,"抱歉。"

"不用担心,亲爱的,我已经把这事告诉了绿色和平组织的人。现在,这已经是个大新闻……"

"你说什么?"威尔吓得差点当场尿出来。不,老天爷啊,这不是真的。

迪恩的声音中充满怒火:"哼,好像是你指使盖比这么做的吧?"

"盖比?为什么?"哦,该死,真该死!

"昨天晚上,她把你和帕尼娅跟米恩一起唱歌的视频上传到了一个众筹网站上。她发起了募捐,帮你支付罚款。"维芙微笑道,"我知道会吓坏你的,不过,威尔,她已经差不多募集到八千澳元了——在全世界范围内!接着,今天早上,媒体都争先恐后地要来采访你。"

他们把帕尼娅也牵扯进来了?难怪迪恩看上去这么气急败坏。

"嗯,抱歉,小子。"迪恩说。

不，不是气急败坏，是苦不堪言。"怎么可以眼睁睁看着他们把帕尼娅也牵扯进来呢？"威尔的脸上火辣辣的。

迪恩以为威尔在指责自己："你以为我没有阻止吗？可是，她非常坚持——说只要可以帮你支付罚款，她就会做。女人们一旦决定要做什么事的时候，总会这样，你又不是不知道。"

"那叫行动力。"维芙说，"她这么做，真的很棒。"

可是，要是帕尼娅也被哈利处罚了，那该怎么办？威尔真希望自己能有力气大吼几声。"盖比是他妈的怎么把视频弄到手的？"

"音乐会结束后，凯茜的笔记本电脑上还保留着视频。盖比是从她那里骗出来的。"维芙好像对眼前的乱象浑然不觉。

"我上班的时候，不停有人打电话过来。"迪恩说，"于是我回家找你，然后看到了你给我留的字条。"

"是你报的警？"

"那你觉得我他妈的该怎么办？你在暴风雨中出海，开着你根本驾驭不了的一艘船。"

威尔的心脏突突突地狂跳不止，他感到头晕："可是，我成功到那里了。"

"嗯，是的，那是因为你走运。"

要是把帕尼娅替他安排路线的事，早些告诉迪恩就好了，让迪恩安心本来就不是一件难事。"你没有注意到'大猫号'不见了？"

"我很晚才到码头上去。一开始还以为是被布鲁斯开走了。"

"可是，他不是被……"

"保释出来了，小子。他昨天晚上被放出来的，直到今天早上都没有露面。不然的话，报警的人就是他了，这连猜都不用猜。搞笑的是，一开始，我还以为是他故意搞事情，借此来骗保呢。"迪恩似笑非笑地说，"先不说他了。现在言归正传，媒体好像全都知道了，到处都是那些记者的身影。"

房间里陷入了沉默，大家好像已经精疲力尽了。亨特还躺在医院里，布鲁斯却逍遥法外，公平何在？还有，威尔该如何应付那些媒体呢？这可是一个巨大的噩梦。米恩跟家人重聚带给他的欢乐早已消失殆尽。谢天谢地，这会儿他在这里，被关在牢房里，远离那些无孔不入的混蛋媒体。

"接下来怎么办？"威尔终于开口问道。

迪恩叹了口气："今天晚上你必须待在这里，明天上庭受审。警方说可以给你保释机会。"

"保释金是多少？"

"不知道，可能只需要一些保释条件。不过，只要你不越狱，我可以搞定的。"

"我当然不会。"

"嗯，那就好。这一次你最好全都照实说，还有其他炸弹要扔吗？"

威尔摇了摇头："没有了，舅舅，都说完了。"没戏了，已深陷泥潭，"拜托，别告诉爸爸妈妈，我自己来解决这件事。"

"已经太迟了。看到你的字条后，我就给他们打了电话，留了语音留言。谁知道你会不会把小命丢在那里。我觉得他们有权知道。"

威尔叫了一声，用手抱住自己的脑袋。他们会被吓坏的，会像以前一样，精神高度紧张，过得苦不堪言。

"别担心，我们又给他们发了一条留言，告诉他们你已经安全了。"维芙拍了拍他的后背。"你需要什么东西?"她问道,"除了出庭要穿的衣服外?"

"请给我记清楚,"迪恩说,"从现在开始,你最好实话实说。"

威尔知道他们正在尽一切努力帮助他,但他实在是太累了,只希望他们赶紧走人。他必须好好想一想,自己到底该如何处理这一切。该死的盖比。当然了,她很有可能是想对他伸出援手——甚至是出于好意——可是,她根本就不懂别人的关注会让他多难受。可怜的帕尼娅还不知道自己会面对什么样的状况。这件事很有可能会搞成国际事件。网红威尔。

"亨特怎么样了?"

"很好,小子。他恢复得不错。"迪恩牢牢地盯住威尔,"你怎么知道'大猫号'的钥匙在哪里?"

骗不了迪恩的。"胡蒙的。"威尔说。

"嗯,那好吧。"迪恩挠了挠脑袋,看上去真的很可怜,"你是知道的,布鲁斯一直在找你的麻烦。要是有机会能让你当替罪羊,以挽回他的损失,他是不会放过的。他很可能因为你而获得'无罪释放'的机会。"

"你能让盖比把视频删掉吗?"威尔必须要试一试,尽管他知道这根本不可能,毕竟只要有人下载过,再重新上传到网络上也不难。

"你这么做简直是疯了。"维芙说,"那是你最好的反击武器。不管是谁,只要看到那个视频,便能理解你的动机——如果要出庭受审,你应该让人当庭播放那些视频。"

"看在老天爷的分上,"迪恩说,"这可不是在演美国佬的法庭剧。法庭上只会宣读罪名,然后判刑。根本没有演戏一样的法庭辩论。"

维芙看上去根本没在听迪恩说话。她朝前倾了倾身体，握住威尔的手，她的手比威尔的热乎多了。"我想让你思考一下，能不能允许绿色和平组织的人使用那段视频，用来开展反捕鲸行动。我知道你不喜欢出风头，不过，把眼界放宽一点。你可以带来巨大改变的，威尔。那些视频可以改变人们对虎鲸的看法，当然，也包括对其他鲸类的看法。这真的非常重要。这世上，还没有任何人看到过那么震撼的情景。"

"看在老天爷的分上，你就放过这个可怜的孩子吧。"迪恩说。尽管他的眼神已经温和了很多，但语气依然强硬。他拍了拍威尔的肩膀："再坚持一下，小子，我知道你一时还不怎么接受得了。"他站了起来，"我们该走了，顺便再去看看亨特。明天见，好不好？"

"你明天还来？不用上班？"

"我当然会来。在帮你找到合适的律师之前，必须有人来这里看护你。不管怎么说，只要我想，我就可以抽出时间来。布鲁斯要是有意见的话，那我们俩就再干一架。"

"哇哦，真了不起！"维芙大笑着。跟威尔亲吻道别时，维芙在他耳畔小声说道，"你干的事情非常了不起，威尔。谢谢你，你救了米恩。"

虽然威尔累得要命，寒气从骨头里散发出来，但他开心得想大吼，他也为自己感到自豪。他永远不会后悔自己的所作所为，永远不会。

等他们离开之后，威尔回到牢房，发现里面放着一份汤。说不上什么肉炖的，里面有土豆、胡萝卜和面包。虽然味道有点淡，但他还是狼吞虎咽地吃光了，心中充满了感激。

过了一会儿，执勤的警察通知威尔，明天早上他将在地方法院出庭受审。威尔请他通知迪恩，然后蜷缩起身体，打算睡觉。到了现在，他依然感觉底下的垫子还在不停地摇晃，好像还待在颠簸的船上。他很挂念爸爸妈妈，想象着他们该多么生气。他打心眼里不愿意他们急匆匆地赶来。明天他会问问是否可以给爸爸妈妈打电话，告诉他们自己一个人就可以应付得过来，希望如此。

威尔根本不可能安安稳稳地躺着。垫子硬邦邦的，毯子太薄了，他脑袋里装满了担心，闹哄哄的。他的罪名、"大猫号"的剐擦、亨特、满世界散播的视频、帕尼娅、盖比。老天爷啊，还有媒体以及罚款，还有妈妈和爸爸。唯一令他感到些许欣慰的是米恩。他决定先不去想这些糟糕的事情。反正今天晚上，他什么也干不了。然而一想起那群虎鲸从海面上跃起的情景，他就恢复了活力。他的心激动得怦怦乱跳。在以后的日子里，不会再有什么能比这更让他有成就感了。

地方法院忙得不可开交，堆满了前一天积压起来的案子。威尔和迪恩坐在等候室里等着开庭。他穿着迪恩最好的衬衫，还打着领带，觉得非常别扭。他尽力不去理会排在前面的那些人：酒鬼、毒品贩子、可怜的流浪汉和一位（看上去明显有些不正常）老太太——她在偷猫粮时被逮了个正着。

今天一大早，威尔见到了自己的辩护律师，向他咨询了保释的机会有多大。她看上去很有信心，说他只需认罪即可，剩下的事由她来处理。她还向他保证，会尽可能地争取转移话题——当然这要视案子的具体情况而定。但是，当威尔把事情的经过全部说出来后，她又不愿意承认了，只说这取决于布鲁斯会施加多大的压力。所以，他的命运依然掌握在那个混蛋手中。

被带进法庭的时候，旁听席上的观众人数让威尔大吃一惊。有凯茜——冲着他眨了眨眼睛，还有维芙。他看着维芙的眼睛，皱了皱刚拿掉眉钉的眉毛，朝她耸了耸肩。她咧嘴笑了，这让他感到心头一暖。还有一些熟悉的本地面孔，以及一些记者——这是他猜的，因为他们全都拿着笔记本，目光锐利地盯着他。他把头别开了。

在书记员宣读起诉书的时候，布鲁斯和另外一个人走了进来。他们在前排就座，没有理会迪恩。布鲁斯穿着精致的正装，打着一条华丽的领带。他把自己收拾得如此光鲜，就是为了参加这次审判。他那双喷着怒火的眼睛灼烧着威尔，威尔急忙转过身，恨自己竟然脸红了。威尔咳嗽了一声，喉咙像着火一般疼。

法官们把所有程序都走了一遍。威尔认了罪，他的辩护律师辩护说情有可原——威尔的朋友遭受了残忍的殴打（所有人都对布鲁斯怒目而视，他却连眼睛都没有眨一下，真是混蛋），威尔唯恐米恩马上就会被杀掉。她说威尔出身于良好家庭，没有任何犯罪前科。如果需要的话，他舅舅愿意支付保释金，保证让他痛改前非。

警方说不反对保释，法官看上去也没有反对意见。趁法官翻看文件的时候，坐在布鲁斯身旁的那名男子站了起来。

"法官大人，冒昧打扰。我谨代表我的诉讼委托人戈德西尔先生，反对保释。"

法官的双眼透过眼镜的边框，打量着他："戈德西尔先生？我记得昨天刚处理完他的案子。这真是不同寻常，不过既然那艘船是他的，我同意你做快速陈述。"

律师说就让布鲁斯来陈述。布鲁斯站起来，振振有词地说道："除了偷盗我的船外，自从这位杰克逊先生来到镇上后，一直给我们制造麻烦。他公然无视渔业管理局的法律，是破坏我的商业财产的从犯。他根本就没有驾船的经验，导致我的船严重受损。最近，我还听说他正在跟绿色和平组织的人密谋，想破坏我的养鱼场。"

"放狗屁！"维芙大叫道。她身旁的记者们立刻像久旱逢甘霖的花朵一样兴致勃发。

"肃静，女士，请勿多言。"法官翻了翻文件，耽搁了一会儿时间，然后询问那名非常了解案件的警员，"莫里斯警司，你是怎么想的？"

"这个情况我也是刚知道。不过，很显然，这个案子影响巨大——激怒了很多当地人。"

什么？威尔回头看了看凯茜，她晃动拳头，对威尔表示支持。他觉得自己很愚蠢、很天真。不仅仅是因为他没有预料到媒体会对这个案子如此感兴趣，更糟糕的是，他没有料到布鲁斯竟然有那么大的胆子，敢公然在法庭上撒谎。*他默无声息地坐在阴暗的被告席上，被关在疫病流行的牢房里，很可能终身被困于此，听天由命地等着一个大块头来控诉。这真是令人震惊的结局！*

威尔的律师再次站起来："法官大人，我认为戈德西尔先生在夸大潜在的危险。杰克逊先生只是想阻止非法射杀虎鲸而已。既然现在这个目标已经达成，那我确信他愿意向法庭保证不会再招惹任何麻烦。"

布鲁斯再次插话道："我反对。就在今天早上，一大群环保主义者在码头上对我提出抗议。他就是他们的头目，看看他。"威尔察觉到法庭上的人们齐刷刷地把目光转向了自己。幸亏他听从了迪恩的建议，摘掉了耳环和各种饰品。"他就是带着这样的计划，才从城里来到这里的。"

真是荒谬，说得好像米恩恰好被抛弃在此地是他策划的。威尔瞥了迪恩一眼，看到他被气得脸色铁青，正用胳肢窝夹住拳头，努力忍着。

"杰克逊先生，这是真的吗？"

"不，没有一句是真的。呃，除了那艘船之外，可能有一些剐蹭，不过……"

布鲁斯冷哼一声："一些？今天早上，保险公司已经检查过了，他们说大概造成了五万澳元的损失。"观众席上的众人听得目瞪口呆。

这时候，迪恩站了起来："简直胡诌乱扯！你怎么好意思站在那里？"

"够了！我就是太心慈手软了。"看上去法官完全被激怒了，"好了，看来这件案子还需要做进一步调查。我允许保释，不过，如果有更多的证据——铁证，戈德西尔先生——出现的话，这个保释的决定可以随时撤回。鉴于罪名的严重性，保释金为两万澳元。"她站起身来，结束了审判。

威尔站了起来，整个人呆若木鸡。再缴纳两万澳元？迪恩能拿得出这么多钱来吗？他站在那里，看着布鲁斯走出法庭，一大堆记者对他紧追不舍。威尔在法警的提示下才站起来，他被抓着胳膊带出了法庭。

"布鲁斯为什么可以这么做？"威尔问道，"信口胡说，还不受任何惩罚？"

法警耸了耸肩："这得由法官来判定。不过，你很幸运，因为审判你的是哈里斯法官。要是换成其他法官的话，你就只能老老实实地待在监狱里。"

迪恩签字的时候，威尔只好等在那里。迪恩承诺下周会把威尔送到缓刑监视官那里，然后下个月送回法庭接受判决。很显然，他们不相信威尔会自行到缓刑监视官那里报到。他们还被严正警告，说在威尔被释放之前，不要去招惹布鲁斯。迪恩紧紧搂着威尔的肩膀，径直向乱哄哄的人群走去。摄像机将他团团围住，记者们一股脑地问着愚蠢的问题："那段视频是真的吗？你有没有训练过米恩？它出海后发生了什么事？"威尔全程一言不发，任由迪恩带着，从那些死缠硬磨的记者身旁挤过，钻进汽车里。

"我感到非常抱歉。"威尔心里充满了歉意，"我可以去看看亨特吗？"

"嗯，可以。"迪恩的脸色非常难看。直到他们赶到医院，他才重新开口说话。这着实让威尔很意外。"我得走了，要去接人。你在这里等我一个小时，没问题吧？等事情办好后，我会回来找你的。"

"好。"威尔下车，又把脑袋从打开的车窗里伸进去，"谢谢，我保证不会再做让你伤心的事情了。"

"很好，希望你说到做到。"迪恩开着老霍顿，一溜烟急驰而去。

威尔到病房的时候，亨特正在睡觉，气色只比上次见他的时候稍好一些，身上依然接着各种医疗器械，还打着点滴。威尔在床边坐下，闭上眼睛，回想着帕尼娅，回味着他们的亲吻。一名护士进来叫亨特吃药，他急忙跳起来，傻乎乎地咧嘴笑着。

"哦，嘿！你成功了！"亨特虚弱地冲着威尔竖起了大拇指。

"哦，哥们儿，你绝对想不到……"为了让亨特高兴，威尔故意把出海的过程讲得轻松有趣。直到护士离开后，他才给亨特讲述法庭上发生的那些事。

"别担心，我来搞定。"亨特说。

"嗯，好，哥们儿。"

"我是认真的，我会跟我爸爸谈谈的。"

"别犯傻了！还有，不管怎样，要是警方还有一点脑子，他们就该给他签发禁令。"

"可是，我可以让整件事情过去的。我已经想了一整晚。"

威尔的心中燃起了微弱的希望之光，然后又被自己掐灭了。"别操心了，哥们儿，我自己可以解决，不会有事的。"

亨特想翻个身："帮我一把，好吗？"威尔帮他靠到床上，又在他身后塞了个枕头，把被子盖好。把管子整理好后，亨特继续说道："听着，我要告诉你一件事——一个秘密——但你不许告诉任何人，好吗？永远也不。"

威尔很讨厌这样。可是，亨特凝视着他，眼神里充满哀求，威尔不禁想到了米恩。"可是，要是……"

"永远不要告诉别人，我只有这么一个条件，好吗？"

这些人到底是怎么了？跟开出的条件有什么关系呢？秘密永远都是守不住的，事实就是如此。"好吧。可是，如果……"

"听我说，我从未向任何人讲起过这个秘密。"

"那为什么讲给我听？而且为什么要现在讲？"

"时机到了。该死的，是你让我说出来的呀。求你了，威尔，发个誓吧。"

他怎么能忍心拒绝呢？是自己鼓励亨特把一切说出来的，这一点没错。现在，他已经是搬起石头砸自己的……砸自己的……该死，那个词到底是什么来着？哦，没错，砸自己的脚。他们学《哈姆雷特》的时候，谈论过这个话题。一种古老的讽刺手法。现在他的生活变得一团糟，用这个比喻恰如其分。

"威尔！快发誓，你这个笨蛋！"

"好吧，我发誓。"威尔有种强烈的预感，自己肯定会后悔的。

"关上门。"

"可是……"

"笨蛋，把该死的门关上。"

"好吧，好吧。"威尔按照他的吩咐把门关上了。他走回来坐下，摆出一副咨询师曾要求的"聆听"姿势。不过，亨特对这种调侃并没什么反应。

"你还记不记得把我从噩梦中叫醒的那次？"威尔点了点头，恐惧感再次袭来。"那种感觉就像是我爸爸把我脑子里的什么东西打散了。我只记得一点儿妈妈的事情，可是这些记忆一点儿都不连贯。每当我想把它们连起来的时候，就会很害怕，不得不停下来。"亨特擦了一把鼻子，威尔看到上面有泪痕，他感到有些难受。他有种不好的预感，亨特要讲可怕的事情了。"我妈妈是个酒鬼——我记得很清楚，比什么都清楚——她去世之前，情况变得极其糟糕。一天晚上，她简直疯了——喝了两三瓶红酒，然后又喝白酒。我清楚地记得她把什么东西扔进了壁炉里——味道很难闻——我爸爸阻止她的时候，她拿起铁锅向他扔过去——砸中了他。他气疯了，冲着她大喊大叫，然后他们扭打到了一起。我吓得躲在窗帘后面——我爸爸从不往那里看的——他抓住她，拼命地摇晃着，我能记住的就这些。直到那天晚上……"

威尔的心脏狂跳不止："你确定要给我讲这些吗？"拜托了，快说

"不想"。

"听着，这实在是让人难以承受。我需要把它说出来，只说一次。"亨特打了个寒战。哦，天哪。"呃，他……他摁住她，给她灌了整整一瓶威士忌——我听见她拼命往下咽，但还是被呛住了。我爸爸停手的时候，她已经没有什么知觉了——我看见他把她拎起来，扔到床上，面朝下趴着。他气哼哼地走了，我被吓坏了。我过去呼唤她，但她没有任何反应。"亨特停了下来，他的下巴颤抖得厉害。他吸着鼻子，努力忍住泪水，"过了一会儿，我便放弃了，回到自己的卧室。我还关上了门，怕她醒来后会朝我发脾气。第二天早上，她死了，是被羽绒被闷死的。我爸爸说都是我的错，因为我没有察看她的状况。"

"老天爷啊！他杀死了她，然后把罪名推到你的头上？"

亨特点了点头："我也这样想，而且我知道他就是这么想的。他威胁我，不许我乱说，我一直也没搞明白为什么。可是，现在我都想起来了，他那天打我的时候，我全都想明白了。"

"该死的，哥们儿，我很难过。我知道被打是什么滋味。"

"嗯，我知道你体会得到。"

"他们肯定验过尸吧？"

"验尸报告显示她仅仅是饮酒过量，而且所有人都知道她是个酒鬼。那些日子，我爸爸反而因为酒鬼妻子的去世变成了一个可怜人。这里的人都不理会暴力禁令的，哥们儿——他们就是用暴力处理事情的，全是守旧派。我爸爸让妈妈未婚先孕，我外公把他打得住进了医院。他的脑子被打坏了，只要压力一大就会失控。我妈妈活得一点指望也没有。盖比的爸爸也是个混球。"

"听我说，哥们儿，你必须把这件事告诉别人。"

"我告诉你了啊。"

"不是我！你必须告诉警察。"

"为什么要告诉他们？这个问题我反反复复想了一天一夜。现在，我已经找到了对付那个老混球的好办法。我要把他叫到这里来，威胁他，要是他不撤销对你的控告，我就把他做的坏事告诉警察，还有哈利。而且我还会让他交出所有股份，他已经深陷泥潭。所以现在，时机已经成熟——除了更多的钱财，他已经没有什么可以失去的了。"亨特动了动，疼得抽搐了一下。"他已经快破产了，不过如果让我和迪恩接手的话，那么麦克可能会跟我们合伙干，他会把毛利人部落的集资带来。那样的话，我们有可能让养鱼场起死回生，并且一直经营下去，成为本国最好的养鱼场。"他的脸涨得通红，眼圈看上去跟迪恩的一样黑。

威尔不由自主地长舒了一口气。亨特的计划逻辑非常清晰，甚至有些吓人。实际上是极其精明，跟布鲁斯一样精明，但不包藏祸心。那些认为亨特只是个傻大个的人，其实是大错特错。如果亨特袖手旁观，任由布鲁斯继续攻击他人、进行商业欺诈的话，那布鲁斯的养鱼场早晚会破产——亨特的辛苦付出……包括迪恩的努力，都将付诸东流。他们俩都应该转转运了。如果这意味着他必须守口如瓶的话，那也是值得的。把这个秘密说出来也不能让亨特的妈妈死而复生——况且亨特的计划正好能打中布鲁斯的死穴。

威尔正视着亨特的眼睛。"就这么干吧。"他说，"不过，不是为了我，而是为了拿回养鱼场，放手一搏吧。另外，我还有一个条件：除非你愿意，否则永远不要再跟布鲁斯有联系，好吗？他这个人，江山易改本性难移。"

266

"我知道了。"这会儿,亨特终于哭了起来。他用蒲扇似的双手掩住脸,肩膀像地震一般剧烈地抖动着。威尔站起身,拍了拍他的肩膀,同样情难自禁。

"没事了,哥们儿,哭出来吧。"可怜的亨特,从他还是一个可怜巴巴的小孩子的时候,就默默地承受着这份煎熬,自暴自弃地活着。他活在自责中却不自知,而那个混蛋杀人犯却一直威胁他、虐待他。跟亨特的遭遇比起来,威尔觉得自己的生活简直像逛公园一般惬意。"痛饮玉液琼浆,哈哈!哈哈!哈哈!"①

他拍了拍亨特的后背:"听着,你能不能至少答应我——跟他谈判的时候,要有一名警察等在外面保护你?"

"应该这样做,我从不指望他会对我感到抱歉。"

有人在敲门。他们互相看了一眼,威尔点点头,做出闭嘴的动作。这时,迪恩走了进来。

"日安,小子。"迪恩跟亨特打了个招呼,然后转身看着威尔,"外面有人想见你。"他朝走廊的方向甩了一下脑袋。

是帕尼娅,如果没猜错的话。到现在为止,他还没有找到跟她说话的机会。真希望能跟她逃到一个僻静的地方,私密的地方。他微微笑着走了出去——抬起头看时,看到的却是爸爸的眼睛。

"嘿,小子。"爸爸张开了大大的怀抱。

这一切都让威尔措手不及——震惊!爸爸让人心安的拥抱,爸爸熟悉的味道,这默默无言的父爱。威尔伏在爸爸的肩头哭了起来,爸爸也哭了起来。

---

① 唱词来自《日本天皇》。

"哦，小子，真是一团糟啊。"

"你怎么这么快就来了？"威尔问道。

"难道你以为我能坐在那里干等着？你妈妈让我给你带好。她也想来的，不过跟你说实话吧，我想让你只属于我一个人。我们好久都没有单独待在一起了。我很想你，小子。我们真不该把你丢在这里，真的很对不起。"

"该说对不起的人是我。我把事情搞砸了，我真是个笨蛋。"

"昨天晚上，我和你妈妈看了网络上的那些视频——你和那头小虎鲸。我的老天爷，威尔，真是太奇妙了，让人难以置信！"

"它实在是太孤单了，爸爸。我不能弃之不顾。"

"当然不可以，小子，当然不可以。你做的是对的——虽然很疯狂、很危险，还有些无法无天，但你是出于善心，这就够了。你还活着，我们就很欣慰了。你应该告诉我们的，你知道的，我们本来可以帮上忙的。"

"我爱你，爸爸。"

"我也爱你。我为你自豪，别想其他的，好吗？你拥有让人难以置信的天赋，可天知道，这肯定不是来自我的遗传！"

"我非常非常想念你们。"威尔已经想不起来上一次跟爸爸这么推心置腹地说话是什么时候了。他喜欢这样的谈话，怀念这样的谈话。"嘿，跟我进去，见见我的朋友亨特。这可怜的家伙有一个魔鬼一样的爸爸。"他正要往前走，却被爸爸拦下了。

"你知道的，我一直很担心你对我有看法。我很抱歉，小子。不过现在，我的脑子已经清楚多了，而且我的事业在走上坡路。等我们把这边的事情料理完了，我想让你回到我们身边。"

"太好了！我很想念妈妈。"威尔突然意识到自己正像个四岁小孩似的紧紧地抱着爸爸。他赶紧松开，但又不想完全跟爸爸分开，于是伸出胳膊搂住爸爸的肩膀。上一次搂住爸爸的肩膀到现在，他长高了很多。现在，他已经跟爸爸一般高了。"去澳大利亚待几个星期正好也是医生的要求。"

"不，小子，不是度假。我们想让你搬回去，跟我们生活在一起。你可以继续把函授学校念完，你妈妈已经帮你选好了一所大学，你可以拿到一个非常棒的音乐学位。"

威尔把胳膊放了下来。"可我不能回去。"他不知道该说什么，也不知道该如何把在脑子里叫嚣的念头解释给爸爸听。直到现在，他才真正弄清楚自己的想法：他属于这里，不想离开这里。布莱斯的所有人都站在他这边——呃，差不多所有人。这让他觉得自己也是他们中的一员。"我想跟迪恩一起把今年过完，爸爸。最近的事情，他帮了很大的忙，我想跟他再待一段时间，报答他的恩情。"他想，至少爸爸能够理解吧。

即便如此，爸爸看上去也很伤心："我们稍后再商量这个好吗？我答应过你妈妈，到了迪恩家后，立马跟她视频聊天。"

"嗯，好的。"

威尔领着爸爸进病房见亨特。威尔一边搂住迪恩的肩膀，另一边搂住爸爸。有他们在身边，真好，还有亨特，当然还有帕尼娅……开什么玩笑？打死他也不要离开帕尼娅。

第二十九章　其乐融融

回到自己家人身边，感觉真是太美妙了。我们一起往下潜，到达大陆架塌陷形成的深坑尽头。在那里，匙形虫延展身体，螃蟹缓缓爬行，乌贼银白色的皮鞘闪闪发亮。那里的海水厚重，就像不断变换色彩的云层一样。海天相接处，都是构造简单的小生物，它们挤挤挨挨，可以让我们填饱肚子。

我们的朋友抹香鲸也在这里栖身，还有精力旺盛的座头鲸、蓝鲸、喙鲸、忧郁的海豚、海豹——这是一个由呼吸空气的动物和体格庞大的生物组成的奇妙世界——大家都聚在一起，尽情享用潮汐给此处带来的饕餮盛宴，这里就是我们在夏季的粮仓。至今，我还能记起跟同伴们混迹在一起时的温馨氛围：一大群表亲围着我，急切地想要听我讲故事，听我讲用歌声跟贪婪之徒近距离交流的故事——虽然他们之中有几个听说过人类和男孩们的事，但没办法跟我有幸得到的关爱相提并论。

他们大惊小怪、一惊一乍，这让我的脑中再次充满愚蠢的骄傲。他们的奉承讨好让我自鸣得意起来。我嘚瑟起来，在没有得到通知的情况下，就去海面上打盹了。后来，是阿姨把我拽了回来。她看到了我落入陷阱时的窘境，带我安全逃离其他的陷阱，帮我把错误纠正过来。

我们鲸类只有靠这种方式才能生存下来。她通过歌声告诉我：没有谁比谁更优越。贪婪之徒们从来没有注意到这一点，所以他们才发动了那些残酷的战争。每个人都要把心中的邪恶之气清除掉，不要想着占有别人的东西。贪图太多、想要胜过别人，这些都是小人做派，是弱者的表现，我们鲸类要远胜于此。她的话在我的脑海中定格，那是一番很有预见性的话，我从未敢忘记过——虽然说实话，直到现在，贪念还时不时地悄悄试探着我。

夏天结束的时候，我们启程返回冰雪世界，准备在大自然母亲最南面的天空下度过冬天。当海鸥发出风暴的警告，信天翁嗅出海风里的咸味时，我们一大群鲸鱼一起上路，摇动尾巴，挥舞背鳍、尾鳍、侧鳍。我们的歌声顺着冰冷的海水飞快地传向远方。我摆脱了恐惧的困扰，游荡着，惊叹着。

可是随着时间的流逝，我开始思念男孩，满脑子都是他。我心情沉重，感觉心里有个空洞，只有他的歌声才能填满。

整个冬季，我都在盼望着，等待着冰雪消融的那天。那一天终于到来了，我收到阿姨的通知时，内心充满了快乐。冬天结束，我们终于要回去了。

第三十章
棒极了，会唱歌的幼鲸

他们朝医院大门口走去的时候，哈利像一阵风似的闯进了门厅，手上还提着一篮子橙子和葡萄。

"哦，太好了。"他说。有这么一个人挡在前面，他们只好停下脚步。哈利说："我能跟你们谈谈吗？"

威尔顿时紧张起来，现在可没有精力应付他。

"做人留一线，日后好相见，哈利。"迪恩说，"你已经做得够过分了。"

哈利嘴上的那撮胡须湿答答的，像死掉的蜥蜴一样耷拉着。"求你了，请听我把话说完。我非常抱歉，听说这些后，我认真地进行了反思。"他打了个寒战，一个橙子从篮子里蹦了出来，他急忙捡起来。"罚款的事就忘了吧，好吗？我会告诉我们老大，我们重新做了，呃，调查。呃，总的来说……"他突然停下来，踱着步子走来走去，叹了口气。"事实上，我是被逼的，我欠布鲁斯一大笔钱，那是我的错。南方金融公司破产的时候，我欠了一屁股债。布鲁斯说他可以帮我还，我脑子一热，就接受了。我已经提交了辞职信。真不敢相信我竟然自己跳进这个泥潭里。"

威尔唯一的反应是目瞪口呆，他一时半会儿还反应不过来。

迪恩使劲拍了拍他的后背说："没关系，呃？只要威尔没有麻烦了，那你就没有对我们造成任何伤害。"

"亨特怎么样了？麦克说他伤得非常严重。"

"他会好起来的。不必担心他，我们把他照顾得很好。你把自己的屁股擦干净就好了。"

"嗯，嗯，我会的，谢谢。"哈利换了一只手提水果篮，好腾出手去跟威尔握手，"别记仇，好吗？我听说你把那头虎鲸送回它家人的身边了。做得好！不过，下一次还是要依法行事，好吗？"

威尔跟他握了握手，忍不住想笑。盖比已经把钱募集齐了，这把他和帕尼娅坑苦了，可到头来竟然什么事都没有。**路人乙应该活得高兴！哦，非常高兴……**

回到迪恩家后，他们跟威尔的妈妈视频通话。她请了一天的假，一直等着。看到妈妈真好，好久没有见过她了。她看上去非常紧张，苍老了很多。威尔累得精疲力竭，连哭的气力都没有了，这样他反而感到高兴。要是让妈妈看见他哭，她会更紧张的。他跟妈妈解释自己要留下的理由，拣着他们无法反驳的理由说：为了报答迪恩的帮助，为了让亨特出院之后还能见到自己。他承诺会申请家乡城市的那所音乐学校——他会联系以前的声乐老师玛丽莲，她也在那所大学里任教。他们知道在指导他发声这方面，她一直是最在行的。爸爸妈妈根本没法反驳这些理由。

"你确定要留下吗，亲爱的？我们真的很想你。"妈妈看上去伤心极了，这让威尔也很难过。

"我知道，妈妈，我也想你们。可是，我能不能至少待到年底，到时候再看看，好吗？我感觉迪恩很快就会忙得不可开交，我真的很想帮帮他。"这还是往轻松里说的，除非亨特不打出他的王牌。

"至少接下来那个假期，你能回来吧？"妈妈笑起来，"这是我们母子之间的事。只有亲眼看见你，我才能知道你到底好不好。"

"嗯，那当然好，前提是你能负担得起机票。"

她告诉他不必担心。就这样，母子俩好像都感到心满意足了。如果这里的事情没做成功的话，他至少还有条退路，尽管他不希望有这条退路。

跟妈妈聊完天后，威尔连忙洗了个澡，洗了洗头。他一直泡在水里，直到手指都被泡皱了。这会儿，帕尼娅已经放学回家。威尔必须说服她让盖比把上传到网络上的视频全部删除。她还没有意识到把视频传到网上的风险。

他穿上衣服，依然很累，然后走出来去见爸爸。他说他想去帕尼娅的家里拜访一趟，但不会去很久。

"太好了！我正好也要去。我已经好多年没见过凯茜了。我到了这里却不去看看她，你妈妈会杀了我的。"

如果他们真的是要好的亲戚的话，那为什么自己没有任何印象呢？还是因为爸爸现在根本信不过他？爸爸坚持要开迪恩的车去。一路上，风雨犹如乱发脾气的小孩，敲打着挡风玻璃。

开门的是凯茜。"马克，见到你真高兴！请进！"凯茜一边跟他拥抱，一边开心地笑着。

好吧，他们的确认识。凯茜给威尔指了指帕尼娅的房间，说她正在做作业。要进入她的私人空间，这让他有点不自在。在门上敲了几下后，他推开了一道门缝。

"你好!"

"威尔!"帕尼娅正坐在堆满书的桌子前，"请进来!"她急忙把扔在地上的衣服捡起来，丢在一个角落里，脸上涨得通红。

他挤了进去，关上门坐到床沿上说："过得还不错吧?"

"跟我说说米恩的事吧!"

威尔讲到自己发现米恩找到家人的时候，她兴奋得两眼放光。他向帕尼娅描述米恩的家人跃出水面向他表达感谢的时候，她的眼睛里盈满了泪水，真是我见犹怜。他还把跟哈利会面的事告诉了她，说不用缴纳罚款了。他本想趁机跟她讨论盖比和视频的事，可她似乎一点都不在意。他开始担心自己贸然提起会惹她生气，也不确定自己对盖比的愤怒之情是否会太过火。他站起来，在屋子里走来走去，扫视着她面前的那些书:《数学》《物理》《遗传学》《计算机编程》。

"课业真重，这些都是学校里要学的课程?"

帕尼娅大笑起来:"当然了，我想明年到坎特伯雷大学去学生物科技。我爸爸在那儿有些熟人，他觉得明年夏天可以帮我在那边的实验室里找到一个差事。"

"哇哦，看面相，你就是一个天才。难怪你会那么懂 GPS。"

"闭嘴!"

"说你是个天才，又怎么了? 你应该为自己感到自豪。"

威尔靠在桌沿上:"听着，我知道盖比都做了些什么。"*保持克制，记住盖比是她的朋友。*

帕尼娅的笑容僵住了:"我很抱歉。我知道你讨厌那种事，不过她的确是想帮帮你——弥补自己的过失——所以，我没有阻止她。因为我想不出更好的办法来帮你。她的计划成功了，只是没有告诉我。她把你和我剪辑到了一起，然后放到了 YouTube 上。我是在学校上课的时候听说的。"

不！"她必须删掉，马上！你不知道有些人到底有多讨厌。他们会打探你的私生活，然后传得到处都是，还会写一些讨厌的评论。"

"你还没有看过那些评论吧？"

威尔感到不舒服，怒火中烧，感觉被出卖了。"我知道人们会写一些什么东西！过去几个月以来，我一直在努力忘记那些评论。"

帕尼娅从兜里掏出手机："你应该看一看的，威尔。这些很不一样。"他真想把手机从她的手里夺过来扔到窗外去，他感到头晕目眩。可是，帕尼娅没有停下来，而是打开了网页。她把手机递给他。"坐下，"她说，"别着急，把这些评论都看一遍。"

威尔匆匆地扫了一眼手机屏幕，恐惧让他感到眼前一片模糊。他闷哼了一声。盖比竟然给视频命名为"棒极了，会唱歌的幼鲸"！如果不是精心策划的，还能是什么？他讨厌她！帕尼娅竟然不理解他，这让他甚为恼火。

什么？她肯定在开玩笑吧。竟然有十六万三千条评论——看上去只要是看过这段视频的人，都在下面留了言。他真的需要控制住自己，他能感到心中的怒火正越烧越旺。

威尔有点反应不过来，很难接受眼前这个不一样的现实。十多万条评论中，只有四条"不喜欢"，其他的全是"喜欢"。这是真的吗？人们一个接着一个地称赞米恩、帕尼娅……还有他。他一条差评也找不到，只有少数人认为这个视频是事先编排好的，但他们的评论很快就被其他人的声音压下去了。他们都在夸赞米恩到底多聪明、多珍贵、多奇妙，他们认为所有鲸类都是这样的。威尔任由手机掉落在大腿上。

"好——吧，"简直不敢相信，跟维芙说得一模一样。"这肯定是个圈套。"

"但到目前为止我还没有发现。"帕尼娅坐到床上，坐到他的身边，抓起他的手，跟自己的手指交叉握在一起。"别害怕，你做出了一个壮举。"

威尔再次感到精疲力竭，他感到很困惑："媒体有没有骚扰你？"

"他们骚扰过我妈妈。她记下了他们的名字，然后打发走了。我说该接受采访的是你。"

"绝无可能。"

"你必须这么做，威尔。维芙说这么做可以改变人们的看法。采访的传播速度很快。想想看，日本和冰岛的人们也会看到，还有其他地方。"

"挪威。"他脱口而出，"你觉得这真的会让他们改变政策吗？得了，这根本就是钱的问题，还有工作。媒体也好不到哪里去——他们只会抓住一个新闻热点，然后肆意歪曲。"

"那就先讲好，只接受联合采访。我们可以相互照应一下。他们要是敢胡来的话，我们马上走人。"帕尼娅说。

她真的非常务实，也很有条理。"也许行吧。"他往后倒去，四仰八叉地躺到她的床上。他闭上了眼睛，真希望两个人可以安静地待在一起。**且看看命运如何作弄**……他本可以跑掉，可以躲起来。但是，像布鲁斯那样的混球就会肆意捕杀那些鲸鱼，并让别人相信这么做没什么错。到时，那些不可思议的生灵——那些直视他的眼睛和灵魂的生灵——将会面临更大的危险。

他必须坚持下去，帕尼娅说得对。现在，他要是把这一切搞砸的话，那他就是一个蠢货。威尔叹了口气："好吧！我们一起接受采访，让我们合力打败那些恶人！"

帕尼娅抬起头，在他嘴巴上亲了一下。还有比这更重要的事情吗？

威尔的爸爸又待了三天，他请不了太多的假。不过，趁他还在，威尔和帕尼娅接受了一家电视新闻频道和三家报纸的采访，还参加了一个国家电视台的现场访谈节目。在帕尼娅说服他之前，威尔根本不愿意接受这些采访。视频的点击量每个小时都在翻倍地增长，没几天便飙升到了一百万次。盖比将捐款网站关闭了，不过她又开了一个新的，为反捕鲸运动募集资金。现在差不多已经募集了四万澳元。威尔不喜欢这些，但他不得不打起精神，装作不害怕。这让他常常有精疲力尽的感觉。

帕尼娅在镜头面前表现得非常自然，他尽量把问题都抛给她。他早就应该知道她能应付得来。帕尼娅经常在毛利人的聚会上唱迎宾曲，演讲。她的羞涩常被认为是谦虚——很谦虚。她的回答全都是字斟句酌。她的眼睛瓦蓝瓦蓝的，透过屏幕，都有催眠的效果。她在身旁，对他很有帮助：她能帮他分担压力，让他镇定下来。她所做的非常正确。

当然了，那些记者肯定会旧事重提——威尔早就料到了。每场采访他都会被仔细盘问。奇怪的是，现在人们给予他的不再是嘲笑，而是同情，尽管他有点不敢相信，他也知道风向已经转变了。每次，他谈起往事的时候，都感到很煎熬。不过，走在大街上的时候，总有人过来安慰他，跟他讲述他们自己遭受过的羞辱和痛苦，有些说默默承受就好了，有些说要战而胜之。那感觉就像是在上《奥普拉脱口秀》①，而他就是奥普拉，一部奥普拉歌剧。

爸爸回澳大利亚那天，威尔开着迪恩的车把他送到了机场。他答应假期的时候会回去，尽管很有可能做不到。他想跟帕尼娅待在一起。他一直等到飞机起飞才离开，然后开车赶往医院去看亨特。吉尔罗伊侦缉警司正在亨特的病房外面警戒。病房门是关着的。

"哇哦，我猜布鲁斯肯定在这里。"一想到他，威尔就感到害怕。亨特此时会是什么感受呢？

"那孩子比我想象的要宽厚得多。"吉尔罗伊说，"我们不准布鲁斯接近他，但是亨特坚持要见他——而且还要单独见他。"

"嗯，他跟我说过要这么做的，你确定他没事吧？"

吉尔罗伊点了点头："我相信布鲁斯不敢再生是非。多亏你舅舅给我们提供的资料，我们已经把他的欺诈行为上报给了欺诈重案办公室，他们将会展开调查。今天早上，他们同意了。里面那位朋友的好运气已经用光了。"

"他会坐牢吗？"

"当然了，亨特已经将那天发生的事以及他过往的暴行都详细地告诉了我们。再加上欺诈重案办公室做出的调查，我相信他会在牢里面待上很多年的。"

威尔点了点头，但什么也没有说。考虑到接下来还得出庭受审，他觉得此时手舞足蹈极有可能不是一个好主意。

_____

① 《奥普拉脱口秀》：美国历史上收视率最高的脱口秀节目，也是世界上最成功的脱口秀节目之一。节目 1986 年 12 月 8 日首播，25 年后，于 2011 年 9 月 9 日结束。奥普拉因为这档节目成为闻名世界的脱口秀女王，是"福克斯 21 世纪最具影响力的黑人女性""《时代》杂志最有影响力的人物"。

"我在新闻里看到你和那头虎鲸了，"吉尔罗伊说，"你们之间的关系真的非常美妙，这是我看完新闻后才感悟到的。"

"谢谢！"威尔大笑道，"知道吗？你改变了我对警察的看法。现在，我该去讨厌谁呢？"

"嗯，你也改变了我对嬉皮士，或是哥特乐手这类人的看法。"

"得了吧，如果我是哥特乐手的话，肯定会化妆的。"

吉尔罗伊咧开嘴笑了："看见了吧？你还知道有这么一伙人，这就足以证明我说的没错！"

门被拧开了，布鲁斯踉踉跄跄地走出来。他看上去并不好，脸上跟调色盘似的，满脸汗，还红通通的。看见威尔后，他定住了。

"是你！"

"好了，布鲁斯。记住你的保释条件是什么。"吉尔罗伊挡到门口，"小伙子，到里面去，好不好？"

威尔钻进吉尔罗伊身后的病房里。

"我猜你觉得自己聪明绝顶，是吧？"布鲁斯的语气中充满了恨意。

"没有。不过，正如你所知道的那样，亨特把所有事情都告诉我了，所有事情。"威尔直视着布鲁斯那双恶毒的眼睛，甩上门，把他关在了门外，恨不得再上一把锁。他用身子顶住门，冲着亨特使了个眼色："进展如何？"

这个可怜的家伙脸色苍白，精疲力尽："搞定了。"

"你信得过他？"

亨特点了点头，指了指自己的手机："我全都录下来了。他要是敢耍我们，我就把这个交给警察。"

威尔坐到床边，双腿有些发软："干得好！我得小心点，千万别招惹你！"

"你还觉得我厉害？你偷了一条船，开着它穿过暴风雨，到了该死的库克海峡，你这个疯狂的城市佬！"

威尔耸了耸肩："我已经被控有罪了，大人。"

"哦，呃，今天晚上你就会发现所有指控都被撤销了。"

威尔心里的大石头慢慢地落了地。他一点点地放松下来："我欠你一个大大的人情，哥们儿。"

"不值一提，谢谢你一直陪着我。"

"他跟你道歉了吗？"

亨特冷哼一声，短促，但很苦涩："别想了！他是不会道歉的。不过，我告诉他我全都记得后，他的脸色变得苍白。他不得不扶着椅子。"亨特抬起一只苍白如雪的手，擦了擦额头。

"看上去你需要休息。你是想让我留下来，还是明天再过来？"

"你能不能坐在这里，等我睡着以后再走？我知道，我胆子有点小。不过，我的确有点怕。"

"没问题，哥们儿。"威尔咧嘴笑道，"想不想让我给你唱一首催眠曲？"

"嗯，给我唱一首吧。"亨特看上去并不像是在开玩笑。他闭上眼睛："你能不能给我唱在格莱尼登过夜时唱过的那首歌？"

威尔不禁大吃一惊，脑袋里一片空白。他那晚到底唱过什么呢？他在脑海里努力回忆着待在那个海湾时的情景，倾听着脑海里的声音。哦，没错，是《波希米亚人》里的唱段。他轻声哼唱起来，这不仅仅是顾虑到病房里其他的病人，也是因为他的嗓子还没有好透。*Che* *gelida manina，se la lasci riscaldar...*① "你小手这样冰冷，让我把它来温暖……"② 可怜的海伦，她的命可真苦。这是一个惨痛的教训：永远也不要退而求其次。她本应该选择迪恩的，真遗憾——他们俩都是。

威尔停了下来："知道吗？你最终替你妈妈报了仇。"

"嗯，我知道。"亨特睁开眼睛，"感觉好多了。现在，闭嘴，继续唱歌给我听。"

*Aspetti，signorina，le dirò con due parole chi son，e che faccio，come vivo. Vuole?*③ "等等，姑娘，我会用两个字告诉你我是谁，我的工作以及我如何生活，能否准许我？"④ 当他第一次见到眼前这个大块头的时候，怎么能想得到日后有一天自己会坐在他的床边，应他的要求，给他唱普契尼谱的曲子呢？命运总会给你一些意想不到的惊喜。

两天后，威尔接上帕尼娅，一起朝码头走去。保险公司还没有把"大猫号"送回来，但迪恩已经去问过了。对方说没什么大碍，只有一些凹痕和剐蹭。威尔和帕尼娅坐在船沿上，卷起裤腿，把腿浸在船与船之间高涨的潮水里。夜静悄悄的，非常美。来到这里以后，他学到了很多关于天气的知识。之前，他从没有真正注意到南极来的风暴竟然会分秒不差——整整三天恶劣的天气后，便是一连几天的好天气。他竟挑了个最恶劣的天气出海，真是遗憾。

"今天吉尔罗伊给我打过电话了，他说对我的所有指控都已经

———————————

① 唱词出自歌剧《日本天皇》，原文为意大利文。

② 威尔用英语又唱了一遍。

③ 原文为意大利文。

④ 威尔用英语又唱了一遍。

撤销。"

"哦，我的老天！到底发生了什么事？"

"我猜是被我的魅力征服了。"

帕尼娅拍了威尔一下："嗯，没错，但究竟是怎么做到的？"

威尔用手指点了点自己的鼻子："绝密。我只能告诉你，亨特给布鲁斯开了一个他无法拒绝的条件。"

"真的是亨特？哦，他实在是太棒了！"她靠到他的肩膀上，"维芙打电话过来，说她又安排了一次采访，采访人是一个叫'拯救海洋'的网站。"

"我经常想起海伦。"威尔说，试图转移话题，"要是没有被迫嫁给布鲁斯的话，她现在很有可能还活着——跟迪恩生活在一起。"

帕尼娅皱紧了眉头："我想不明白这两个话题之间有什么关联。你是不喜欢维芙跟迪恩在一起吗？"

"不是的，我觉得维芙非常适合迪恩。只是因为采访的压力让我……"

她俯下身，用手指撩着海水："怎么，你觉得在拯救鲸鱼方面，你已经做得足够多了？"

他大笑起来："当然不是！不过，我想让生活回归正常，这些实在太难了。"

"可是，看看人们捐助的那些钱吧，这已经不是我们自己的事情了——很多人都在尽自己的所能。"

"没错，我知道。我不是说立马收手——我只是想一个人静一静，整理整理思路，规划一下接下来该做些什么。"威尔抓起帕尼娅的手，舔了舔她食指上的海水，"好咸！"

她摇了摇头，咕哝道："傻瓜！"

这会儿，潮水转了方向，拍打着码头。在他们身后，两只猫正在打架，哀叫声划破了寂静的黑夜。威尔叹了口气："天哪，我好想念那个小家伙。一到晚上，我的脑子里就会响起它的歌声。"他很难过，以后再也不能亲耳听米恩唱歌，再也看不见那双眼睛了。

"你还记得米恩第一次现身时的情景吗？南妮说是金吉的灵魂回来的那次？"

威尔点了点头，说不出话来。一想到米恩，他的嗓子就哽住了。

"你去陪亨特的那晚，是我陪在米恩身边的。我恍然觉得真是金吉回来了。我知道这听起来很傻，但让我心里舒服了不少。"她抽了抽鼻子，威尔这才注意到她哭了。

"不傻。"他急忙抓起她的手，"我陪着它的时候，有时候也会觉得旁边围了一圈鬼魂——大多数是人的鬼魂，有些则不是。它有一些特别之处，会把你引领到一个完全不同的世界。"

她用手背抹干眼泪，顿了顿："那天晚上后，我知道自己再也见不到它了，觉得很难过。我猜，是这件事让我开了窍。那天晚上之前，我也不知道该怎么做。这就是我不断接受采访的原因，我希望有人会主动提出带我们到外海去，跟它再见一面。我一直在想，万一南妮说的是对的，米恩真的跟金吉有关系呢？"

"你觉得呢？"

她叹了口气："我不知道。可是，这件事一直困扰着我，威尔。尽管金吉待在家里的时间很少，但我还是觉得家里缺了很重要的一部分，爸爸和妈妈依然没有从悲痛中走出来。我总是梦见金吉往村子里走。我朝他大喊，让他停下来，但他根本听不见我的声音。醒来的时候，我总觉得他的死是我的责任。"

"哦，帕丝，你知道这不是你的责任。"

"我当然知道。话虽这样说，但我总忍不住这样想。"

威尔把她的手放到自己的唇边，他感觉自己心里的防线全然坍塌了："你为什么不早点告诉我这些？"

"我觉得你肯定会认为我疯了。爸爸说，除非被祖先的鬼魂跳出来咬到，否则白人才不会相信鬼魂这件事。"

威尔冷哼一声："谢谢。"

"我不是说你跟他们一样，毕竟这种事情很难让人相信，是吧？我可是一个讲理性信科学的人，记得吧？"

"嗯？哦，我可是个不着调又爱附庸风雅的人，忘了吗？所以，你应该知道我能懂的。"

"听着，要不我们把接下来要接受的采访都拒了，行不行？"帕尼娅说，"我一点都不在乎，我需要好好思考一下。不过，要是有些采访真的非常有趣——或重要——的话，我们到时候再讨论，好不好？毕竟我们也不想留下遗憾，怎么样？"

威尔点了点头，竟然感到如释重负："我的天，你让我的生活变得越发艰难。"

她皱了皱眉头："在哪方面？"

"我一直努力向你看齐，让自己变得更理性一些，而不是一脑袋糨糊。可是，你实在是太可爱了，还把我迷得神魂颠倒！"

帕尼娅大笑起来："哦，好吧，这也是我的错，是不是？"看得出来这话让她很受用。*谢天谢地*。

"嗯，只有一件事可以弥补我，帕尼娅·休里瓦伊，你必须答应做我的女朋友。你知道的，一起玩？一起出门？约会？当我的舞伴？
确定恋爱关系？一起遛狗？一起——"

"闭嘴！"她靠过来，嘟起嘴巴，没有亲吻他，而是沿着他的下巴
一直舔到眉钉处，像小狗似的，"好，我答应跟你一起遛狗，你这个
大白痴！"

威尔大笑着，也把她的动作重复了一遍。他擦了擦脸，然后冲着
她摇了摇手指："啊哦！南妮的耳朵肯定会发热的。"

"我想我得贿赂你才行。"她抓住他的衣领，把他拉到自己跟前，
吻了他一下，然后又把紧张到无法呼吸的他推开，"听着，我还是要
报考坎特伯雷大学，那是我多年以来的梦想。"

"当然，反正我听说这个世界上有个叫手机的东西，还有更棒的，
Skype！真是伟大的新发明！你知道吗，人们经常说久别情更浓，我希
望你对我的情越来越浓！"威尔动了动眉毛上的金属钉，终于又戴回
来了，他觉得非常高兴，"再说了，我也要忙起来了。要是顺利的话，
处理完这里的事情后，我会到外面上学。你知道的，我很乐意跟别人
说我的约会对象是一个天才。"

"嗯。"

"你的意思是说，我们可以约会了？"

"我想是吧！"

他们相视而笑。

"告诉我，要是米恩还在这儿的话，你会唱哪首歌？"

她怎么会问这个问题呢？"我不知道。也许会唱吉尔伯特和萨利
文的歌剧吧，米恩好像真的很喜欢听。"

"那就来点。"

"来点什么?"

"唱一段。"

"为什么?"

她的嘴角抽动了一下:"因为是我让你唱的。"

"你确定想听?要不是听惯了的人,会感觉很奇怪的。"

"你又来了。"帕尼娅仰面朝天地躺到地上,头发铺散在人行道上,"唱一段,快点!"

说实在的,威尔首先想到的唱段并不是男腔,而是《日本天皇》里的经典唱段,里面有很多祈求的词。为什么不唱这段呢?他站起来,从高处俯视着她,然后深吸了一口气:"太阳神,他闪耀着永恒的荣光,也拜他为王——他不屑于说谎!"她笑盈盈地看着他,带着全神贯注又有点奇怪的笑容。"他不会大声宣扬:'我羞得满脸通红,所以请宽容我的过失。'可是,他凶悍而又大胆,浑身闪着金光,他的荣光让人眼花目眩……"

随着他的歌声,她先是坐起来,然后又站了起来。过了一会儿,他才弄清楚她在做什么:她哼唱着美妙的调子给他当和声——就是米恩唱的那种和声,低音转换几乎完美。她的歌声竟是如此美妙,这让他简直难以置信。

……她的脸上没有一丝一毫的胆怯抑或羞涩。她带来光明,也就是说,给黑夜,人们都会赞扬她!还有,老实说,她做得非常好,所以,就我而言,我不会责怪她!啊,请不要错怪她。我们一点都不羞涩,我们精神焕发,月亮女神和我。

第三十一章
希望他引领我

季节交替，阳光开始照射在冰层上。夏天到了，我的心被歌唱男孩牵引着。然而，等我们上路，在脉冲的引导下路过那些地方的时候，我感觉到恐惧在追随着我：妈妈临终时的样子，我记忆犹新。可是，有家人们陪伴着我，帮助我避开了那些年少时的恐惧。

我们到达了大陆架边缘那个食物丰富的黑暗海沟。此时，我的心已不再为妈妈而痛，而是为那个被我抛下的男孩伤心不已。整个夏天，我都在寻找他，希望他能出现在我面前。亲爱的朋友们，你们是否知道，只要一个人的希望足够殷切，命运之神是会准许那些疯狂的愿望成真。你们有没有过这种感觉？这也是我在很久之前那个漫长的夏天里琢磨出来的。

现在，请原谅，我累了。这个故事我已经唱过很多次了，每个细节都描述得非常详细，每个愿意敞开心灵倾听的人都能记下来。有些人努力想把实用的技巧讲解清楚，而我们纪事者肩负的任务则是用语言感动我们邂逅的每一个人，将我们从这个世界里汲取到的所有智慧散播出去。

你们知道，歌曲的意义通常要比最初看起来时重要得多。它们将一个个简单的音符叠加，可随着时间的流转，那些意义发生了转变和扭曲，生出了翅膀，并将很多想法融合在一起，直到从每一首歌里都能读出弦外之音。正是这种模棱两可、多重解读和隐藏真相的手段，才给我们的思想提供了饕餮大餐。

可是现在，我的生命正在接近终点，真希望我还能跟你们多说一会儿。然而，我的呼吸声越来越弱。我渴望沐浴在阳光里，渴望接触到露天空气里的美妙味道。再等一下，我们一起唱完这首长歌的最后一段吧……留给我讲故事的时间差不多要结束了。

第三十二章 一年后

渡口风平浪静，海面如镜面般光滑，根本看不出它的狂暴脾气——或曾经发过脾气，一如去年的这个时候。威尔在古巴购物中心连续卖了两天艺才凑够了路费。他对登台演出的自信心又慢慢回来了，偏头疼差不多好了，精神状态也稳定很多（只要他自己不钻牛角尖）。他尽管已经慢慢习惯听人们谈论他跟米恩的事，但依然渴望拥有私人空间。

公众的兴致依然没有减退。几乎每个月，帕尼娅都会告诉他有人想来采访或是请求获得更多信息。他总是用一些蹩脚的理由躲着。当他躲去惠灵顿的时候，她只好放弃。有时候她会独自接受采访。威尔这么做并不是因为他不关心，也不是不想出力；他只是需要时间来适应自己公众人物的身份。他还不敢相信自己竟然从众人的笑料转变成了大众明星。他依然有一些遗留下来的伤口需要舔舐。唱歌对他很有帮助，他也一直记着帕尼娅相信他能有所成就。即便如此，现在You-Tube上那段视频的点击量已经超过三千七百万次（他已经不再查看点击量了）。米恩名声大噪——日本的年轻人在售卖鲸鱼肉的超市和餐馆前抗议，挪威的两个主要政党迫于压力，不得不叫停了年度捕鲸计划。当然了，米恩的出名也给它自己和族人带来了危险——有人悬赏数万澳元（净干一些愚蠢不过的事）去搜寻米恩。当地的动物保护部门和鲸鱼观察组织不得不二十四小时监控，来保护米恩和它的同族，一直等到它们返回南极。现在，就连威尔和帕尼娅都赞成哈利提倡的"保护墙"。谢天谢地，目前为止，还没有人突破它。

客轮抵达皮克顿市的港口之后，威尔坐上开往凯库拉的火车。按计划，他会比其他人先抵达那里。下午的时光慢慢流逝，群山沐浴在金辉之中，一片明亮的金黄色。山坡上长满了金雀花，花团锦簇，真是令人难以置信。他回想着来这里后自己生活所发生的改变。帕尼娅，算一个。他们之间的进展很慢（至少，感觉上是这样子的），尽管他们已经突破了那道"你懂的"障碍——难以置信、不可思议——不过，在新的一年里，一切都在变化。帕尼娅南下去了基督城，学习、打工，忙得不可开交。他则去了北部，被维克市的音乐学院录取，再次在玛丽莲女士的专业指导下学习唱歌，这让他的焦虑纾解了很多——不过，他依然日夜思念着帕尼娅。

威尔已经有差不多四个月没有见过帕尼娅了。当然了，他们会视频聊天、互通邮件，可他没法触摸到她，没法吻她，这快把他逼疯了。有时候，他满脑子都是猜疑嫉妒，觉得她一定在跟其他男孩约会。不过，他内心深处又知道她不是那样的人，就跟他绝不会背叛她一样。

他的生活改善了很多。爸爸妈妈过上了幸福的生活，两人在悉尼找到了坐办公室的工作，不用再挖矿了。迪恩跟维芙也生活得很惬意。威尔喜欢自己的学业，每上完一节课，他的嗓音都会更出色一点。整天沉浸在音乐中是再开心不过的事情了。不过，这一切背后也有遗憾，那就是没法跟帕尼娅——以及米恩见面。他经常梦见米恩，都是一些又长又乱的梦。在梦里，他跟米恩待在海底，一边游泳一边唱歌。醒来的时候，他总是满心遗憾——像患了思乡病一样，好像梦境才是他真正的故乡。

所以，当亨特在电子邮件里说应该组织一场聚会庆祝米恩告别一周年的时候，威尔乐得一蹦老高。锦上添花的是，鲸鱼观察组织的人也传来了好消息：他们上星期看见米恩的同族了！威尔小心翼翼地，不让自己抱太大的希望，因为能再次见到米恩的可能性很小，几乎就是大海捞针。不过，他依然心怀幻想，热切地盼望着，要跟命运之神讨价还价。

火车抵达凯库拉后，他买好素食卷，然后沿着海岸向既定的聚会地点走去。潮水已经退去，胖嘟嘟的海豹正在嶙峋的石灰岩上晒太阳。游客们一边尖叫，一边咔嚓咔嚓地按着相机快门。海鸥们正在上升的气流中飞翔，欧洲鸬鹚们像一支支离弦的箭，扑通扑通扎进大海里。空气中弥漫着一股海藻味，米恩的气味。

当亨特按响喇叭示意威尔回头的时候，他立刻转过身，穿过海岸上的岩石，向轰鸣的卡罗拉汽车跑去。养鱼场那艘最大的汽艇就在汽车后面。他跑过去时，亨特和帕尼娅恰好从车里下来，帕尼娅朝他张开手臂。他抱起帕尼娅，转了几圈，然后跟她亲吻起来。要不是亨特拍了拍他的后背，他们还会继续吻下去的。

"老天爷啊，兄弟，找个没人的地方啊！"

"抱歉，哥们儿。"威尔用胳膊搂住壮硕的亨特，想把他抱起来，结果根本抱不动，还惹得他哈哈大笑起来。他在亨特的脸颊上吧唧亲了一口。"见到你也很高兴！"

"你看上去有些憔悴。"帕尼娅抚摸着他的眉头。

"没错。玛丽莲说，我要是想在比赛中一鸣惊人的话，得脱层皮才行。"威尔咧嘴笑了，然后把衣袖拉起来，"还没给你们看我的文身呢！"

帕尼娅往前探了探，好看看他的新"装备"。威尔恍惚觉得像是米恩跃过他的肱二头肌，它背鳍上的弹孔赫然在目。

"哦，太酷了！"亨特说。他张开胳膊，把威尔和帕尼娅一起搂过来，给他们来了个熊抱，"这是我替迪恩和维芙问候你们的。"

"那个老家伙怎么样了？"

亨特像个溺爱的老父亲似的摇了摇头："他们整天吵吵闹闹的，还能待在一起，真不知道是怎么做到的。不过，看起来真的挺幸福的。"看来保守亨特的秘密是值得的。如果说出来的话，只会激怒迪恩，让事情变得一发不可收拾。威尔喜欢维芙，她让迪恩重新活了过来，而且她做事风风火火的。威尔喜欢认真做事的人，尽管她有时候不太理解他对私人空间的渴求。

三个人开车来到汽车旅馆。办好入住手续后，他们来到一家面朝大海的咖啡馆，点了一些汉堡、炸土豆片和啤酒。帕尼娅以水代酒，三个人一起举杯，共同欢呼道："干杯！"

亨特咕咚咕咚喝掉了大半瓶酒："啊，我要多喝一点，今天早上五点钟就开始上班了。"

"生意怎么样？"威尔跟帕尼娅抵膝而坐。

"还没破产呢，所以我觉得我们的方式可行。现在，麦克已经入股，我们的生意正在步入正轨。"

"干得好，哥们儿。你有布鲁斯的消息吗？"

亨特摇了摇头："没有，不过我搬去迪恩家住的时候，他怂恿鲍勃·戴维斯打过我，说我背叛家庭之类的。"

"你有没有开除鲍勃？"

亨特咧嘴笑了："当然，迪恩让我开除他的——说要让我体会一下不得不做出决定时，到底是一种什么样的糟糕感受。这的确很难。"

"什么，开除鲍勃吗？"帕尼娅大笑起来，"我会毫不犹豫的。"

"我也是。"威尔在亨特的肋骨处戳了戳，"真幸运，没有几个人知道你做事总像个老娘们。"

帕尼娅反对道："住口！我妈妈曾告诉我布莱斯的女孩才不会这么想，是不是，亨特？"

亨特的耳朵腾地一下变红了："我不知道。"威尔看见他眼睛里隐藏着笑意，真好。

"西蒙娜怎么样了？我记得你对她挺有意思的。"

"说出来你都不敢相信，我们分手了。她快把我逼疯了，不是要跟我视频，就是给我打电话。她根本不懂我工作得多辛苦，总想干些逛街之类的无聊事。"亨特翻了个白眼，"我正在跟薇洛·汉尼佛约会，她很不错。"

"混得还不错嘛，哥们儿。"

看得出来亨特真的很开心，状态也很好。因为亨特爸爸妈妈的事情，他一直在看心理医生。威尔本来觉得心理咨询没什么用，但其实真的帮了他很多。他住在惠灵顿的青年旅社时，又去咨询过几次，只是为了想清楚他和米恩之间的事情。看那段视频的时候，咨询师哭了，而对此威尔已经习以为常。原来这世上心肠好的人多如牛毛，甚至比牛毛还多。这是好事，他的心魔终于被驱走了。

"呃，你明天打算干什么？"

"七点之后，邓肯会开着侦察机搜寻虎鲸的踪迹。他如果有发现，就会给我发短信。如果找不到，我觉得我们也应该出海。唱唱以前唱过的歌，看看会发生什么。"

"要是我们发现了米恩，它却不认识我们了，那该怎么办？"

"得了吧，"帕尼娅说，"它肯定会记得我们的。"

"你真的这么认为？"他们要是发现了它，它却一点反应也没有的话，威尔肯定会比见不到它时还要伤心。

"我的那位好朋友盖比过得怎么样？"威尔又说。

"她走了。"帕尼娅说，"攒够钱后，她就立马到澳大利亚去了。我想她再也不会回来了。"

"那再好不过了。"威尔说。在他离开布莱斯北上之前的几个月里，他做过一番思想斗争——她肯定也做过同样的思想斗争。对一个生活在那么糟糕的家庭环境里的人，他哪里狠得下心再去记她的仇呢？

"哈利呢？"一切都真相大白以后，当地人还愿意支持他，原谅他的过失。迪恩和麦克说服了他的上级，没有接受他的辞呈。真是聪明的一招。现在，只要有机会，哈利就会替他们说话。这是老把戏了，只不过现在玩这个把戏的都是好人。**这样不是很好吗？**

亨特又开了一瓶啤酒："征得我们同意后，哈利提交了一份非常棒的报告。我们正打算试用一套综合性混合养殖系统——最顶端的——来收拾那个烂摊子。"

"综合性混合养殖系统是什么东西？"

亨特咧嘴笑了："老兄，我正在休假呢。回去后，我会发一些网页链接给你。就这么说吧，要是能用好它的话，我们可以成为整个行业的领头人。"

"真不错，哥们儿，干得好！"看到亨特这么自信，真让人高兴。

干得棒，迪恩。

八点半左右，把当地的那些八卦全都扒拉完一遍之后，威尔只想跟帕尼娅单独待一会儿。他们踏着银色的月光，朝汽车旅馆的方向走去，威尔的手臂一直搂着帕尼娅。

威尔假装打了个大大的哈欠，一看就是假的。"该睡觉了吧？"

亨特咧着嘴笑了："没错，你看上去真的很困！"

亨特离开了，现在只剩下威尔和帕尼娅。"嘿，我想跟你谈谈，"帕尼娅说，"我有一个非常棒的想法。"

"说吧。"

"我一直都在努力构思科学实验，你是知道的吧？"威尔点了点头。"那好，我已经学会如何进行长期科学实验了，要花好多年的那种。"

"那又怎样？"

"听着，我知道你讨厌接受以米恩为话题的采访，是不是？你甚至信不过夏威夷来的那个想做研究的家伙——"

"他想利用米恩牟利，做实验只是一个幌子而已。"

帕尼娅定定地看着他，直看得他胃都痉挛起来："这就是你拒绝的理由吧？你真的是这么认为的吧？"

"他是个贪得无厌的家伙，一心只想着捞钱。"威尔说。

"他才不是呢，"帕尼娅叹了口气，"不管怎样……我一直在想，如果能有人全程记录下米恩的生命历程，那将是一件非常了不起的事。在此之前还没有人这么做过。我的意思是，不仅仅是每年跟它见一次面（如果它现身的话），而是将它的成长历程、身体变化——记录下来，抽取它的血，检测汞或其他污染成分，定时观察人类活动给它带来的影响。比如说，它从我们这里学到了什么以及我们从它身上学到了什么。"

她停了下来，观察着威尔的脸色。他面无表情。她说得没错，他只是担心这么做究竟会走向何方。帕尼娅又开口说了起来："呃，于是我想干脆我们来干这件事不就得了？你可以把它的歌声记录下来——看看曲目有没有增加，看看随着年龄的增长，它的歌声会发生哪些变化，诸如此类。不会有其他人——只有你、米恩以及做实验工作的我。亨特可以帮我们开船，拍摄视频。你要是不愿意的话，我们可以不用急着将我们的研究工作广而告之，可以先保密一段时间。不过，我想，这肯定会很有意思的——而且有这样一个完美的借口，我们每年都可以跟米恩见面了！我跟我的导师谈过这件事，他说我们有机会获得长期的资金支持，可以解决我们的开支问题。那时，一旦你出国唱歌，你回家的路费就不用发愁了。"她长长地舒了一口气，仔细地看着威尔。

"你跟亨特谈过了吗？"

她眨了眨眼睛："谈过了。我们来这里的路上可有两个小时呢。为什么这么问？"

"没什么。"帕尼娅对自己可以出国演出抱有信心，真好。想到可以跟米恩一直保持联系——嗯，实在是太好了。可是，这只是一厢情愿的想法吧。"那些法律规定怎么办？我们是不能接近它的，更别说跳到海水里跟它待在一起了。要是我们每年都来一次的话，难保不会被抓住。如果再经历一次那种事情的话，我会疯掉的。"

"我想，如果我们的研究项目能顺利推进的话，我们可以获得豁免。"

"哇哦，你考虑得可真周全。"威尔的语气中透着压制不住的戒备意味。他感觉焦虑又一股脑全回来了，正嘲笑着他的天真。他还真的以为可以永远摆脱它的纠缠。

"老天爷啊，你难道想一辈子都躲躲闪闪的吗？我知道你之前的遭遇非常惨痛，搅得自己不得安宁。可是，一切都过去了。看看人家亨特，他被打得多惨啊！但他既没有放弃也没有逃跑。他勇敢地面对生活，把过去的事情丢在了脑后。"

喜欢喝酒除外。"我想这正是我努力要做到的事。"

"是的，不过你一直拒绝那些可以让你的生活变得更好，但是非常不可思议的事情。而我讨厌说'不'。人们真的很渴望获得信息。我们要是不用细心又科学的方式去做的话，那么用不了多久，某些疯子般的白痴就会去做——那个时候，谁又能知道米恩会遭遇什么呢？"

威尔的内心深处打起了拉锯战。他感到胸口直发闷，一伙人（以活死人威尔为首）推着他朝现在走的那条道而去，上面散落的是被他抛弃的忧惧和痛苦——但那条路熟悉、安全、可控、明确。另一伙人（在帕尼娅、米恩、亨特和维芙的鼓励下）非常强大，充满可能性——但是很危险，没有安全感，没有保障，没有路线图，只有一颗纯洁无瑕的心。威尔真的希望自己可以对这些全都视而不见。不去想跟米恩的关系，只是让生活变得简单起来。同时，外界对他的期望也能变小，甚至消失。麻烦的是，他心里很明白，虽然他在大学里埋头学习，费尽苦心地说服自己相信以前的生活已经结束了，但内心依然渴望见到米恩和帕尼娅——那种不被他的弱点限制的生活。他如果拒绝的话，很有可能会失去这一切。想到这里，他不禁惊慌起来。如果他失去了最心爱的东西，即使心境再平和，那又有什么意义？

"我很抱歉。"威尔说，努力让自己的语气不再犹豫不决，"一直以来，我都是个笨蛋。我那个愚蠢的惯性思维——虽然现在越来越好了，但我还是那个笨蛋。"

"我知道，别这么说。你不是一个蠢货，而是容易惊慌失措。正是因为这样，有时候我也会惊慌失措，我觉得我们是在朝不同的方向跑。"

老天爷啊，他爱帕尼娅。她是如此直率，如此真实。"你真的认为我们可以那么做，而不会变成马戏表演吗？"

"我不知道，但我真的想试一下。而且我觉得做研究，如果方法得当的话，我们成功的机会也不小。"她把头靠在他的肩膀上，"还有，我们来回见米恩的花销可以让他们出。"

"亨特怎么说？"

"你了解亨茨，他总是喜欢大包大揽。"

关键的时刻到了。不是用紧张刺激的方式——像唱着歌送米恩回家时那样——而是更平和的方式。所有的这一切都是因他而起，难道他真的能拍拍屁股一走了之？就这样离开她？绝对不行。他不想让她失望。他可能脾气有点古怪——当然他不希望这样——但依然可以支持她。做她一年前就建议他做的那些事，过卜真正有意义的生活，而不是现在这样不完整的生活。跟米恩在一起的时候，他就应该明白这一点：快乐就是把别的事或者别的人，置于自己的事情之前，选择做正确的事。而这件事正是正确的事。再说了，如果计划成功的话，他每年都可以见到米恩！还有什么好戒备的呢？他小心翼翼，就是不想让自己受伤——得了吧，他不可能受伤。没有米恩和帕尼娅的每个星期，他都难过得要命。

　　威尔深吸了一口气，好像打算一头扎进深不可测的大海里去。他有些害怕，想从跳台边缘往后退……别跳，你这个白痴！快跳啊！有时候，勇敢并不是在面对敌人或者布鲁斯那样的神经病时不退缩，而是直视自己畏缩战栗的内心，找到那颗没有受损的力量种子，让它生根发芽。"好，我们一起做吧。"

　　"你是认真的吗？你上次也这么说过。"

　　"我是认真的。"他伸出两根手指放到额头前，"我发誓，以男高音的名义！你的主意棒极了！"

　　"谢谢你！"她亲吻了威尔。

　　三个好朋友好像正坐在大海的肚皮上，感受着大海的一呼一吸。他们的船在舒缓的海浪中颠簸，这里是邓肯告诉他们的。到目前为止，他们看到了两头抹香鲸，全都方头方脑的，就像是浮出水面的潜水艇一样。它们在船头前方倒立起来，然后摆着巨大的尾鳍落入海中，几乎没有溅起一点水花。

　　"是不是该换首歌了？"亨特问。

　　"我想应该吧。"你在哪里，米恩？

　　"再试最后一次，要是还找不到它，就只能放弃了。我得帮迪恩拿点东西，五点之前要送给他——而你还得去赶轮渡。"

　　"好吧。"威尔动了动脚又站了起来，让自己保持平衡，"有什么要求吗？"

　　帕尼娅耸了耸肩："你还没唱《奇异恩典》呢，我也会唱。"

　　她先加入进来，接着，亨特也加入了进来。亨特的声音带着呼吸声，有些混乱，但音调很柔和。现在的他跟去年比起来，完全像换了个人。帕尼娅是对的，亨特可以给他希望，也的确给了他希望。亨特康复的速度真的很惊人，这跟喝不喝酒没什么关系。

威尔的目光在海面上扫视了一圈，强烈的反光晃得他直流眼泪。他失望极了。他做的这一切一点用都没有。今天早上，邓肯可能是看到过一群虎鲸，可它们可能去了别的地方，也有可能压根就是别的虎鲸群。所以，他为什么还不放弃呢？

唱完歌后，威尔坐下来，一无所获。为了拖延时间，他打算再试一次。"来，我来教教你们，走之前，我们还有一个小时的时间呢。"

第二遍《赐予我们和平》刚唱到一半的时候，帕尼娅尖叫起来："哦，天哪，快看！"她朝他背后指去。

威尔急忙转身，看到一大片背鳍，直直的，高高的，一看就是虎鲸群。它们正朝这边游来。

"米恩！"威尔腾地站起身来，差点把船踩翻。他开始模仿米恩特有的叫声，心脏狂跳不止，只好用手捂住胸口。一定要是米恩，一定要是米恩，一定要是米恩。

在那群虎鲸前头，一头幼鲸来了个鲸跃，跳得非常高。在落入海水之前，它甚至在半空中翻了个身。那会是它吗？他仔细地搜寻着弹孔，但是没有看见。不过，那个小家伙正径直朝他们游来。难道所有幼鲸的胆子都这么大不成？

这时候，他听到了米恩的叫声，他听得出米恩的回应！他匆匆地瞥了帕尼娅一眼。她正用手紧紧地捂住嘴巴，肩膀在颤抖。

"你这个可爱的帅小伙呀！"亨特急忙拿起相机。等米恩一游到船头前面，他就立马拍摄起来。

米恩向张开手臂的威尔蹿了过去，发出咔嗒声、口哨声、呜咽声，像疯狂的唐老鸭似的叫个不停！威尔情不自禁地哭了起来，他伸出胳膊紧紧搂住米恩，狂吻着米恩那颗咸咸的脑袋。"你好，哥们儿，我想死你了！"

"我的老天爷！"亨特的声音有些惊慌。

威尔抬头看去，米恩的同族们正做着浮窥。它们排着队，挨个儿上前为他们表演。他数了数，总共十五头，其中两头处于青少年时期，另外三头的年龄跟米恩相当，其他的全都身躯庞大，个头跟他们的船不相上下。要是其中任何一头想撞船的话，他们肯定会被甩到船外，然后身体被咬成两截。

米恩像个被惯坏的孩子，哼哼唧唧地叫着。它拍打着水面，似乎在说："到水里来！"威尔看了看它，接着把目光移到那些成年虎鲸身上，又看了看帕尼娅——她正目瞪口呆地看着虎鲸群。最后，他又把目光转回到米恩身上。

"你觉得下去安全吗？"

"你自己决定，老兄。"亨特的注意力一刻也不曾离开他的摄像机，"不过，我觉得它们不会伤害你的。"

威尔转过身，看着一脸泪痕的帕尼娅："帕丝？你觉得呢？"

"我不知道，它们的个头真的太大了。"

他下不了决心。他真的很想到水里去——老天爷啊，他很想去——可想当然地认为不会有事，是不是有些欠考虑？还有"保护墙"呢。他低下头，看着米恩正像羊羔寻找奶头似的拱着帕尼娅的手。他被米恩幽深的眼睛吸引住了，能感受到它的情真意切。他感到很温暖。如果这是他最后一次见到米恩呢？他一直生活在怀念中，被悔恨笼罩着。他不能再这么活下去了。

"拼了!"威尔说,"我马上到海里去。"他脱掉上衣和裤子。不去看那些成年虎鲸,只是目不转睛地看着米恩。"我希望你把全程都录下来,哥们儿,万一法官审讯我的话,还能用得上!"

"这话真的很好笑。"可亨特根本没有笑。

威尔扑通一声跳进冰冷的海水里。米恩咔嗒咔嗒地叫着,用身体蹭着他,用它惯用的方式拱威尔。它至少又长了半米,变得又胖又有劲儿。它把威尔往虎鲸群那边拱去。

"等一会儿!"

米恩唱着他们俩最喜欢的曲子,不停地拱他。为了分散米恩的注意力,威尔唱起了亨德尔谱的曲子。"哈利路亚! 哈利路亚!"他完全沉浸在曲子里,尤其是当米恩也跟着他唱起来的时候。直到听见帕尼娅惊慌失措的喊叫声,他才注意到发生了什么事情。

"威尔! 当心!"

他瞥了一眼帕尼娅那张惊慌失措的脸,然后急忙转过身。它们游过来了! 那群虎鲸正偷偷地朝他游过来。跟它们比起来,他实在是太渺小、太无助了。可是奇怪的是,他感到很安全。它们浑身散发着善意,眼睛里充盈着温暖。

米恩依旧在唱歌,它的音调比去年这个时候要低八分之一个音符。威尔踩着水,看着那群虎鲸,它们一个接着一个唱了起来。它们的音调以虎鲸特有的复杂唱腔逐渐升高,嘹亮的歌声穿透他全身。最后,他也加入它们之中。他对帕尼娅研究计划残存的最后一丝抗拒,在此时烟消云散。幸亏没有拒绝,否则他就是个不折不扣的蠢货。虎鲸的歌声将他层层包裹起来,深入他的内心,将他经历过的伤痛全都驱赶出去。当他们的合唱达到顶峰的时候,他终于重获自由。

第三十三章　五十年后

哦，我们的故事终于快结束了，这场悲欢离合的大戏即将落幕。你们的出现真的让我大为感动，感谢你们远涉浩淼的大海，来到我们这个冰雪世界，来听我唱歌，并把我们的智慧带回给你们的同族。这些都让我心绪难平。让我倍感欣慰的是一些小插曲——在我只身漂泊流浪的那段时光里，总有一大群大惊小怪的贪婪之徒蜂拥而至，前来倾听歌唱男孩和我共同献上的深情合唱。今天，事情却发生了极大的变化：只有我的歌唱男孩和他的五个家人见证你们这一大群虎鲸来听我唱歌。

现在，请再往我的身边游近一些，借给我一点力量吧。在我眼前的光亮渐渐隐去、生命油尽灯枯之际，请紧紧地抱住我。

五十个阳光明媚的夏季，我一直在歌唱男孩身边高歌，和他变得心心相印。像他这样的贪婪之徒，我们鲸族从未见过。此时此刻，他正待在我的身边，一边游一边唱。他的歌声一直在我的脑中萦绕，甚至会飘入我的梦境。在我们分开不能相见的日子里，正是这些歌声慰藉着我的灵魂。我每次总是满怀向往、怅然若失地醒来，但想到他会一直坚持来看我，急切地想来听我唱歌，每个夏季都不落下，我便会倍感欣慰。

　　哦，跟我们第一次相见时的样子相比，他的变化可真大：他那头乌黑的长发渐渐变成了晨雾般的银白色；搅扰他的忧虑、烦恼和渴望早已踪影难觅。不过，他的心，他那颗善良、细腻的心，从未改变。他对我的爱，跟他对他心爱的善良女孩的爱一样始终如一、深沉浓厚——他的爱将我们俘获，将我们跟他紧紧地联结在一起。每当他唱歌的时候，我的心就会变得像飘飞的羽毛一样轻盈，所有痛苦烟消云散，所有怅惘踪影全无。

　　善良女孩也来了，我一直都深爱着她。她亲切的关怀荫庇着我，她的毅力给予我巨大的精神支持，她勇敢正直的内心让我感动。黯淡的日子降临之际，她是我的歌唱男孩可以依靠的磐石。他们风雨无阻，肩并肩，手牵手。他们深爱着对方的同时，并没有冷落我——大爱，亲爱的朋友们，从来都是无边的，爱没有边界。

　　我一边跟你们唱歌告别，一边遥望着伫立在岸上的他。高个子男孩也在，站在他身边的是他白发苍苍的妻子以及两个身材魁梧的儿子。他们五个人是我在人类中的朋友。每逢夏季，我们都会在一起唱歌。在大海里，我们满怀热情，给予彼此温馨的关怀。就算在我自己的温暖海域里随着海浪上下漂浮的时候，那些关注的目光也从未离开过。

　　哦，在大自然母亲宽阔的怀抱里畅游的生活，亲爱的朋友们，既让人觉得奇妙，又令人心焦。流星滑落天际，污水吞没沙滩，狂风肆虐大海、吞噬生命，这些景观我全都见过。人类对抗邪恶，新的生命诞生，总有同族降生、离世、再降生，他们让我的心境逐渐变得平静如水。但是，我对歌唱男孩的爱胜过我对任何一个同族的爱。在被漫长的痛苦席卷的日子里，他是我的避风港。在我的最后时刻，他依然在安慰着我。

啊……我的脑海中一直萦绕着喃喃细语，如何才能将这些声音隐藏起来呢？太多的往事是以愤怒、耻辱或者绝望收场的，这不仅限于我的往事。说句实在的，我对麻烦有着自己的见解。妈妈的罹难让我悲痛欲绝；挚爱的阿姨的死给我带来极大的考验。她收养了我，教会我如何生活，给予我关爱，教会我在黑暗的日子里如何战胜孤独。可正当壮年时，她却不幸被一艘船撞死了。我们簇拥着她血肉模糊的尸体，把她拖回了家。

尽管我的生命里有着诸多遗憾，但上天仍然赐福于我。我的生活中从不缺少奇观：风掠过海面时，发出叹息；大自然母亲大呼一口气，一大群野雁便会御风而起；南半球的天幕上时不时会电闪雷鸣；螺旋状的贝壳偶尔可见；军舰鸟的羽毛在空中翻飞；每位母亲的眼睛里都充溢着爱意。

我在大自然母亲创造的浩淼大海中遨游的这些年头里，这里发生了天翻地覆的变化。海潮将海岸吞没，浮岛带来大量的海洋垃圾，大量有毒物质从陆地流入海洋，给包括我们鲸类在内的生物带来灭顶之灾——珊瑚虫死去，海鸟被饿死，珊瑚礁不再安宁，海洋生物被夺走生命。现在，我强壮的身体变得虚弱不堪，不是因为我年事已高，而是被人类给大海造成的污染所侵害。水银让我的身体素质急剧下降，让我变得行动迟缓。它偷走了我的力气，让我疲惫的头脑逐渐丧失思考能力。

朋友们，为了把这些东西从我脆弱的骨头里赶走，歌唱男孩和他的好友可是想尽了一切办法，但一切都是徒劳——站在岸上的善良女孩提高声调，唤我回家的时候，在我听来，那跟死神的低语无异。

"*Ka heke i ngā huihuinga，ka heke i ngā kawainga... Ka moeki whare-rimu，ka moeki whare-papa...*①" 我能感受到她歌声中的力量与唱词中的悲痛意味，犹如送我到另一个世界的挽歌。"*而今与君别，破晓与君别……长眠于海草之家，长眠于珊瑚礁之家……*"②

尽管越来越虚弱，我依然在尽力做好最后的交代，交代同族要珍惜同胞之情，摈弃盲目。我把他们叫到一起，将我的生活经验传授给他们——正如歌唱男孩也会把一些有用的经验传授给自己的同类一样。所以，我们的努力给我们带来了极大的福音：在三十多年的时间里，我们虎鲸家族没有一个命丧人类之手。这是很大的成就，这是阴霾中的曙光，我此生并没有虚度。

没错，没错，天地间的漫游者们，我知道我的自豪感又回来了，有点热情满满，像我年轻力壮时那样。我觉得我是应当自豪的：我和歌唱男孩一起，将横亘在鲸类与人类之间的隔离墙推倒了，我们选择携手同行。事实证明这么做是对的。让和平的曙光照耀我们，我以此为荣。

只有一个遗憾始终挥之不去：我没有养育后代，没有幼鲸来继承我的衣钵。也许我的心永远只属于我的歌唱男孩，我把全部感情都倾注在了他的身上，已经没有多少剩余的感情可以跟我的同类分享了。我们之间建立起来的这种亲密关系，让我的日子很充实。在我们分开的日子里，他总会闯入我的梦境之中。我们在浩淼的大海里一起游泳，共享着甜蜜的宁静，我们推心置腹、心心相印。

看哪，他现在紧紧地抱着我，抚摸着我，安慰着我，我的男孩。

————————————

① 唱词来自《日本天皇》，此处为毛利语。
② 威尔用英语又唱了一遍。

请留出空当，挤进来，好仔细倾听他的声音，表达你们的感谢。此时此刻，他是在为我送行，我能感觉到他的内心非常沉重。死神的脚步越来越近，他内心的恐惧变成了悲恸。尽管我知道这会让他很苦恼，但当我意识到贪婪之徒也惧怕死亡、渴望活着的时候，我依然情不自禁地感到高兴。他即使悲恸不已，也依然满足了我所有的愿望。

我是多么渴望逃离大海的枷锁，渴慕在陆地上度过自己最后的时光啊！他体会到了我的渴望，唱起了愉悦的歌曲，让我开心起来。他的爱是那么强烈，他的歌声流入我的大脑驻扎下来。他深吸一口气，准备放声高歌，让我快乐地离去，他已经迫不及待地唱起了《日本天皇》。我感觉到这首歌正鼓舞着我。你们，我的朋友们，你们悲恸的歌声此时此刻跟他的歌声合二为一。"让我们尽情地释放欢乐之情，一边唱着欢歌，一边欢快起舞，一边唱着欢歌，一边欢快起舞，一边唱着欢歌……"

哦，同族们，请洗耳恭听他那天籁般的歌声，感受他那绵绵无绝期的爱。任何道理都不如爱让我们受益这么多。虽然我们所生活的世界如同空气之于海洋那样截然不同，但我们的心灵是相通的。请听我们的心灵如是说……

已经够了，我不再多言。

现在，请将我托起来，帮我减轻重担。请推着我走，推着我往陆地的方向走，直到我呼吸到陆地上的空气为止，不再让我庞大的身躯漂浮在大海之上，让我枕着坚硬的石头长眠。我一点都不惧怕死亡，我的生命在此时此刻达到了巅峰。请你们推我的身体，按我的身体，戳我的身体，借着汹涌的浪，把我和歌唱男孩送到岸边。让我在他的怀抱里逝去，我便心满意足了。

请不要为我的逝去哀伤，亲爱的朋友们。多年的漫游生涯结束了，我不再讲述这个真实的故事。新一代的纪事者正在长大，接过我歌唱的接力棒。他们在大海里遨游，是重生的我们，会将我们的故事口耳相传。讲述它，吸收它，应用它，成为将海洋生灵和陆地上的生命连接到一起的故事的新主人。

歌唱男孩，永别了，我亲爱的朋友。祝福你，善良女孩，请紧紧地拥抱他，给他安全和庇护。高个子男孩，我把祝福送给你以及你善良的家人。

我已经感觉身体触碰到了石头，轻风吹拂着我的皮肤。这时候，前方那几位忠实的人类朋友为我重归故土欢呼起来。现在的我很疲倦，沉重的身体让我精疲力竭。现在，我用尽最后一丝气力，唱起我的歌……

温暖的光将我层层包裹

我带着对你们的爱逝去

我是纪事者

唱着我的生命之歌

我的灵魂飘逝在空中

在空中

空中

后记
我是如何写出了这个故事？

一天深夜，我正在看电视上播放的海洋纪录片。这时，两段文字跳入我的脑海、挥之不去，我不得不把它们写下来！那两段文字讲了人类对待其他动物的方式，并批判了我们的残忍行为。感觉得出来，这些文字都跟海洋有关，但我搞不清楚到底是谁发出了这些声音。

接下来的几个星期里，各种跟鲸鱼相关的奇怪信息和事件似乎都朝我涌来。一个朋友突然打来电话，推荐一本讲述捕鲸历史的书。书中写道，一头抹香鲸搁浅在离我住处不远的海滩上，一群虎鲸在同一条海岸线附近出没。但那时我脑海中还没有出现完整的故事，也不知道为什么要把它讲出来。

我开始搜索这个并不存在的故事。大概一个月之后，我碰到了另外一部纪录片《拯救露娜》。这部纪录片讲述了一个真实的故事：一头小虎鲸出现在美国华盛顿州一个小伐木村附近。有些村民想帮助和保护这头小虎鲸，而另一些人则觉得它会威胁到自己的生意，一场大战就这样爆发了。看到片子里的小虎鲸迫切需要抚摸和安慰的样子，我的心都融化了。我终于找到要写的故事了！

纪录片中人们携手合作，保护自己和环境，这种做法让我很感兴趣。无论何时，团结都应该成为我们应对各种情况，尤其是面对困难的方式，这种理念也同样让我很感兴趣。我采用了这些理念，然后把它们嫁接到新西兰的南岛上。我童年时代的假期都是在那里度过的，因此对那个地区非常了解。那里也出现过一头可能威胁当地养殖产业的虎鲸。

然后，我开始搜索关于虎鲸的资料。我发现它们如此聪明，彼此之间的情感联系如此深厚，我也意识到纪录片里的那个"声音"就是虎鲸发出的。它们在恳求人类停止杀戮鲸类和破坏海洋。

我希望故事中的人类能够在深层次上跟虎鲸产生联系。要想做到这一点，最合理的做法就是通过两个物种发出的声音——虎鲸的歌声和人类的歌声——连接起彼此。最后，《歌声送鲸鱼回家》的故事就诞生了。

曼迪·海格

2020 年 12 月

Author's Note

I was sitting watching a documentary about the ocean on television late one night when two paragraphs of writing popped into my head and insisted I write them down! It was something peaking about the way human beings treat other animals, criticising us for our heartless behaviour. I sensed it must be related to the sea, but I had no idea who or what was doing the talking.

Over the course of the next few weeks, all sorts of strange whale – related information and experiences seemed to fall into my lap — a friend who rang me out of the blue to recommend a book on the history of whaling, a sperm whale washing up on the beach next to where I live, sightings of a pod of orca off the same coast–but I still couldn' t figure out what this story was and why I needed to tell it.

About a month after I began searching for this illusive story, I happened upon another documentary, *Saving Luna*, telling the real–lifetale of a baby orca that had appeared in a small logging village in Washington State, USA. A huge fight broke out between those who wanted to help and protect the or-

312

ca, and those who saw it as a treat to their business. As I watched, seeing the need this little creature had for contact and comfort, my heart melted — and I knew that I had found my story! I'm very interested in the way communities work together to protect each other and the environment, and the idea that love in all its forms is the way we should respond to every situation, particularly difficult ones. I took the basic ideas and transported them to the South Island of New Zealand, an area that I know well from childhood holidays. It, too, is a place where the sudden appearance of an orca might threaten the local sea-based businesses.

Then I started researching orca and discovered just how intelligent and emotionally connected they are, and I realised the 'voice' I'd heard that very first night was an orca, pleading with humans to stop the slaughter of whales and the devastation of the oceans. I wanted my main human character to connect with the orca on a very deep level and decided that the most logical way this would happen is through the sounds each species produces—their songs and ours. From this, Singing Home the Whale was born.

Mandy Hager

2020. 12

Original Title：Singing Home the Whale
Text Copyright @ Mandy Hager，2014
First published by Randon House New Zealand Limited. This edi-
tion published by arrangement with Penguin Random House New
Zealand via Penguin Books China.
Simplified Chinese edition copyright © 2020 by Zhejiang Photo-
graphic Press.
All rights reserved.

浙 江 省 版 权 局
著 作 权 合 同 登 记 章
图字：11-2019-325号

责任编辑：裘禾峰
装帧设计：巢倩慧
责任校对：高余朵
责任印制：汪立峰

图书在版编目（CIP）数据

歌声送鲸鱼回家／（新西兰）曼迪·海格
（Mandy Hager）著；张树娟译. —杭州：浙江摄影出
版社，2021.2
　　（世界新经典动物小说馆）
　　ISBN 978-7-5514-2771-5

　　Ⅰ.①歌… 　Ⅱ.①曼… ②张… 　Ⅲ.①儿童小说—长
篇小说—新西兰—现代 　Ⅳ.①I612.84

　　中国版本图书馆 CIP 数据核字（2019）第 279436 号

GESHENG SONG JINGYU HUIJIA

歌声送鲸鱼回家
（世界新经典动物小说馆）

（新西兰）曼迪·海格（Mandy Hager）／著　　张树娟／译

全国百佳图书出版单位
浙江摄影出版社出版发行
　　地址：杭州市体育场路 347 号
　　邮编：310006
　　网址：www. photo. zjcb. com
经销：全国新华书店
制版：浙江新华图文制作有限公司
印刷：杭州捷派印务有限公司
开本：880mm×1230mm　1/32
印张：10
2021 年 2 月第 1 版　　2021 年 2 月第 1 次印刷
ISBN 978-7-5514-2771-5
定价：35.00 元